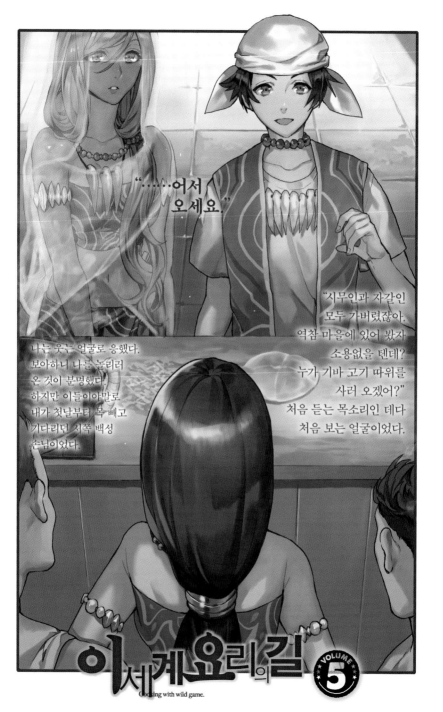

"......어서
오세요."

"시무인과 자갈인
모두 가버렸잖아.
역참 마을에 있어 봤자
소용없을 텐데?
누가 기바 고기 따위를
사러 오겠어?"
처음 듣는 목소리인 데다
처음 보는 얼굴이었다.

나는 웃는 얼굴로 응했다.
보아하니 나를 놀리러
온 것이 분명했다.
하지만 이들이야말로
내가 첫날부터 목 빼고
기다리던 서쪽 백성
손님이었다.

이세계요리의길 VOLUME 5

Cooking with wild game.

새로운 메뉴 개발과 점포 확장
역참 마을 사람들은 그동안 하찮게 여겨왔던
기바 고기를 순순히 받아들이기 시작하는데——

이세계요리의길

Cooking with wild game.

VOLUME
5

EDA 지음
코치모 일러스트
이정민 옮김

S NOVEL

커버 그림, 본문 일러스트 | **코치모**

MENU

제1장 ★★★ 나흘째 ~ 폭식하는 무리 ~

1

역참 마을에 포장마차를 연 지 나흘째가 되었다.

예정된 시간대로 역참 마을에 도착한 나와 비나 루는 오늘도 아침부터 불쾌한 기색이 역력한 《키뮤스의 꼬리정》 주인 밀라노 마스로부터 포장마차를 빌렸다. 여느 때처럼 행인들의 수상쩍은 눈초리를 받으며 우리는 노점 구역의 북쪽 끝자락으로 향했다.

정해진 포장마차 자리를 수십 미터 앞둔 곳에서 벌써 빈 가게 자리 앞에 수많은 사람들이 모여 있는 모습이 보였다. 마음을 다잡고 그쪽으로 다가갔더니 재미 삼아 몰려든 서쪽 백성들이 양옆으로 쫙 갈라졌다.

그 안쪽에는 매우 위험한 눈빛을 한 남쪽 백성들과 무표정의 동쪽 백성들이 서로 대치하며 기다리고 있었다. 언뜻 보기에 30명은 되어 보였다. 어제보다 훨씬 많은 인원이었다.

우리가 더 가까이 다가가자 양 진영을 나누는 심판 역처럼 딱 버티고 서 있던 한 위병이 우리 쪽을 힐끗 쏘아보았다.

"이봐, 준비는 잘해 왔겠지?"

"네. 처음에는 40인분을, 그다음에는 30인분을 요리할 겁니다. 다 합해서 70인분의 재료를 준비해왔습니다."

우리 가게는 어제 40인분의 음식을 준비했음에도 불구하고 해가 중천에 걸리기도 전에 재료가 바닥나고 말았다.

　단지 그뿐이었다면 아무에게도 불평을 듣지 않았겠지만, 본래 철천지원수 사이인 남쪽 백성 자갈인들과 동쪽 백성 시무인들이 내가 만든 요리를 놓고 하마터면 주먹다짐까지 갈 뻔했다.

　어제 같은 소란이 다시 일어난다면 이번에야말로 내 포장마차는 영업정지 처분을 받을지도 모른다. 그런 사태만은 반드시 피해야 하기에 오늘은 이렇게 40인분의『기바 버거』와 30인분의『먀무구이』를 가지고 영업에 도전하게 되었다.

　"좋았어, 먼저『기바 버거』를 만들어야겠어요. 비나 루, 불을 지펴주세요."

　"네에" 하고 대답하는 비나 루는 오늘도 기분이 좋아 보였다.

　살기 띤 손님들이나 위병들의 모습이라곤 털끝만큼도 신경 쓰이지 않는 모양이다. 참으로 든든하다.

　"어머나, 향긋한 과실주 냄새…… 그게 새 요리인가 봐……?"

　"맞아요. 과실주 외에는 먀무라는 향초가 들어가서『먀무구이』라고 이름을 붙였어요."

　나는 대답하면서 기바 고기 6킬로그램과 양념 국물이 들어 있는 가죽 자루를 끌어올렸다.

　그 자루 주둥이를 오므려서 양념 국물만 다른 자루에 부어 넣었다.

　고기 재우는 시간을 한 시간으로 정했더니 파가(家)의 집에서

9

역참 마을까지 이동하는 시간과 딱 맞아떨어졌다.

"급한 일이 끝나면『먀무구이』도 맛 좀 봐주세요."

"그럴게…… 후후후, 기대되는걸……."

비나 루는 쇠 냄비 속 타라파 소스를 휘저으며 요염하게 웃었다. 게슴츠레하니 졸려 보이는 눈이 뭔가 수상하다는 듯 쇠 냄비 속을 들여다보았다.

"어머……? 이쪽도 어제하고 좀 다른 향기가 나는 것 같은데……."

"아, 거기에도 먀무를 조금 넣어봤거든요. 오늘은 시험 삼아 아주 조금만 넣었는데 바로 아시네요?"

"응, 아주 좋은 향기가 나…… 왠지 벌써 배가 고픈걸……."

먀무는 마늘과 비슷한 향기와 매운맛을 지닌 향초다. 토마토 같은 타라파와는 말이 필요 없는 찰떡궁합이다.

그렇게 생각해서인지 포장마차를 둘러싼 자갈인들이 조금씩 술렁이는 것 같았다. 이 엄청난 파괴력을 지닌 먀무와 타라파 냄새에 공복 중추가 자극받은 것이 틀림없다.

그래도 상관은 없지만 소스를 휘젓고 있는 동안에도 사람들이 하나둘 모여드는 것 같았다.

"굉장한 인파네…… 온 마을 시무인들과 자갈인들이 모여든 것 같아……."

"참 고마울 따름이죠. 그런데 이렇게 많이 모이면 처음에 만들『기바 버거』는 순식간에 다 팔리겠어요."

내일부터는 포장마차를 두 대로 늘리고 음식량도 늘릴 예정이다. 나는 마음속으로 오늘 하루 부디 무사히 넘어가기를 기도했다.

　"이제 다 된 것 같죠? ……그럼 판매를 시작하겠습니다!"

　위병들의 지시에 따라 먼저 자갈인들이 포장마차 앞으로 우르르 몰려왔다. 덥수룩한 머리와 수염 그리고 다부진 체격. 붉은 기가 살짝 도는 하얀 피부에, 험악하게 생긴 남쪽 백성이다.

　그 선두에 있던 사람은 건축업자 집단의 부(副)리더로 보이는 알다스라는 장년 남성이었다. 체격은 탄탄해도 비교적 몸집이 작은 사람이 많은 남쪽 백성 중에서 이 사람은 유난히 키가 컸기 때문에 잘못 봤을 리가 없다.

　"……이봐, 어제는 소란을 일으켜서 미안하네."

　"아니에요, 잘못은 음식을 충분히 준비해놓지 않은 저한테 있으니 신경 쓰지 마세요."

　"듣고 보니 그렇군. 이렇게 맛있는 게 40인분으로 족할 리 없으니 자네의 불찰이군."

　시무룩한 얼굴로 말하면서도 조금은 미안하다는 눈빛을 하고 있다.

　"……그래도 자네가 역참 마을에서 쫓겨나지 않아 다행이군. 소란을 일으킨 건 우리인데 위병들이 왜 자네한테 책임을 물었는지 모르겠어."

　"아마…… 우리가 숲가의 백성이라서 그럴 거예요."

『기바 버거』를 구우며 내가 대답하자 알다스는 한층 못마땅한 표정을 지었다.

"숲가의 백성은 남쪽 신 자갈을 버린 일족이다. 남쪽 노인들이 숲가의 백성을 배신의 일족이라며 손가락질하는 것은 이해가 가지만, 숲가의 백성을 새로운 동포로 받아들인 서쪽 백성이 자네들을 깔보는 것은 이해가 가질 않는군. 숲가의 백성이 기바를 사냥하지 않았다면 이 제노스도 이렇게까지 번영하지는 못했을 텐데 말이야."

그 말에 전적으로 동의한다.

하지만 이 상황에서 손님과 논의를 할 수도 없는 노릇이라 나는 완성된 『기바 버거』를 건네줄 뿐이었다.

시무룩한 표정으로 일관하던 알다스의 우락부락한 얼굴에 기쁜 기색이 번졌다.

"자네, 저녁까지 일할 순 없나? 꼭 문을 일찍 닫아야 하는 건가? 저녁때도 자네 요리를 먹고 싶은데."

"으음, 그건 좀 힘들겠는데요…… 여관에서도 기바 고기를 팔면 좋을 텐데요."

나는 내심 기대하며 알다스를 슬쩍 찔러보았지만 그는 아쉬운 듯 고개를 내젓기만 했다.

"기바 고기도 그렇겠지만 자네 요리 솜씨가 뛰어난 거겠지. 그날 이후 반장은 심사가 단단히 틀어졌어. 우리가 이 음식이 맛있다며 좋아하는 게 못마땅한 모양이야. 자네가 카론이나 키뮤스 고기로 요리해준다면 반장은 일을 내팽개치고서라도 날아올 거야."

"그거 영광인데요. ……저, 어제도 말씀드렸다시피 오늘 낮부터는 새로운 요리를 선보일 테니 반장님께 다시 시식 좀 부탁드린다고 전해주실래요?"

"흐음? 알겠네. 전해주지."

알다스와의 대화에 정신을 쏟고 있었더니 뒤에서 기다리던 손님이 "이봐, 아직 멀었어?" 하고 재촉했다.

나는 묵묵히 『기바 버거』를 만들어내는 데 집중했다.

시식하게 해달라고 조르는 사람도 없기에 20인분이었던 『기바 버거』가 하나둘 줄더니 자갈인 손님 전원의 몫과 시무인 손님 두세 명 몫을 끝으로 깨끗이 동나고 말았다.

"죄송합니다! 20인분을 더 만들 테니 잠시 기다려주세요!"

이 쇠 냄비에는 최대 20인분의 패티와 소스만 담을 수 있다.

오는 길에 돌라 아저씨에게 구입해둔 타라파 두 개를 잘게 썰어 쇠 냄비 속에 집어넣었다.

"아스타, 불을 세게 지펴야 하겠지……?"

"네, 부탁드려요."

대답하면서 나는 과실주 호리병 두 병을 꺼내 가벼운 쪽을 잘 흔들고 나서 쇠 냄비에 부었다. 이 호리병에는 집에서 미리 썰어서 볶아온 아리아와 마무, 그리고 내용량의 4분의 1만큼 넣은 과실주가 들어 있었다. 다른 호리병에는 너무 바짝 졸였을 때

사용할 물을 담아왔다.

그렇게 보충분 소스를 데우고 있는 사이 자갈 백성 대부분이 자리를 뜨자 위병들도 그제야 안심이라는 듯 가버렸다.

구경하러 몰려들었던 사람들도 재빨리 흩어지더니 키 크고 마른 체격에 피부가 검은 동쪽 백성만 남았다.

"후후후…… 왠지 루티무의 축하연이 생각나는걸……?"

"아아, 그때도 이렇게 소란스러웠죠."

"난 아궁이 당번은 자신도 없고 특별히 좋아하지도 않지만…… 아스타와 함께라면 전혀 힘들지 않아……."

영광스러운 이야기다.

비나 루는 딱히 요염한 눈빛을 하고 있지도 않고 그냥 즐겁다는 표정을 짓고 있었다.

일할 때의 비나 루는 상대하기에 전혀 부담스럽지 않다. 이대로 원만한 관계가 구축된다면 정말 좋겠지만—— 그래도 방심해서는 안 된다.

"좋아. 이제 됐겠지."

물을 살짝 붓고 피코잎과 돌소금으로 간을 맞추었다.

그리고 나서 세 번째 가죽 자루에서 이번에는 겉면만 구운 패티를 꺼냈다.

이 가죽 자루의 값은 적동화 15닢이다. 제법 큰 지출이긴 했지만, 주둥이가 커서 편리하고 원래 과실주 등을 담아 운반하기 위한 물건이라 식품에 가죽 냄새가 배지 않도록 가공되어 있다.

이 편리한 아이템을 만난 덕분에 나는 포장마차에서 『먀무구이』를 선보이기로 결단할 수 있었던 것이다.

이러한 경비 지출이 헛되지 않게 하기 위해서라도 이 장사는 실패해서는 안 된다.

"오래 기다리셨습니다! 다음 20인분을 판매하겠습니다!"

내 목소리에 시무인 손님들이 쓰윽 다가왔다.

동쪽 백성 시무인은 모자 달린 가죽 망토를 애용하는 사람들이 대부분이지만, 좀 더 간편하게 입은 사람들도 아예 없지는 않다. 그들의 차림새는 숲가의 백성과 비슷했다. 예쁜 소용돌이 무늬 천 옷을 입고 있고 돌이나 금속을 엮은 장신구를 몸에 걸쳤으며 허리에는 폭이 좁은 단검을 차고 있다.

어쩐지 시무인은 숲가의 백성과 닮은 것 같다는 생각이 들었다. 차림새뿐만 아니라 감정을 거의 드러내지 않는 조용한 행동거지가 숲가의 남자들을 연상시켜서인가 보다.

다만 숲가의 남자들 중에는 용맹스러운 유형도 많고 체격도 훨씬 다부지다. 피부색도 밀크 초콜릿에 가깝다.

'그런데 신 루 같은 유형은 꼭 동쪽 백성 같네. 차분한 성격에 눈도 길쭉하고.'

그런 생각을 하는 동안 『기바 버거』 12인분이 팔렸다. 눈 깜짝할 사이 8인분만 남은 것이다.

거기다 가죽 망토 차림의 열 명쯤 되는 집단이 조금 떨어진 곳에서 포장마차 쪽을 유심히 살피고 있었다. 저 사람들 혹시 《은 항아리》가 아닐까 생각하고 있는데 그중 한 명이 모자를 벗으면서 다가왔다.

아니나 다를까 모자를 벗자 긴 은발이 드러났다.

《은 항아리》의 단장 슈미랄── 아무개다.

"기바, 아직, 남아 있습니까?"

"네, 그런데 8인분밖에 없어요. 어제도 말씀드렸다시피 이게 다 팔리면 다른 기바 요리를 팔 거예요."

"8인분⋯⋯."

슈미랄은 생각에 잠긴 듯한 눈빛을 보였다.

이내 동료들에게 돌아가더니 이번에는 그중 다섯 명이 다가왔다. 말없이 동전을 놓기에 나는 "고맙습니다" 하고 다섯 명 몫의 『기바 버거』를 만들었다.

"나머지, 3인분입니까?" 하고 다시 슈미랄이 와서 물었다.

"네. 어떻게 하실 거예요?"

"⋯⋯기다립니다."

"네?"

"새로운 요리, 먹고 싶습니다. 다섯 명, 일이 있다, 포기했습니다. 나와 네 명, 기다립니다."

"그렇군요. 그런데 내일은 같은 요리를 아침부터 팔려고 하거든요."

"내일, 못 기다린다. 오늘, 기다립니다."

그때 슈미랄보다 키가 큰 사람이 홀연히 나타났다.

"그럼 내가 먼저 사야겠군. 아스타, 2인분 부탁하네."

카뮤아 요슈였다.

이 정도의 갑작스러운 등장에는 이제 내성이 생겼다.

"매번 감사합니다. ……어제는 품절이 되어서 죄송했습니다."

"아무렴! 어제는 할 수 없이 다른 가게에서 간식을 샀는데 너무 아쉬워서 먹은 것 같지도 않더군. 새로운 요리도 흥미가 당기지만 내일의 즐거움으로 남겨두지."

어제 있었던 일은 포장마차를 반납하러 갔을 때 《키뮤스의 꼬리정》에 머무르는 카뮤아 요슈에게도 말해두었다.

이 아저씨는 대단히 놀란 표정을 지었지만, 분명 보이지 않는 곳에서 전부 지켜보고 있었을 것이다.

"여기 2인분 드릴게요. 오래 기다리셨습니다."

"고맙네! 그럼 계속 힘내게!"

카뮤아 요슈는 마지막에 슈미랄에게 눈인사를 하고 나서 가벼운 발걸음으로 자리를 떴다.

장사를 방해하지 않으려는 배려에서인지 내가 일할 때는 치근거리지 않는 카뮤아 요슈였다.

"……저 사람, 아는 사이입니까?"

"네? 아, 네. 어쩌다 보니 아는 사이가 되었어요."

"그렇습니까. ……머리와 눈동자 색, 북쪽 백성. 피부색, 서쪽 백성. 신기합니다."

과연. 이쪽 세계 사람들은 카뮤아 요슈의 겉모습만 보고 그가 서쪽과 북쪽의 혼혈이라는 것을 추측할 수 있는 모양이다.

하지만 어디까지나 손님인 이 사람에게 카뮤아 요슈의 개인 정보를 흘려서는 안 될 것이다. 그래서 나는 "그러게 말이에요" 하고 적당히 맞장구만 쳐주었다.

"……그리고, 마음은 동쪽 백성, 비슷합니다. 저 사람, 마음, 생각, 보이지 않습니다."

슈미랄은 다시 생각에 잠긴 듯한 눈빛을 했다.

"웃고 있다. 그런데, 마음, 보이지 않다. ……이상합니다."

이번에도 "그렇죠" 하고 대답할 수밖에 없었다.

나는 분명히 이 슈미랄이라는 사람의 마음도, 카뮤아 요슈의 마음도 전혀 읽어내지 못할 것이다.

그나저나 『기바 버거』가 딱 하나 남은 상태로 여러 명의 손님을 받기가 불안해서 슬슬 다음 요리를 준비하려는 순간—— 자갈인 손님이 혼자 뛰어왔다.

"저기! 아직 남았나?!"

"네. 마침 딱 하나 남았어요."

"아아, 다행이다! 오늘 늦잠을 자버렸거든. 하마터면 못 먹을 뻔했네!"

잘 기억나지 않지만 어제도 와주었던 손님인 것 같다. 나는 "매번 감사합니다" 하고 붙임성 있게 응하면서 마지막 패티로 『기바 버거』를 만들었다.

좋아서 어쩔 줄 몰라 하는 손님을 마지막으로 『기바 버거』는 완판되었다.

역시 한 시간도 걸리지 않았다. 그야말로 무섭기까지 한 팔림새다.

"좋았어. 그럼 타라파 소스를 가죽 자루에 옮기도록 하죠. ……아, 그 전에 좀 식혀야 하나?"

"으응…… 오늘도 많이 남았네."

기뻐하는 비나 루를 곁눈질하며 나는 "흐음" 하고 생각에 잠겼다.

"그나저나 너무 짧은 시간에 다 팔려서 소스가 덜 졸아들었네요. 이걸 내일 또 사용하면 재료비를 꽤 절약할 수 있겠는데요?"

"아……" 하고 비나 루가 울상을 짓는다.

그 표정이 어찌나 비통하던지 나는 웃음을 터뜨리고 말았다.

"농담이에요. 타라파는 끓여도 이틀은 간다지만 육즙도 섞여 있으니 오늘 밤 안으로 먹어야 안전해요. 그러니 집에 가져가세요."

"아스타도 참…… 짓궂긴…….."

비나 루가 볼을 잔뜩 부풀렸다.

이 사람은 토라지면 입술을 삐죽 내미는 게 아니라 이렇게 하는구나.

그때 "……가련하군요" 하고 슈미랄이 중얼거렸다.

"네? 뭐라고 하신 것 같은데."

"가련합니다. 그리고, 아름답습니다."

그렇게 말하면서도 표정은 요만큼도 변하지 않는 동쪽 백성이다.

비나 루는 그녀답지 않게 온기 없는 미소를 띠고 "고맙습니다……" 하고 적당히 넘길 뿐이었다. 남자의 칭찬을 지겹도록 들어서일지도 모른다.

이러저러하여 쇠 냄비를 3분만 식혔다가 타라파 소스를 가죽자루에 옮긴 후 드디어 『먀무구이』 만들기에 돌입했다.

조리법은 고기를 굽기만 하면 되기에 아주 간단하다. 다만 『기바 버거』와는 달리 얼마큼을 미리 만들어두어야 하는지의 문제가 남았다.

'대충 둘러보니 당분간은 오가는 사람도 늘 것 같지 않고, 우선 인원수만큼과 시식할 양만 만들면 되겠지.'

먼저 슬라이스한 아리아를 볶아주고 양념이 밴 기바 고기를 1킬로그램 정도 가늠하여 쇠 냄비에 집어넣었다. 그렇게만 했는데도 먀무와 과실주 향기, 기바 고기 굽는 냄새가 폭발적으로 퍼져나갔다.

통행인이 없어서 안타까울 따름이었다. 이 메뉴는 『기바 버거』보다 사람들의 후각을 더 자극해줄 것이다. 슈미랄도 무표정인 채 "먀무, 좋은 향기입니다" 하고 중얼거렸다.

다 볶아지자 나무 접시에 옮겨 담고 바짝 졸인 양념 국물을 듬뿍 끼얹어서 채 썬 티노를 곁들여 포이탄으로 돌돌 말았다.

"아, 비나 루, 화로 좀 밖으로 빼줄래요?"

"네에."

손님이 오지 않을 때는 화로를 빼야 한다. 그렇지 않으면 쇠냄비 안쪽이 타버린다. 바로 이 점이 『기바 버거』에 비해 약간 번거롭지만 그만큼 장작을 아낄 수 있다. 결과적으로는 그게 그거지만.

숯불을 사용할 수 있다면 얼마나 좋을까 하고 생각하면서 나는 다섯 명 몫의 『먀무구이』를 만들었다. 남은 고기는 시식용이다.

"오래 기다리셨습니다. 이 요리도 적동화 두 닢입니다."

역시 말없이 고개를 끄덕이면서 슈미랄을 포함한 다섯 명이 동전을 내밀었다. 시식도 필요 없는 모양이다.

그들이 점잖게 『먀무구이』를 한 입 베어 먹기 시작했는데──맛은 어떨까? 이럴 때 감정을 읽어내지 못해서 몹시 불편하다.

"……맛있었습니다. 내일부터, 순서, 먹습니다."

"네? 순서대로 먹는다고요?"

"네. 둘 다 맛있다, 고르기 어렵습니다. 그래서 순서, 먹습니다."

아무튼 입맛에 맞았나 보다.

성격이 정말 너그러운 사람들이구나 싶어 나도 모르게 미소가 지어졌다.

"고맙습니다. 그렇게 말씀해주셔서 정말 기쁩니다."

"나도, 맛있는 요리, 만나서 기쁩니다."

슈미랄은 갑자기 내 옆에 있는 비나 루 쪽으로 시선을 옮겼다.

"아스타, 하나, 물어도 됩니까?"

"네, 뭔데요?"

"그녀, 아스타, 아내입니까?"

내가 놀라서 대답을 못하고 있는 사이 비나 루가 빙그레 웃으며 내 팔에 달라붙었다.

"그건 비밀이에요……."

"그렇습니까? 실례했습니다."

슈미랄은 입가에 살짝 감정을 드러냈다.

매우 조용하고 온화하게, 그리고 아주 조금 아쉽다는 듯──은발의 젊은 시무인은 희미하게 웃었다.

이윽고 모자를 다시 뒤집어쓰고 네 명의 동료들과 함께 자리를 떴다.

"매번 감사합니다."

그 뒷모습에 인사를 하면서 나는 비나 루의 팔을 떼어냈다.

"아, 진짜! 비나 루, 이런 건 별로 좋지 않다고요."

"그게…… 동쪽 사람이 날 좋아해봤자 성가시기만 하잖아……? 아니면 여자로서의 매력을 마구 풍기는 쪽이 좋아……?"

그런 건 처음부터 무질서하게 풍겨대던 비나 루인데 새삼스럽게 말을 꺼내다니.

그래도 뭐…… 손님을 대할 때는 이렇게 원만하게 하는 수밖에 없다는 생각에 나는 한숨을 쉬었다.

"아무튼 정말 굉장해…… 가게를 연 지 얼마 되지도 않았는데 어제보다 더 많이 팔렸잖아……?"

"그러게요. 다 팔릴까 봐 걱정하는 손님이 한꺼번에 몰려온 느낌이지만요."

그렇게 한바탕하고 났더니 손님의 발길이 뚝 끊겼다. 참으로 극단적인 이야기다.

"어쨌든『먀무구이』는 25인분 남았어요. 너무 많이 남지만 않으면 어제 말한 작전을 결행할 생각이에요."

"포장마차를 두 대로 늘린다고 했지⋯⋯? 거길 도와줄 사람은 본가와 분가에서 한 명씩 보내준다더라⋯⋯."

"아, 분가 사람도 보내주는군요?"

"그야⋯⋯ 집안일도 해야 하니 본가에서 한꺼번에 세 명이나 보내줄 순 없잖아⋯⋯?"

비나 루가 작게 한숨을 쉰다.

"하아⋯⋯ 아스타와 단둘이 일하는 것도 오늘이 마지막이네⋯⋯ 정말 행복한 나흘간이었어⋯⋯."

"다, 다른 사람이 있으면 뭐가 어때서요?"

"그야⋯⋯ 본가에서는 레이나가 올 것 같잖아⋯⋯?"

그 부분은 이미 마음을 단단히 먹어두었다.

어린 리미 루와 티토 민 할머니가 쇠 냄비를 옮기기에는 힘들 것 같고, 사티 레이 루는 코타 루를 돌봐야 한다. 그리고 여자들의 통솔 역할을 맡은 미아 레이 아주머니를 제외하면 후보는 레이나 루와 라라 루, 이렇게 두 명밖에 남지 않는다.

이번에는 최소 한 명은 아궁이 당번을 잘하는 여자를 보내달라고 요청했기 때문에 내가 직접 레이나 루를 지명한 것이나 다

23

름없었다.

비나 루는 예상보다 훨씬 더 일에 진지하게 임해주었다. 모쪼
록 레이나 루와도 이렇게 원만한 관계를 구축하고 싶다.

"……이제 곧 본가의 누군가가 역참 마을에 내려올 테니 그때
누구로 정해졌는지 알려주지 않을까……?"

"어? 루가의 장 보는 날은 내일 아니었나요?"

"응…… 그런데 내가 부탁해놓은 일도 있고 해서 하루 먼저
장 보러 오기로 했어……."

무슨 일이냐고 물으려는데 그 전에 "어머……" 하고 선수를
빼앗겼다.

"말하자마자 바로 오다니…… 제법 빨리 도착했네……."

비나 루의 시선을 좇자 그곳에 두 사람의 모습이 보였다. 의외
의 조합이었다.

아니, 한쪽은 딱히 의외랄 것도 없지만——.

북적거리는 남쪽 방향에서 이쪽을 향해 똑바로 걸어오는 사람
은 루 본가의 차녀와 차남이었다.

2

"아스타, 오랜만이에요."

레이나 루가 먼저 인사를 건네왔다.

어쩐지 지극히 온화한 표정으로.

"응, 오랜만이야. ……이래저래 열흘 만에 보는 건가?"

루티무의 축하연에서 껄끄럽게 헤어진 뒤 열흘 만이다.

파가를 나와서 루의 가족이 되어달라는── 레이나 루의 부탁을 들어주지 못한 나였다.

그럼에도 레이나 루는 '포기하지 않겠다'는 의사표시를 하고 자리를 떴기 때문에 나로서는 그녀를 어떤 태도로 대해야 할지 고민스러운 참이었다. 하지만 의연하게 대할 수밖에 없다.

그런 내 눈앞에서 레이나 루는 그저 온화하게 미소 짓고 있었다.

어린아이처럼 순수했던 면모가 감쪽같이 사라질 만큼 온화하게.

"비나 언니, 이거 언니가 부탁했던 거."

"아, 고마워…… 무거웠지……?"

"아니, 전혀."

레이나 루는 등에 지고 있던 것을 포장마차 옆에 내려놓았다.

채소를 넣는 데 쓰는 커다란 자루였다. 단단한 물건이 들어 있는지 자루 여기저기가 울퉁불퉁하게 튀어나와 있었다.

"그게 뭐예요? 장작처럼 보이는데요."

"장작이야…… 내가 요 사흘간 모아뒀거든……."

무슨 뜻인지 바로 알아들을 수가 없었다.

"사흘 내내 장사가 예정보다 일찍 끝났잖아……? 그랬더니 미아 레이 엄마가 남은 시간은 아스타를 위해 쓰라고 하더라……

내가 할 수 있는 일은 장작을 모으는 정도잖아……?"

"그랬군요! 정말 고마워요. 안 그래도 내일부터는 장작을 훨씬 많이 써야 하거든요."

"나와 아스타는 다른 짐을 드느라 여력이 없으니 장 보는 날 가져와달라고 미아 레이 엄마한테 부탁한 거야…… 매일 남은 타라파 소스를 받고 있으니 그 정도는 일도 아니라며 엄마도 웃더라…….."

그러더니 원망하는 듯한 곁눈질로 나를 쳐다보았다.

"아스타를 놀라게 해주려고 그동안 말 안 했던 거야…… 그런데 아스타가 그렇게 짓궂은 말을 할 줄이야……."

"미, 미안해요. 그건 정말 농담이었어요. 진짜 기쁜데요. 고마워요."

황급히 사과하는 내 목소리가 자루를 거칠게 내려놓는 소리에 가려 잘 들리지 않았다. 다루무 루가 짊어지고 있던 자루를 땅바닥에 내려놓은 것이다.

레이나 루의 세 배인, 자루 세 개 분량의 장작이었다. 루의 촌락에서 역참 마을까지 오려면 한 시간이 조금 안 걸리지만, 나와 여자들만으로는 이 정도 분량을 옮길 수는 없을 것이다.

"다루무도 고마워…… 그런데 너, 쉬어야 하는 거 아니야……?"

다루무 루는 대답하지 않았다.

표정은 알 수가 없다. 얼굴과 머리에 붕대 같은 회색 천을 둘둘 휘감고 있었기 때문이다.

그럼에도 아버지를 쏙 빼닮은 파란 눈동자는 야생 늑대처럼 활활 타오르고 있어, 그가 다루무 루라는 사실을 무엇보다도 확실히 나타내고 있었다.

"다루무는 말이야…… 분가의 남자를 지키기 위해 얼굴과 머리를 다쳤지 뭐야……. 사흘 전까지는 혼자 걷지도 못할 만큼 부상이 심했어……."

"쓸데없는 소리 마."

다루무 루가 낮은 목소리로 내뱉었다.

다루무 루는 축하연 날 밤에도 보지 못했기 때문에 레이나 루보다 더 오랜만에 만난 것이다.

더군다나 이 녀석은 내 앞에서는 한마디도 하지 않으려 하기 때문에 그의 목소리를 듣는 것은—— 어쩌면 아이 파를 가운데 놓고 험악한 대화를 주고받았던, 한 달 전의 그날 밤 이후일지도 몰랐다.

'다쳤다는 소식은 들었는데, 그것도 벌써 일주일 전이었지. 이렇게 크게 다친 줄은 몰랐네…….'

한 달 전 그날 밤에는 감정에 휩쓸려서 온갖 말을 다 퍼부었지만, 그 이후로는 아이 파를 귀찮게 하는 기색이 없었기 때문에 내 쪽에서는 그 일을 마음에 담아두지 않고 있었다.

그래서 나는 "정말 고맙습니다" 하고 순순히 머리 숙여 인사를 했다.

물론 그 인사에 대한 답인사는 험악하게 타오르는 눈빛과 비호의적인 말이었다.

"이 일은 네놈이 루가에 보내준 타라파에 대한 대가다. 네놈에게 인사를 들을 이유는 없어."

"하여튼 고집쟁이라니까…… 그런 점까지 돈다 아버지를 닮을 필요는 없잖아……?"

비나 루가 쿡쿡거리며 웃었다.

다루무 루는 같은 눈빛으로 그쪽을 쏘아봤지만 대담한 누나의 입을 막을 수는 없었다.

"그래도 짐을 옮길 수 있을 만큼 건강을 되찾아서 다행이야…… 이제 곧 숲에도 나갈 수 있을 테니 무리하면 안 된다……?"

"……너한테 걱정 끼칠 정도로 망가지지는 않았어."

"어머, 누나한테 못 하는 소리가 없네…… 어때, 귀엽지……?"

비나 루가 살짝 속삭였다.

하지만 이 모습을 귀엽다고 생각할 수 있는 것은 육친의 특권이리라. 만약 악연을 맺은 슨가(家)에 이 정도 박력을 지닌 사람이 있었다면 내 위기감도 50퍼센트는 증가했을 것이다.

"……아스타, 돈다 아버지와 미아 레이 엄마로부터 전갈이 있어요. 들어주겠어요?"

레이나 루가 조용히 끼어들었다.

"만약 내일부터 일손이 더 필요하다면 본가에서 라라 루, 분가에서 실라 루를 보내준다고 해요."

"아…… 라라 루와 실라 루구나."

"네. 부디 날 보내달라고 말씀드렸지만 승낙하지 않으셨죠."

그렇게 말하더니 레이나 루는 생긋 웃었다.

레이나 루가 이런 장면에서 이런 표정을 짓는 소녀였던가?

뭘까. 레이나 루의 마음을 전혀 모르겠다.

"……이게 아스타의 새로운 요리군요."

레이나 루가 시식용 나무 접시에 시선을 던졌다.

"어, 맞아. 괜찮으면 이 시식용 고기 한번 먹어볼래? 지금은 식었을 테니까 따뜻하게 데워줄게."

"아뇨. 이건 역참 마을 사람들을 위해 마련한 거죠? 내가 먹어버리면 마을 사람들이 먹을 양이 줄잖아요. 아스타의 일을 방해하고 싶지는 않아요."

레이나 루가 눈을 내리뜨고 미소 짓는다.

그 모습을 보고 비나 루는 나른하다는 듯 한숨을 쉬었다.

"저기, 아스타…… 난 맛을 봐도 되지……? 괜찮으면 지금 먹게 해줄래……?"

"네? 아아, 네. 물론 상관없죠."

비나 루의 의도를 알아차렸기에 나는 반은 꺼졌던 화로 속에 새 장작을 집어넣고 포장마차 안쪽에 세팅을 했다.

냄비를 데우고 있는데 다루무 루가 비나 루에게 "이봐" 하고 말을 걸었다.

"오늘도 슨가 사람들은 안 나타났나?"

"으응…… 슨가는커녕 다른 숲가의 백성도 못 봤지……?"

"그러게요. 물건을 사러 와도 이런 끝자락까지는 오지 않을 테니 지금은 여기 포장마차를 낸 줄 아무도 모르는 거 아닐까요?"

"그렇군" 하고 어디까지나 비나 루 쪽을 쏘아본 채 다루무 루가 슬쩍 고개를 끄덕였다.

"그럼 그 카뮤아 요슈라는 남자는?"

"아까 아스타의 요리를 사 갔어…… 그 남자라면 어디 나무 그늘에 숨어 있을 가능성도 있지만……."

"……그렇군" 하고 두 눈을 이글이글 태우며 다루무 루가 포장마차 뒤의 잡목림을 힐끗 노려보았다.

지금 이 순간 정말 카뮤아 요슈가 어딘가에 숨어서 우리 대화를 엿듣고 있을지도 모른다── 그렇게 생각하는 것은 참으로 불쾌한 일이다. 숲가의 백성에 대한 애착을 표명한 반면, 서로 이해하는 자세를 보이려 하지 않는 그 남자는 도대체 언제쯤 적인지 아군인지 판별이 될까.

"좋았어. 그럼 만들게요."

데운 냄비에 아리아를 넣고 고기를 볶아서 『먀무구이』를 1인분만 만들었다.

그걸 받아 든 비나 루는 "정말 맛있겠다……" 하고 즐겁게 미소 지으며 한 입 베어 먹었다.

"응, 맛있어…… 그런데 굉장히 달아…… 돈다 아버지는 싫어하겠네……."

"그럴 거예요. 과실주를 아주 듬뿍 넣었거든요."

"그래도 굉장히 맛있어…… 난 기바 버거만큼 좋아…….”

비나 루는 한 입 더 베어 먹고 나서 레이나 루에게 내밀었다.

"레이나…… 이건 내 몫이니 사양하지 않아도 돼…… 한 입만이라도 먹어보면 어때……?”

"아, 하지만…….”

"안 먹으면 내가 다 먹어버린다……?”

비나 루는 그렇게 말하면서 한 입 더 먹었다.

레이나 루의 얼굴에 어린아이처럼 초조해하는 표정이 떠올랐다.

내가 알고 있는 레이나 루의 표정이다.

"그럼 한입만……” 하고 레이나 루는 머뭇거리며 손을 내밀었다.

그 조그만 입이 『먀무구이』를 베어 먹더니── 얼굴에 걷잡을 수 없는 행복한 미소가 퍼졌다.

"맛있……어요, 정말. 맛이 굉장히 강한데요……?”

"응. 역참 마을 사람들에게는 이렇게 강한 맛이 입맛에 맞을 것 같았거든.”

"역시 아스타는 대단해요. ……아아, 나도 여기서 일하고 싶었는데…….”

그렇게 말하고 눈을 내리뜨는 레이나 루는 역시 평상시 그녀답게 순수함을 되찾은 듯했다.

"……아스타의 장사는 열흘로 끝나는 게 아니니까 계속 같은 사람이 돕게 되지는 않겠지……. 기회가 있으면 레이나한테도 순서가 돌아갈 거야……."

"응, 그렇겠네" 하고 레이나 루는 수줍은 듯 웃었다.

그러고 나서 약간 뻣뻣하게 내 쪽을 쳐다보았다.

"그때는…… 모쪼록 잘 부탁해요, 아스타."

"아, 응. 나도 잘 부탁해."

내가 대답하자 레이나 루는 환하게 웃었다.

어쩐지 가슴이 아파오는 미소다.

그 순간 다루무 루가 "용건 끝났으면 가자" 하고 짜증스러운 목소리로 말했다.

"어머, 다루무는 안 먹으려고……?"

"뭐하러 먹어?" 하고 내뱉고 나서 다루무 루는 늑대 같은 눈빛으로 다시 나를 쏘아봤다.

"이봐…… 네놈은 아까부터 왜 눈빛이 그 모양이지? 꼴사납게 부상이나 입고 숲에 들어가지 못하게 된 내가 불쌍하다는 건가?"

"네에? 아니거든요! 나도 기바한테 두 번이나 죽을 뻔했다고요. 기바를 사냥하느라 부상당하는 게 꼴사납다니요, 전혀 그렇게 생각하지 않습니다."

역시 이 양반과는 너무 안 맞는다는 생각을 하며 나는 머리를 긁적였다.

그러자 비나 루가 포장마차 밖으로 돌아나가더니 다루무 루의 우람한 오른팔에 유유히 들러붙었다.

"그러면 못 써. 흥분하면 상처가 또 벌어지잖아……? 빨리 회복하고 싶으면 매사에 조심해야지…….'

"시끄러워. 끈적하게 들러붙지 마."

다루무 루는 누나의 몸을 거칠게 떼어냈다.

그러고는 곧바로 남쪽을 향해 걸어가기 시작했다. 레이나 루는 황급히 나에게 머리를 숙였다.

"일을 방해해서 미안해요. 부디 비나 언니를 잘 부탁드려요. ……그리고 아스타도 모쪼록 몸조심하고요."

"응, 고마워. 돈다 루와 미아 레이 루에게도 안부 전해줘."

마지막에 다시 행복한 미소를 보이며 레이나 루는 오빠 뒤를 따라갔다.

먹다 만 『먀무구이』를 손에 든 채 비나 루는 작게 한숨을 쉬었다.

"괜한 짓을 했나…… 하지만 레이나가 저런 식으로 자기 마음을 꾹 참고만 있는 게 너무 딱하잖아……."

"네? 뭐, 뭐가요?"

"루티무의 혼례 잔치 이후, 레이나는 줄곧 고민에 빠진 얼굴을 하고 있거든…… 너희들, 그날 밤 무슨 일 있었지……?"

"하아…… 그야 아무 일도 없었다고는 말 못 하지만요……."

"무슨 일이 있었는지는 말하지 않아도 돼. ……아아, 난 어떻게 행동해야 할까…… 레이나가 괴로워하는 모습은 보고 싶지 않고, 그렇다고 레이나와 아스타가 맺어지는 모습은 더 보기 싫은데……."

"…………."

"있지…… 아스타는 이제 아이 파하고 맺어져야 하는 거 아닐까……?"

나는 어떤 표정을 짓고 있었을까.

비나 루는 전에 없이 진지한 표정을 하고 있다.

"……그렇게 하면 모든 게 원만히 해결되나요?"

"음…… 아스타와 아이 파가 맺어진다면 내 마음은 산산조각이 날 테니 뭐든 엉망으로 만들 각오도 설 것 같아……."

"네?"

"그럼 내가 아스타를 유혹해서 우리 둘이 숲가를 뛰쳐나오면 되거든. 어차피 아이 파가 우리를 용서하지 않을 테니 더 이상 숲가에서 살 수는 없겠지…… 게다가 레이나도 부도덕한 짓을 저지른 우리에게 크게 실망해서 더는 마음 쓰려 하지 않을 거야……."

"저기요! 원만히 해결되는 게 하나도 없는 것 같은데요!"

"……내 입장에서는 이제 그 방법 말고는 아스타와 맺어질 미래가 그려지지 않는걸……."

애처롭게 고개를 숙이는 비나 루이지만, 하고 있는 말은 지리 멸렬하다. 나는 혼신의 힘을 다해 한숨을 내쉬어 보았다.

"전에도 말했듯이 난 누구와도 부부가 될 생각이 없어요. 그런 불온한 미래 예상도는 절대로 실현되지 않는다고요."

"그럼 아이 파가 청혼하면 어떻게 할 거야……? 아스타가 그걸 거절할 수 있을까……?"

당연하죠── 하고 즉답할 수가 없었다.

아이 파에게 청혼을 받다니, 그런 미래는 현실미가 너무 없다.

그런데 만약 그런 미래가 온다면?

언제 사라질지 모르는 몸으로 누군가와 짝이 되고 싶지는 않다는 생각을 하며, 그럼에도 이 생명이 다할 때까지 아이 파 곁에 머물고 싶은 나였다.

그런 내가 아이 파의 청혼을 받는다면── 나는 어떤 선택을 할까?

할 말을 잃은 나를 곁눈질로 보면서 비나 루는 밤색 머리카락 끝을 만지작거렸다.

"혹은 아이 파가 다른 남자에게 시집갈 결심을 한다던가…… 말해두지만 다루무는 여전히 아이 파를 색시로 맞아들이고 싶어 해……. 2년 동안 혼담이 들어올 때마다 계속 거절했거든……."

"저, 정작 아이 파는 시집을 가거나 파가에 데릴사위를 들일 생각이 전혀 없으니 그런 미래도 오지 않을 거예요."

"지금은 그렇더라도 사람 마음은 변하기 마련이잖아……? 실제로 모든 숲가의 백성과 인연을 끊으려 했던 아이 파가 지금은 아스타를 가족으로 받아들였잖아……? 1년 후나 2년 후에 아이 파가 어떤 마음일지는 아이 파 스스로도 모르는 거 아닐까……?"

"그건…… 그럴지도 모르겠지만요……."

"아이 파가 청혼하면 아스타는 거절할 거야⋯⋯? 아스타한테 거절당해서 아이 파가 다루무에게 시집가기로 결심해도 아스타는 축복할 수 있겠어⋯⋯?"

이번에야말로 나는 입을 꾹 다물게 되었다.

아이 파가 사냥꾼으로서의 삶을 버리다니, 적어도 지금 모습을 보고 있는 한 절대로 상상할 수 없었다.

하지만―― 사람의 마음은 우연한 계기로 크게 변하기도 한다.

게다가 아이 파의 마음이 변하지 않더라도, 예를 들어 신 루의 아버지인 랴다 루처럼 중상을 입고 영원히 사냥꾼으로 살아가지 못하게 될 가능성도 있다.

그때 나는―― 어떻게 행동할까?

"어이. 오늘은 가게를 안 접을 셈인가 봐?"

갑자기 처음 듣는 목소리가 들려 나는 퍼뜩 정신이 들었다.

"시무인과 자갈인 모두 가버렸잖아. 역참 마을에 있어봤자 소용없을 텐데? 누가 기바 고기 따위를 사러 오겠어?"

처음 듣는 목소리인 데다 처음 보는 얼굴이었다.

남자――라기보다는 소년 같은데. 어쩌면 내 또래일지도 모른다. 질이 나쁜 소년 같았다.

상아색 피부에 연한 갈색 머리를 아무렇게나 길렀으며 삼백안 눈동자는 갈색이다. 상체에는 앞이 활짝 벌어진 조끼를 걸치고 허리에는 소도를 차고 있었다.

그리고 소년 뒤에는 같은 또래의 같은 복장을 한 동료들이 모여 있었다. 동료들은 다섯 명 정도인데 한 명만 여자였다.

"……어서 오세요."

나는 웃는 얼굴로 응했다.

보아하니 나를 놀리러 온 것이 분명했다. 하지만 이들이야말
로 내가 첫날부터 목 빼고 기다리던 서쪽 백성 손님이었다.

마음속에는 여전히 아이 파의 모습이 또렷하게 남아 있지만
지금은 그걸 고민할 때가 아니다.

"기바 고기는 꽤 맛있답니다. 괜찮으면 이쪽에서 맛을 한번
보세요" 하고 시식용 나무 접시를 가리키자 소년은 '이거 완전
바보 아니야?' 하는 표정으로 웃음을 터뜨렸다.

"서쪽 백성이 그런 걸 먹을 리가 없잖아? 너 서쪽 백성 아니
야? 왜 너 같은 놈이 《기바 먹는 인종》의 여자와 어울려서 기바
고기 따위를 팔고 있는 거지? ……오늘 벌어야 할 동전은 충분
히 벌었을 텐데? 냉큼 숲가로 돌아가."

이틀 전 자갈인 아저씨가 했던 말과 비슷한 내용이지만, 그때
와는 비교도 되지 않을 만큼 악의와 적의로 가득한 말투였다.

그 밑바탕에 깔린 것은 역시 멸시와 두려움의 감정이리라. 말
은 대담하게 내뱉으면서도 시선은 약간 초조해 보였다. 웃고는
있지만 그렇다고 즐거워 보이지는 않았다. 왠지 마을의 불량소
년들이 담력 시험으로 숲가의 백성에게 생트집을 잡으러 온 분
위기였다.

하지만 내가 기다려왔던 손님은 바로 이들이었다. 이들이 마

음을 열고 기바 고기를 먹어줄지 그것이야말로 우리가 해결해야 할 과제였다.

"내가 숲가의 태생이 아닌 건 맞아요. 하지만 그런 내게도 기바 고기는 정말 맛있게 느껴지거든요. 그래서 역참 마을 여러분에게도 기바 고기의 맛을 알리고 싶어서 이렇게 가게를 열었답니다."

상냥하게 응대하는 나와 반대로 소년은 볼 언저리가 굳어지더니 "흥!" 하고 콧방귀를 뀌었다.

"그런 걸 맛있게 느끼는 사람은 남쪽이나 동쪽에서 돈을 벌러 건너온 가난뱅이뿐이라고! 눈에 거슬리니까 냉큼 사라져!"

"그런가요? 기바 고기를 맛본 서쪽 백성 손님은 몇 안 되지만 다행스럽게도 그 손님들은 맛있다며 칭찬을 해주었거든요. 입맛은 사람마다 다르니까요⋯⋯ 괜찮으면 그쪽 분들도 한번 맛을 보시겠어요?"

말하면서 나는 비나 루에게 눈짓을 보냈다. 비나 루는 내가 눈짓을 하기도 전에 벌써 포장마차 내부의 화로를 서둘러 세팅하는 중이었다.

"⋯⋯재미있을 거 같은데. 먹어 봐."

유일한 여자아이가 유쾌하게 말하면서 소년의 등을 마구 찔렀다.

비나 루만큼은 아니지만 상당히 요염한 소녀인데, 아마 이 아이도 내 또래일 것이다. 상반신은 가슴 가리개만 걸쳤고 허리에는 발목까지 내려오는, 감아서 입는 치마를 둘렀다. 비나 루가 역참 마을에 있을 때의 옷차림과 거의 비슷했다. 하지만 베일을 쓰거나 숄을 걸치지 않아서 노출이 심한 데다, 옷 색상은 화려하며 목과 팔에는 치렁치렁하게 장신구를 늘어뜨리고 있다.

요염한 소녀도 포함해서 그들의 피부는 모두 상아색이지만, 햇볕에 잘 그을린 사람은 황갈색으로 보이기도 했다. 역시 서쪽 백성들은 그 뿌리를 더듬어 가면 한 인종에 이르는 모양이라고 나는 머리 한구석에서 생각했다.

"헛소리 마. 내가 왜 기바 고기 따위를 먹어야 하지?"

"뭐 어때? 맛있으면 우리도 먹어줄게."

"그럼 네가 먼저 먹어! 맛있으면 나도 먹어줄 테니."

"하! 한심하긴. 용감한 척은 혼자 다 하더니 결국 기바가 무서운 거잖아?"

소녀는 도발하듯 웃으면서 긴 갈색 머리를 쓸어 올렸다.

역시 이들은 담력 시험 삼아 나를 놀리러 온 모양이다. 나로서는 바라던 바다.

소년과 소녀가 강아지처럼 아웅다웅하는 사이, 쇠 냄비가 달구어졌다. 나는 가죽 자루에서 기바 고기 한 자밤을 꺼냈다.

그 고기를 냄비에 집어넣자 치익 하고 기분 좋은 소리와 함께 향긋한 냄새가 풍겼다.

그 순간 두 사람이 입을 다물었다.

뒤에서 히죽거리고 있던 일행들도 마치 보이지 않는 실에 의해 잡아당겨졌다는 듯이 포장마차 앞으로 다가왔다.

고기 표면이 구워졌을 무렵, 나무 숟가락으로 양념 국물을 한 숟가락 뿌려주자 더 향긋한 냄새가 흰 연기와 함께 퍼졌다.

"……먀무네, 이거. 먀무를 쓰면 맛있는 냄새가 나긴 하더라."

아까 그 소년이 비웃듯이 말했지만, 맞장구를 치는 사람은 아무도 없었다.

거의 다 볶아졌을 무렵에 나무 접시에 담겨 있던 것도 쇠 냄비에 집어넣고 잘 섞어준 다음 나무 접시에 옮겨 담았다.

비나 루가 재빨리 화로를 밖으로 빼냈다. 나는 그리기 가지를 깎아 만든 이쑤시개를 나무 접시에 곁들였다.

"자, 한번 먹어보세요. 맛만 봐도 괜찮습니다. 입맛에 맞지 않더라도 이야깃거리는 되잖아요."

소년 다섯 명과 소녀 한 명. 그들은 모두 당황한 표정을 짓고 있었다.

엄청나게 망설이고 있다. 엄청나게 갈등하고 있는 것이 빤히 보였다.

기바 고기 따위는 먹고 싶지 않다는 혐오감과 기바를 무서워하는 것처럼 보이기는 싫다는 자존심과 숲가의 백성에 대한 반감 그리고 눈앞에서 맛있는 냄새를 풍기고 있는 요리에 대한 호기심과―― 온갖 생각에 마음이 휘둘리고 있으리라.

"뭔가…… 생긴 건 엄청 맛있어 보이네……."

"바, 바보야, 하지만 기바 고기라고!"

"그래! 기바 고기는 정상적인 인간이 먹을 만한 게 못 돼!"

"이런 거 먹으면 기바처럼 뿔이나 엄니가 솟아난다고 우리 할머니가 그러던데?"

"먀무를 쓰면 냄새가 좋아지는 건 당연하고."

"아…… 그런데 진짜 맛있어 보인다…….

"정말이네! 굉장히 맛있을 것 같아!"

응?

잘 살펴보니 소년들 사이에 짙은 갈색 머리가 살짝 엿보였다.

채소 장수인 돌라 아저씨의 사랑스러운 딸 탈라였다.

"아스타 오빠! 이게 새로운 요리구나! 먀무 냄새가 무척 좋아!"

"맞아, 탈라도 한번 먹어봐."

내가 이쑤시개를 하나 더 마련해주자 탈라는 "와아" 하고 뛸 듯이 기뻐하며 그것을 집어 들었다.

그리고 몹시 당황해하는 소년들의 시선을 한 몸에 받으며 "맛있다!" 하고 쾌재를 외쳤다.

"이건 기바 버거처럼 연하지는 않네! 그래도 굉장히 맛있어! 아스타 오빠, 네 개 살게!"

"고마워! 그런데 아저씨들은 시식 안 해도 괜찮을까?"

"응! 탈라가 먹어보고 맛있으면 다 팔리기 전에 사오라고 그랬는걸!"

그것참, 고마운 소리였다.

냄비 가게와 포목점 아저씨들이 이렇게까지 기바 고기 요리에 흥미를 가져준 것은 전적으로 돌라 아저씨의 인덕 덕분이다.

그리고 돌라 아저씨가 마음을 열어준 것은 분명 비나 루와 루도 루 덕분이라고 생각한다.

그런 생각을 하면서 나는 탈라에게 웃어 보였다.

"좋았어! 잠깐만 기다려. 금방 만들어줄 테니."

"응!"

방금 빼낸 화로를 다시 집어넣고 4인분에 해당하는 아리아와 고기를 볶았다.

소년들 중 누군가가 군침을 삼키는 소리가 얼핏 들렸다.

생각해보면 처음에 시무인 손님도 탈라가 『기바 버거』를 구입하는 모습을 보고 이 가게에 흥미를 가진 셈이다. 이 아이는 가게에 복을 가져다주는 인연이라는 것을 나는 절실히 깨달았다.

"오래 기다리셨습니다! 값은 적동화 여덟 닢이야."

"응! 잘 먹을게!"

탈라는 네 개의 『먀무구이』를 가슴에 소중히 품고 달려갔다.

쇠 냄비에 남은 찌꺼기를 나무 주걱으로 긁어내며 나는 갈팡질팡하는 소년들에게 생긋 웃어 보였다.

"자, 한번 먹어보세요. 시식은 무료거든요."

"좋아. ……먹겠어."

나무 접시에 손을 뻗은 사람은 홍일점인 여자아이였다.

"바, 바보야, 그만둬! 뿔이 나면 어쩌려고 그래?"

"그럴 리 없잖아. 그런 미신을 진짜 믿는 거야?"

말은 그렇게 하면서도 소녀도 어쩐지 몹시 고민하는 표정을 짓고 있다.

"저, 저렇게 조그만 아이가 아무렇지도 않게 먹고 있는데 우리가 무서워하면 바보 같잖아. 너희도 겁쟁이 소리 듣기 싫으면 먹어봐."

"누, 누가 무서워한다고 그래!" 하고 외치는 소년을 곁눈질하며 소녀는 이쑤시개를 집어 들었다.

매서운 눈빛으로 나와 비나 루의 얼굴을 노려보고 나서 결사의 표정으로 고깃점을 입에 넣었다.

씹느라 입을 두세 번 움직이더니 소녀는 "우와……" 하고 눈을 휘둥그레 떴다.

"야, 너, 괜찮아?"

한 소년이 소녀의 어깨에 손을 얹었지만 소녀는 매몰차게 그 손을 뿌리쳤다.

그러고 나서 "굉장히…… 맛있어……" 하고 중얼거렸다.

나는 슬며시 안도의 한숨을 내쉬었다. 소년들은 술렁이기 시작했다.

"무슨 헛소리야? 기바 고기라고! 너 제정신이야?"

"거참 시끄럽네! 거짓말 같으면 먹어보던가! 맛없으면 내가 여기서 옷을 홀랑 벗어준다!"

아니 되옵니다. 그럼 위병이 들이닥치기 때문에 그것만은 참아주십시오.

하지만 이 반응은 확실히 먹혔다는 증거였다.

드디어 일면식도 없는 서쪽 백성이 기바 고기를 먹고 맛있다고 말해주었다. 영업 넷째 날에 드디어 여기까지 도달하다니 뿌듯했다.

"제길! 알겠다고! ……그 대신 방금 그 약속 잊으면 안 된다?"

불순한 말을 하며 마침내 한 소년이 이쑤시개를 집어 들었다.

소년은 울상을 지어가며 가장 작은 고기를 골라 느릿느릿 입으로 가져갔다.

"우와……."

소년의 눈이 방금 그 소녀와 마찬가지로 휘둥그레졌다.

"어때? 맛있지?"

소녀는 이겼다는 듯 가슴을 활짝 폈다.

이윽고 남은 네 명이 차례로 손을 뻗기 시작했다.

맛없잖아! ……하고 말하는 사람은 없었다. 전원이 경악으로 눈을 휘둥그레 떴던 것이다.

남쪽 백성보다 서쪽 백성이 더 기바 고기와 궁합이 잘 맞는지, 아니면 『기바 버거』보다 『먀무구이』가 더 사람들 입맛에 잘 맞는지—— 정답은 아직 어둠 속에 있지만, 먹은 사람의 절반에게 평이 나빴던 영업 이틀째보다는 한 발 나아갔다고 할 수 있는 성과였다.

"……저기. 적동화 두 닢이었나?"

소녀가 다시 사나운 눈빛을 보내왔기에 나는 "네" 하고 붙임성 있게 대답해 보였다.

"뭐야, 유미. 너 설마 사려고?"

"그럼 안 돼? 이렇게 맛있는데 안 살 이유가 없잖아? 이 맛을 봤는데도 다른 가게의 음식을 사먹고 싶은 마음이 들어?"

유미라고 불린 소녀는 당당하게 말하면서 포장마차 상판에 동전을 탁 놓았다.

"너희는? 안 살 거야? 미리 말해두지만, 한 입도 안 줄 거야!"

소년들은 무척 혼란스럽다는 표정으로 서로 눈짓을 주고받고 있었다.

소녀는 거만한 느낌으로 어깨를 으쓱하며 다시 내 얼굴을 노려보았다.

"뭐해? 후딱 만들지 않고. 너 때문에 배고파졌잖아."

"네! 잠시만 기다리세요."

화로를 넣었다가 뺐다가 참으로 분주할 따름이다.

하지만 이런 분주함이라면 대환영이다.

아직 해가 중천에 걸리려면 시간은 남았고, 설령 이 자리에서는 1인분밖에 안 팔린다 해도 매우 희망적인 전개이리라.

"비나 루. 화로 부탁해요."

나는 싱글벙글한 얼굴로 비나 루를 돌아보았다.

그런데 비나 루는 움직이지 않았다.

눈꼬리가 약간 처진 요염한 눈이 평소보다 더 졸린 듯 가늘어져 있었다.

"저기, 비나 루……?"

이런 타이밍에 졸음이 쏟아질 리가 없는데.

……아니, 졸린 듯 가늘어진 눈꺼풀 틈새에서 비나 루의 엷은 색조의 눈동자는 전에 없이 예리한 빛을 띠고 있었다.

비나 루도 이런 눈빛을 띠기도 하는구나.

그런데 비나 루가 왜 이런 눈빛을 띠어야만 할까?

그뿐만 아니라 비나 루는 엉뚱한 방향으로 시선을 던지고 있었다.

곁에 있는 날 보는 것도 아니고 눈앞에 있는 손님을 보는 것도 아니며 떠들썩한 남쪽 거리를 보는 것도 아니라── 비나 루는 북쪽 끝을 향해 시선을 던지고 있었던 것이다.

나도 천천히 시선을 움직여보았다.

덩달아 눈앞의 손님들도 시선을 움직였다.

그렇게 우리는 경악과 전율을 공유할 수 있었다.

경악하고 전율할 만한 존재가 두 눈에 똑똑히 보였기 때문이다.

2미터 가까이 되어 보이는 키에, 풍선고기(풍선처럼 빵빵하게 부풀어 오른 몸에, 혹 모양의 돌기와 검은 점이 나 있는 바닷물고기)처럼 부풀어 오른 거구. 과연 사람일까 싶으리만치 거대한 살덩어리로 이루어진 남자가 돌로 포장된 길을 쿵쿵 밟으며 우리 쪽을 향해 똑바로 돌진해 오고 있었다.

슨 본가의 막내아들── 미다 슨이었다.

3

"으아아."

한 소년이 싱거운 비명을 지르더니 그 자리에 주저앉았다.

다른 아이들은 창백한 얼굴로 뒷걸음질 쳤다.

소년들을 발로 차버릴 듯한 기세로 슨 본가의 막내아들 미다 슨이 내 포장마차에 달려들었다.

나에게가 아니다. 내 포장마차에 달려든 것이다.

미다 슨이 지붕을 받치는 기둥을 하나씩 움켜쥐고 거친 숨을 몰아쉬면서 "헉헉…… 뭐 하는 거야……?" 하고 새된 목소리로 물었다.

"엄청나게 좋은 냄새 나는데…… 응? 뭐 하고 있는 거야……?"

카랑카랑하고 혀짤배기 말투의 마치 어린아이 같은 목소리였다.

땅바닥에 주저앉은 소년이 "끼아" 하고 연약한 비명을 질렀다. 그만큼 미다 슨은 섬뜩하고 무시무시하게 생겼다.

얼굴이며, 몸통이며, 팔이며, 다리가 풍선고기처럼 빵빵하게 부풀어 올라 있었다. 심하게 뚱뚱할 뿐이라고 할 수도 있지만 키가 큰 만큼 마치 괴물처럼 보이는 것이다.

위팔, 즉 어깨에서 팔꿈치의 두께는 비나 루의 허리둘레만큼은 되어 보였다.

그 거대한 몸뚱이를 지탱하는 두 다리는 코끼리처럼 두껍고

짧았다.

몸통은 완전히 동그래서 어디가 가슴이고 배인지 구분이 가지 않았다.

거구에 걸친 옷은 낯익은 숲가의 복장인 듯하지만, 아마 기혼 여성이 걸칠 법한 한 장짜리 천을 두세 장 잇대어 만들었을 것이다. 기바 털가죽으로 만든 긴 망토는 기장이 모자른 탓에 깡똥했다.

그리고 가슴에는 사냥꾼의 긍지인 기바의 엄니와 뿔은 보이지 않고 허리에는 거대한 곤봉을 차고 있었다.

보면 볼수록 기괴한 풍모였다.

게다가—— 역시 이렇게까지 인간처럼 보이지 않는 까닭은 얼굴 생김새 탓도 있는 것 같았다.

얼굴도 부자연스러울 정도로 빵빵하게 부풀었으며 눈, 코, 입은 얼굴 한가운데에 몰려 있다. 머리는 훌렁 벗겨졌는데 귀 언저리에 거무스름하고 덥수룩한 머리털이 간신히 나 있을 뿐이었다.

그러면서도 표정은 어딘지 모르게 어려 보였다.

동안이라기보다는 아기처럼 생겼다—— 아니, 동물처럼 생겼다고 해야 하나.

눈, 코, 입은 모두 조그맣다. 눈은 두툼한 눈꺼풀에 가려 잘 보이지 않고, 코는 콧대랄 것도 없이 검은 구멍 두 개가 뻥 뚫려 있을 뿐이었다. 입술은 두껍지만 역시 특별히 크지는 않았다.

얼굴 크기는 보통 사람의 갑절은 되어 보이는 반면 눈, 코, 입은 작아서 축척(縮尺)이 엉망인 지도를 연상케 했다.

살아 있는 살덩어리가 거친 숨을 내쉬며 포장마차 기둥을 움켜쥐고 단춧구멍만 한 눈을 초롱초롱 빛내고 있다. 대낮에 보는 그 괴이한 모습은 내 마음에 더 큰 경악과 전율을 불러일으켰다.

"저기…… 미다는 배가 고파…… 엄청나게 좋은 냄새가 나네……?"

포장마차 기둥이 삐걱거렸다.

그 불길한 소리로 인해 나는 간신히 정신을 차릴 수 있었다.

"뭐——뭐 하는 겁니까! 당신, 포장마차를 부술 셈이에요?!"

"미다…… 배고프다니까……?"

미다 슨은 불만스럽게 나를 내려다보았다.

마치 오랑우탄이나 롤런드고릴라처럼 덩치 큰 동물과 대치하는 듯한 기분이었다.

반사적으로 큰 소리를 내고 만 나는 가슴에 손을 얹고 호흡을 가다듬었다.

냉정하게—— 아무튼 냉정하게 대처해야 한다.

"뭐 하냐고 물었죠? 보시다시피 난 여기서 요리를 팔아 장사하고 있어요. ……이야기를 계속하기 전에 그 손부터 좀 놔주시겠어요? 계속 그러고 있으면 포장마차가 망가진다고요."

슨가 사람이 나타나면 어떻게 대처해야 할까. 물론 가즈란 루티무나 돈다 루와 실컷 상의하고 검토해두었다.

일단 돌의 도시의 법에 따르게 하자.

이를 어길 시 위병을 부르자.

절대로 이쪽에서 도시의 법이나 숲가의 규정에 어긋나는 행동을 해서 슨가의 포학한 행동에 정당성을 부여해서는 안 된다. 그것이 기본 방침이었다.

"무슨 말인지 알아듣겠어요? 만약 당신이 내 요리를 먹을 생각이라면 동전을 내야 해요. ……그리고 이 포장마차는 마을에서 빌린 거라 망가뜨리면 당신이 동전으로 물어줘야 하고요. 그러니 그 손 좀 놔주세요."

나는 알아듣도록 타일러서 말했다.

미다 슨은 동물처럼 감정을 알 수 없는 얼굴로 나를 내려다보고 있었다.

'이 녀석은 아마…… 포학하기만 한 형들과는 다른 유형인 것 같은데…….'

그럼 어떤 유형인지 막상 설명하려면 좀 어렵지만, 극악한 사람이 아니라 선악을 구별하지 못하는 사람이 아닐까 하고 나는 추측했다.

따라서 나만 말실수를 하지 않으면 그리 난폭한 행동에 이를 리 없다고…… 생각하고 싶다.

"……동전은 테이 슨이 갖고 있는데……?"

미다 슨은 불만스럽게 중얼거리면서도 거대한 애벌레 같은 손가락을 기둥에서 떼어주었다.

이마에 난 식은땀을 닦으면서 나는 "그래요?" 하고 대답했다.

"그 테이 슨이라는 사람은 지금 어디에 있는데요? 마을에 같이 내려왔나요?"

"……응……."

"그럼 도대체 그분은 어디 갔을까요?"

"……몰라…… 방금 전까지는 같이 있었는데……."

뭘까. 역시 철부지 어린아이와 대화하는 듯한 기분이다.

"……미다는 좋은 냄새를 맡고 서둘러 뛰어온 거야…… 그렇지? 좋은 냄새지……?"

그러고 보니 이 미다 슨이라는 남자는 지난번 축하연에서도 주변 상황이 어떻게 되든 말든 요리 냄새에 반응했던 기억이 있다.

지금은 일단 시식용 고기를 줘서 넘어갈까 싶어 나무 접시에 손을 뻗었는데── 그 인물이 나타났다.

"……미다 슨, 무슨 일입니까?"

꽤 나이가 지긋한, 오십 대로 보이는 숲가의 남자였다. 사냥꾼의 복장을 한 그 남자가 살덩어리 뒤에서 인기척도 없이 나타났다.

그 순간 미다 슨이 한숨을 푹 쉬었다.

"테이 슨! ……미다는 말이지, 배가 너무 고팠단 말이야……."

"그렇군요."

그 인물이 나와 비나 루를 쳐다봤다.

언뜻 보기에는 딱히 이상할 것 없어 보이는 숲가의 백성이었다. 회색 머리를 뒤로 단정히 넘기고 입가에 같은 색깔의 수염을 기른, 나이는 지긋하지만 단정하게 생긴 사람이었다.

그리 크지 않은 적당한 키와 숲가의 남자에 걸맞은 늠름한 체격을 하고 있었다. 기바의 털가죽 망토와 소용돌이무늬의 천옷, 가슴에는 빛나는 사냥꾼의 긍지, 대도와 소도 한 쌍—— 이러한 사냥꾼의 복장에도 이상한 점은 없었다.

그런데 뭘까. 지극히 정통적인 차림새를 갖추었건만, 어쩐지 심한 위화감이 들었다.

거무스름한 눈동자에 힘이 없다.

흙으로 만든 인형처럼 표정이 죽어 있다.

체격은 강건해 보이는데 생기와 박력이 느껴지지 않았다.

이렇게 패기 없는 숲가의 남자를 보는 것은 처음이었다.

"……이 요리는 동전 몇 닢입니까?" 하고 낮은 목소리의 그 남자—— 테이 슨이 물었다.

"적동화 두 닢이에요. ……사시게요?"

"네."

"이, 이쪽 나무 접시에 있는 고기로 맛을 볼 수도 있습니다만."

"아뇨. 그럴 필요 없습니다."

지극히 평범한 대답이었다.

그 평범함이 이상하게 기분 나빴다.

가격을 묻기 전에 먼저 해야 할 질문이 분명히 있을 텐데 말이다.

숲가의 복장을 한 내가 숲가의 여자인 비나 루와 함께 역참 마을에서 장사를 하고 있다. 어떻게 된 일인지 궁금하거나 생각하는 바가 없는 걸까?

……정말 없는 모양이다.

테이 슨은 아무런 감정도 없다는 듯 곁에 있는 살덩어리를 올려다보았다.

"미다 슨, 몇 개 사면 됩니까?"

"……미다는 많이 많이 먹고 싶은데……?"

"가장에게 받은 동전은 백동화 한 닢입니다. 여기서 전부 써버리면 나중에 아무것도 살 수 없습니다만."

"……그래도 미다는 많이 많이 먹고 싶은데……?"

"그렇군요."

테이 슨은 다시 내 쪽을 쳐다보더니 백동화를 짤그랑 하고 올려놓았다.

"그럼 다섯 개 주십시오."

"알겠습니다. ……그런데 이쪽 손님이 먼저 오셨으니 잠시 기다려주세요."

그 손님인 서쪽 백성 소녀 유미는 여전히 창백한 얼굴로 덜덜떨고 있었다. 다섯 명의 소년들도 마찬가지였다.

나는 한숨을 삼키면서 화로에 장작을 넣고 포장마차에 세팅했다.

비나 루는 내내 같은 눈빛으로 슨가의 두 사람을 노려보고 있었다.

'도대체 뭐가 뭔지…… 이 테이 슨이라는 아저씨도 미다 슨만큼이나 정체를 알 수가 없네.'

저 나이에 미다 슨에게 공손히 대하는 것은 분명 분가의 남자라서일 것이다.

하지만 아무리 분가라도 나이 지긋한 남자가 젊은이를 공손히 대하는 모습이라니, 적어도 루의 촌락에서는 본 적이 없다. 분가의 남자들이 지자 루와 다루무 루, 루도 루를 대할 때는 마땅한 경의와 예의를 갖추면서도 어디까지나 대등한 존재로 여겼다고 생각한다.

루가(家)와 슨가 중 어느 쪽이 숲가의 백성으로서 바람직한 모습일까. 그것을 판가름할 근거나 기준 같은 것은 갖고 있지 않지만, 나는 테이 슨이라는 인물이 견딜 수 없이 기분 나빴다.

"……우와아…… 맛있겠다, 진짜 맛있겠어, 테이 슨……."

고기 굽는 냄새에 흥분한 미다 슨이 테이 슨의 어깨에 손을 얹고 웅웅 바람 소리가 날 정도로 흔들었다.

세차게 흔들리면서 테이 슨은 "그렇군요" 하고 중얼거렸다.

동쪽 백성보다 더 감정을 알 수가 없다.

아니── 이 남자에게 과연 감정이라는 게 존재할까?

'카뮤아 아저씨는 역시 구경만 하기로 작정한 걸까?'

제발 그랬으면 좋겠다.

이 상황에서 영문 모를 사람이 더 나타나면 내 처리 기능도 마비될 것만 같았다.

"여기, 오래 기다리셨습니다."

나는 완성된『먀무구이』를 유미에게 건네주었다.

유미는 미다 슨에게 시선을 빼앗긴 채 거의 무의식적으로 상품을 받아 들었다.

그다음 완성품을 테이 슨에게 건네주자 자연스럽게 그것은 미다 슨의 손으로 넘어갔다.

"……우와아…….."

미다 슨은 작은 눈을 초롱초롱 빛내면서 입을 크게 벌리기 시작했다.

하지만 그의 목은 가슴살에 묻혀 있기 때문에 아래턱을 내리는 것은 불가능한 모양이었다. 따라서 미다 슨은 머리를 뒤로 젖히는 방법으로 입을 크게 벌렸다.

저렇게 크게 벌리다가는 턱이 빠지고 입까지 찢어지는 거 아닌가 싶어── 내가 슬며시 어깨를 으쓱하는 순간『먀무구이』가 입속에 들어갔다.

한입에 꿀꺽.

상당히 악몽 같은 광경이었다.

그 후에도 상품 네 개가 테이 슨을 거쳐 미다 슨의 손에 넘어가더니 순식간에 5인분의『먀무구이』가 세상에서 사라졌다.

"……맛있다…… 너무너무 맛있어…….."

"고맙습니다."

나는 간신히 웃을 수 있었다.

값을 치렀으면 손님은 손님이다. 설령 그 손님이 못된 슨가 사람일지라도 평등하게 대해야 한다.

"……테이 슨…… 미다는 더 먹고 싶은데……?"

"하지만 동전은 이미 다 썼습니다."

"……그래도…… 미다는 더 많이 먹고 싶은데……?"

"가장에게 받을 수 있는 동전은 한 달에 백동화 한 닢입니다. 다음 달까지 기다리십시오."

용돈은 한 달에 한 번이구나!

미안하지만 나는 속으로 마음껏 안심했다.

아무리 본인에게 악의가 없더라도 미다 슨이 매일 가게에 찾아온다면 손님이 줄어들지도 모른다. 가엾은 소녀 유미는 모처럼 사놓고서는 자신이 손에 무얼 쥐고 있는지 모른다는 듯 꼼짝 않고 서 있기만 했다.

"……미다는 더 많이 먹고 싶은데……?"

"그럼 다음 달에 또 오도록 하지요."

테이 슨은 감정이고 뭐고 없는 목소리로 말하면서 마지막에 우리에게 목례를 했다.

"실례했습니다. 그럼."

"아, 네. 구입해주셔서 감사합니다."

그렇게 미다 슨은 테이 슨에게 떠밀리듯 북쪽 끝을 향해 가버렸다.

그러고 보니 예전에 슨가의 촌락이 꽤 북쪽에 있다는 이야기를 들었으니 그쪽에 다른 통로가 있을지도 모른다.

그야 별 상관은 없지만…… 그런데 그들은 미다 슨의 간식 하나 때문에 역참 마을에 내려왔던 걸까?

큰 소동이 벌어지지 않아 안도하는 반면, 나는 허탕을 쳤다고 하기에도 뭐한, 아무튼 격렬한 허탈감에 사로잡혔다.

'저 사람들 진짜 뭐야…….'

어떻게 기바 고기가 이렇게 맛있을 수가 있느냐! ……하고 묻기는커녕 이게 무슨 고기인지조차 묻지 않았다.

내가 파가의 더부살이라는 것을 아는지 어떤지도 모른다.

비나 루가 루가의 사람이라는 것을 아는지 어떤지도 모른다.

당최 모르겠다.

나는 모으고 또 모아두었던 한숨을 내쉬려 했으나, 비나 루가 "하아아아……" 하고 선수를 치고 말았다.

그대로 땅바닥에 주저앉아버린 비나 루가 떨리는 손으로 내 허리 가리개 옷자락을 잡았다.

"아, 더는 못 참겠어…… 하필 막내아들이 내려올 게 뭐야……? 우우…… 토할 것 같아……."

"왜, 왜 그래요? 정신 차려요, 비나 루!"

"어떻게 정신을 차리겠어……? 나는 저 막내아들만큼은 도저히 참을 수가 없어…… 저 포동포동하게 살찐 몸을 보기만 해도 속이 메슥거린단 말이야……."

"그런가요? 아까는 마치 남자처럼 늠름한 표정을 짓고 있던데요."

"그야 슨가에 한심한 꼴을 보일 순 없으니까 그랬지……. 아아아, 불쾌해……."

"……대단한데요. 과연 루가의 여자예요."

진심으로 그렇게 생각하며 나는 차분히 숨을 내쉬었다.

그러자 "뭐……뭐였어? 방금 그 괴물은……?" 하고 유미가 멍한 목소리로 중얼거렸다.

"숲가의 백성 손님이에요. 미안해요, 소란스럽게 해서."

내가 대답하자 유미는 어깨를 움찔했다.

그러고 나서 간신히 제정신을 차린 눈으로 내 얼굴을 쳐다봤다.

"너…… 마른 주제에 배짱은 있네? 이 녀석들은 덜덜 떨기만 했지 아무것도 못했는데."

"떠, 떨긴 누가 떨었다고! 너야말로 당장에라도 울 것 같은 얼굴이잖아!"

땅바닥에 주저앉아 있던 소년이 얼굴을 빨갛게 붉히며 일어섰다.

그 바람에 얼이 빠져 있던 다른 동료들도 그제야 정신을 되찾은 것 같았다.

"예전에 저분을 본 적이 있거든요. 처음 봤으면 깜짝 놀라는 게 당연하죠."

나는 그럭저럭 웃어 보이며 그 자리를 수습하기로 했다.

"자, 이제 먹어보세요. 너무 식으면 맛이 떨어지거든요."

"아, 맞다……."

유미는 내 얼굴을 쳐다본 채『먀무구이』를 베어 먹었다.

그 눈이 다시 놀라움으로 휘둥그레졌다.

"우와, 맛있다…… 저기, 이거 정말 기바 고기 맞아? 카론보다 맛있을 정도인데."

"네. 틀림없는 기바 고기예요. 마음에 들었다니 다행입니다."

"응. ……정말 맛있어."

유미가 눈을 치떴다.

"저기…… 아까는 미안했어. 네 가게를 무시하는 말이나 하고……."

"네? 아니에요. 제노스에서 기바가 어떤 존재인지는 잘 알고 있거든요. 그래도 오늘은 여러분이 먹어줘서 정말 기뻐요."

바로 이때라는 듯이 나는 활짝 웃어 보였다.

그러자『먀무구이』를 먹고 있던 유미도 갑자기 생긋 웃으며 답했다.

얼굴 생김새는 사납게 생겼지만 웃는 얼굴은 천진난만해 보였다.

"너, 뭐 하는 거야! 숲가의 남자한테 왜 추파를 던지는데! 그런 짓하다가는 숲속에 끌려간다?!"

조금 전까지 주저앉아 있었던 소년이 다시 거칠게 소리치자 유미는 불쾌하다는 듯 그쪽을 노려보았다.

"바보 아냐? 넌 어떻게 그런 쪽으로만 생각하니? 난 그저 맛있는 걸 맛있다고 말했을 뿐이라고."

그렇고말고, 옳으신 말씀이다.

그러니 비나 루도 나를 싸늘한 눈초리로 노려보지 않았으면 좋겠다.

"그런데? 너희는 안 사는 거야? 입만 살아가지고, 결국 기바나 숲가의 백성이 무서운 거지? 그럼 처음부터 접근하지를 말던가. 폼이나 잡으려 하고 말이야, 바보 같긴."

"뭐라고? 너도 숲가의 백성이 마을에서 장사를 하다니 어이없다고 했잖아!"

"기바 고기가 이렇게 맛있는 줄 몰랐으니까 그랬지. ……게다가 내가 싫어하는 건 숲가의 백성 중에서도 막돼먹은 사람이라고."

그러더니 나를 흘끗 쳐다보았다.

"이런 말하긴 좀 그런데, 이렇게 마른 오빠가 나쁜 짓을 할 것 같지도 않고. 애당초 이 사람은 숲가의 백성도 아니잖아."

내가 그렇게 말랐나 싶어 내심 풀이 죽었지만 그럼에도 나는 웃어 보였다.

"숲가의 백성에도 다양한 사람이 있어요. 무서운 사람이 있는가 하면 상냥한 사람도 있거든요. 그리고 역참 마을 사람에게 나쁜 짓을 하는 숲가의 백성은 극히 소수에 불과하다고 믿어요."

"그, 그럼 아까 그 괴물은 뭔데! 그자도 숲가의 백성 맞잖아?!"

그런 양반은 숲가에서도 유일무이한 존재라고 생각합니다——
이렇게 내가 대답하려는 참에 "왜 이리 소란스러워?" 하고 새로
운 인물이 난입해왔다. 약간 무섭게 생긴 자갈 백성이었다.

"안 살 거면 냉큼 사라져. 이 형씨의 장사를 방해했다가는 내
가 용서하지 않을 거라고!"

"뭐, 뭐야? 관계없는 녀석은 물러나 있어!"

"그건 내가 할 말이다. 안 살 거면 너야말로 썩 물러가."

퉁명스럽게 내뱉고 나서 내 쪽으로 돌아섰다.

나를 보자마자 그 얼굴에 한가득 웃음이 퍼졌다.

"이런 시간까지 가게를 여는 일도 다 있군! 오늘은 아침부터
일하느라 자네 요리를 못 먹나 싶어 포기하고 있었거든."

"고맙습니다. 오늘은 아직 10인분 이상 남아 있는데 이게 순조
롭게 팔리면 내일부터는 포장마차를 두 대로 늘릴 예정이에요."

어렴풋이나마 본 기억이 있다. 아마 어제 아침 일찍 와주었던
손님 중 한 명일 것이다. 우락부락한 얼굴에 한결 흐뭇한 미소
가 떠올랐다.

"이제 곧 해가 중천에 걸릴 텐데 10인분 가지고 되겠어?! 그럼
내일부터는 계속 이 시간까지 한다는 소리군. 반가워할 녀석들
이 아주 많다고!"

"아, 그런데 지금 팔고 있는 건 어제까지 팔던 것과는 다른 요
리예요. 이쪽에서 맛 한번 보시면 어떨까요?"

그렇게 말하고 나는 새 이쑤시개를 시식용 나무 접시에 놓았

지만 자갈인 손님은 "됐네, 됐어" 하고 손을 내저었다.

"냄새만 맡아도 맛있을 것 같잖아. 냉큼 하나 만들어줘. 동전은 몇 닢이지?"

"적동화 두 닢입니다."

"싸다, 싸! 나야 좋지만 다른 가게는 장사가 안 되겠군."

그는 호방하게 웃더니 서쪽 백성 소년들을 힐끗 노려보았다.

"자네들은 어차피 기바가 무서워서 못 먹겠지? 그럼 걸리적거리니까 냉큼 사라져. 기바가 무서우면 얌전히 키뮤스나 카론을 먹으면 되잖아?"

"무, 무섭지 않다고 말했잖아! 외지인 주제에 잘난 척하지 말란 말이야!"

"바보 같은 소리 말라고. 외지인으로 이루어진 게 바로 역참 마을이야. 외지인이 없었다면 너희는 누구를 상대로 장사할 거지? ……아니, 자네 역시 다른 곳에서 이 제노스로 이주해 온 혈족 아닌가?"

자갈인은 귀찮다는 듯 말하며 초파리라도 내쫓듯이 손을 휘휘 내저었다.

"하긴, 무슨 상관이야. 서쪽 백성이 무서워서 손대지 않겠다면 우리가 전부 먹어치워 주겠어. 형씨, 빨리 좀 만들어줘."

"네. 고맙습니다."

나는 딱히 그들의 말다툼을 듣고 있던 것이 아니라 단순히 쇠냄비가 달구어지기를 기다렸을 뿐이었다.

이제 슬슬 다 달구어졌나 싶어 잘게 썰어둔 아리아를 집어넣으려 하는데── 눈썹을 추켜세우고 있던 소년이 동전을 탁 하고 거칠게 놓았다.

"이봐! 나도 하나 줘! 기바 따위 무섭지도 아무렇지도 않다고!"

그러자 뒤에서 굳어 있던 소년들 중 한 명이 머뭇머뭇 앞으로 나왔다. 뭔가 하고 싶은 말이 있는 눈초리로 말없이 동전을 내밀었다.

"흥. 그래봤자 동전을 먼저 낸 사람은 나라고."

자갈인 손님이 험상궂게 말했다.

"괜찮습니다! 3인분 금방 해드릴 테니 조금만 기다려주세요."

"아…… 저기, 나 하나 더 먹을래."

이미 다 먹은 유미까지 동전을 내밀었다.

"왜 그러는데?! 그렇게 숲가의 남자 마음에 들고 싶은 거야?!"

"아니라니까! 엄마한테 갖다줄 거란 말이야! 다 먹은 다음에 기바 고기였다고 알려주면 어떤 표정을 지을까 궁금하다고."

참으로 심술궂은 생각을 하는 소녀였다.

겉모습은 왠지 불량스러워 보이지만 엄마에게 간식을 가져다줄 생각을 하다니 살짝 흐뭇하기도 하다.

"고맙습니다."

나는 대답하면서 4인분의 아리아를 냄비에 집어넣었다.

이어서 기바 고기를 집어넣고 나니 뭔가 하고 싶은 말이 있어 보이던 소년이 슬며시 말을 꺼냈다.

"나, 아까 그 괴물 같은 녀석 알아. 한 달에 한 번 정도 마을에 내려와서 아까처럼 포장마차 음식을 먹고 돌아가거든. ……그런데 입에 안 맞으면 포장마차를 마구 때려 부순다더라."

"그, 그런 짓을 하면 위병이 가만히 있을 리 없을 텐데요?"

"그래. 하지만 결국에는 성 사람이 나와서 수습해버리던데. 숲가의 백성의 심사가 뒤틀려서 기바 사냥을 소홀히 하면 또 옛날처럼 기바가 논밭에 쳐들어올 테니까."

소년은 분하다는 듯 내뱉고 나서 나와 비나 루의 모습을 번갈아 쳐다봤다.

"난 기바는 별로 무섭지 않은데. 그런 녀석들을 어떻게든 하지 않으면 제노스의 백성들은 너희를 진심으로 받아들이지는 못할 거야."

"……고맙습니다. 명심할게요."

그럼에도 이 소년도 내 요리를 사주었다.

내 힘으로 슨가를 어떻게 할 수는 없지만── 나는 내 방식으로 싸울 수밖에 없을 것이다.

그렇게 서쪽 소년 일행에게 3인분, 남쪽 백성에게 1인분의『먀무구이』를 건네주었더니 남은 것은 11인분이었다.

해가 높이 솟아오르자 오가는 사람도 많아졌다. 그 이후에는 서쪽 백성이 포장마차를 찾아오는 일은 없었지만, 해가 중천에 도달할 무렵에는 다행히 요리가 다 팔렸다.

20인분에서 50인분을 팔면 훌륭하다는 이 역참 마을에서 70인분의 요리를 약 두 시간 반 만에 다 팔아치운 것이다.

그중 약 10퍼센트는 서쪽 백성 손님에게 팔았다.

미다 슨의 등장은 뜻밖이었지만, 그럼에도 나는 그동안 느꼈던 것과는 비교도 되지 않을 만큼 큰 달성감을 음미할 수 있었다.

"이제 마음 놓고 내일부터 포장마차를 늘릴 수 있겠어요."

뒷정리를 하며 내가 그렇게 말했더니 비나 루는 약간 어두운 표정으로 "그러게……" 하고 대답했다.

"그런데 슨가의 막내아들이 마음에 걸려…… 아스타, 그 녀석에게 납치당하지 않도록 조심해야 해……?"

"납치라뇨? 나를요?"

"그래…… 그 막내아들이라면 그런 어처구니없는 짓을 저지를 것 같지 않아……?"

"……그땐 온 힘을 다해 도망칠게요. 다행히 달리기만큼은 내가 더 잘할 것 같거든요."

"응, 만약 집에 가는 길에 그 녀석이 쫓아온다면 아스타는 혼자 도망쳐…… 짐은 내가 어떻게든 잘 챙겨서 갈 테니까……."

듣고 보니 그런 대비책도 생각해둘 필요가 있는 것 같았다.

미다 슨이 루가의 위력을 이해할 것 같지도 않고, 애초에 비나 루를 루가의 사람이라고 인식하고 있는지조차 의심스러울 정도이기 때문이다.

"아아아, 소름 끼쳐…… 그 아기 같은 얼굴과 목소리, 정말 못 견디겠어…… 아스타, 그 녀석이 몇 살인 줄 알아……?"

"아뇨. 굳이 알고 싶지 않으니 말할 필요 없어요."

"……그 녀석, 생긴 건 그래도 루도보다 어리단 말이야……."

"말할 필요 없다니까요!"

어쩐지 등골이 오싹해졌다.

게다가―― 나는 미다 슨과 마찬가지로 그 테이 슨이라는 남자도 섬뜩하게 느껴졌다. 좋고 싫고의 문제가 아니다. 그냥 이상하게 기분이 나빴다.

"내일부터는 더 몸조심하자……."

"그래야죠."

이렇게 눈에 띄는 일을 벌여놓았으니 언제까지고 슨가의 눈을 속일 수 있으리란 생각은 하지 않았다. 디가 슨이나 도드 슨뿐만 아니라 역시 슨가의 사람은 전원 조심해야 한다.

살얼음을 밟는 듯한 싸움이지만 아무튼 힘을 쥐어짜 내야겠다.

새삼 그런 생각을 하며 나는 비나 루와 함께 포장마차를 밀면서 행인이 많아진 돌의 가도(街道)에 걸음을 내디뎠다.

4

비나 루와 함께 파가로 돌아갔더니 집 앞에서 아이 파와 딱 맞닥뜨렸다.

시각은 해가 지기까지 약 두 시간 반쯤 남았을 무렵이다. 영업 자체는 한낮에 끝났지만 내일 장사할 준비를 갖추다 보니 제시간에 겨우 맞춰 귀가하게 되었다.

아이 파는 평소보다 약간 빨리 집에 왔다. 나와 비나 루는 쇠냄비를 들고 있고 아이 파는 어깨에 50킬로그램 크기의 기바를 둘러메고 있었다. 누가 보면 조금 유쾌한 구도로 보일지도 모른다.

"오, 무사히 돌아와서 다행이야."

"음. 그쪽도. ……루의 장녀도 수고가 많았군."

"아아, 응…… 그거, 아이 파가 잡은 거야……?"

"……그 외에 내가 기바를 짊어질 이유가 또 있나?"

아이 파는 왜 당연한 걸 묻냐는 듯 대답하고 나서 냉큼 집으로 향했다.

하지만 어깨에 짊어진 커다란 기바가 몹시 무거워 보였다.

"난 가죽 벗기기 작업을 해야 하니 집 뒤편에 있을게."

"그래, 수고. 나도 내일 재료 준비하고 저녁밥 준비하고 있을게."

"음."

오늘은 식재료를 많이 샀기 때문에 비나 루의 도움을 받아 현관까지 짐을 옮겼다.

요리 가짓수가 늘다 보니 집에 가져오는 식재료의 양도 많아졌다. 특히 과실주와 거대 우엉인 기고는 부피가 크기 때문에 아침에 역참 마을로 향했을 때와 별 차이 없는 큰 짐을 들고 오게 되었다.

쇠 냄비에 담긴 그 식재료들을 덧문 앞에 내려놓고, 나는 "후우" 하고 숨을 몰아쉬며 비나 루를 돌아보았다.

"오늘 하루도 수고 많았어요. 내일도 잘 부탁해요, 비나 루."

"응……."

고개를 끄덕이는 비나 루의 표정이 약간 시원찮다.

"무슨 일이에요? 무슨 걱정이라도 있어요?"

"아니, 일하고는 관계없는 이야기인데…… 아이 파는 역시 아이 파구나 싶어서……."

"네? 무, 무슨 뜻이에요?"

"여자 혼자서 저렇게 큰 기바를 사냥하다니 좀처럼 믿기지 않는 이야기잖아……."

비나 루는 한숨을 푸욱 내쉬었다.

"아이 파가 시집가는 모습이 상상되지 않는다는 아스타의 말도 일리가 있어 보여…… 아이 파는 굉장히 예쁘게 생겼지만 오히려 아이 파가 남편으로서 여자를 아내로 맞이하는 편이 훨씬 어울리겠다는 생각이 들어……."

이거 참 엄청난 망상력이다.

하긴 웬만한 남자보다 훨씬 늠름한 아이 파이긴 하지만. 그런데 보기엔 저래도 가끔씩 여자아이다운 표정을 보여주기도 하거든요…… 이런 소리는 하지 않는 게 나을 것이다.

"그럼 난 이만 갈게…… 내일 봐……."

"네. 조심히 가세요."

나는 집 안으로 들어가 혹시 몰라 헛간에 아무도 없는 것을 확인한 뒤 식재료를 식량 창고에 정리해 넣었다.

오늘은 제시간에 귀가했지만, 저녁용 포이탄은 아침에 미리 구워두었으니 내일 쓸 재료의 밑 준비를 진행할 수 있을 것이다. 일단 패티용 아리아라도 썰어둘까 싶어 자루 속에서 산토쿠 식도를 꺼내던 참에 아이 파가 집에 돌아왔다.

"어? 무슨 일이야?"

"음. 사냥꾼 옷을 계속 입고 있었어. 먼저 정리해두지 않으면 피와 고기 냄새가 배고 말아."

사냥꾼 옷이란 기바의 털가죽 망토를 말한다.

"그렇구나. 아, 그럼 내가 정리해놓을게."

"상관하지 마. 기바는 이미 매달아놓았으니 잠깐 쉴 거다. 어두워질 때까지 시간도 충분하니."

"그래. 그럼 푹 쉬어."

친친 둘러 감아 신는 신발을 벗기 시작한 아이 파를 곁눈질하며 나는 식량 창고에서 아리아를 꺼내왔다.

"오늘은 늦었더군. ……아니, 원래 이 시간에 돌아오는 게 맞는 건가?"

"응? 아, 그렇지. 처음으로 제시간에 집에 왔어."

"과연 요리 70인분을 팔려면 그 정도 시간이 필요하다는 건가."

"아, 그건 아니고. 어제 설명한 대로 내일부터 포장마차를 늘리기로 했거든. 그래서 루의 촌락에 들러서 협의하고 온 거야."

털가죽 망토를 벽에 건 뒤 물독에서 국자로 물을 떠 마시고 있던 아이 파가, 아궁이 옆에 앉아 있는 나를 이상하다는 듯 쳐다보았다.

"그럼 장사는 어떻게 되었지?"

"장사는 해가 중천을 조금 지났을 무렵에 끝났어. ……아, 그렇지, 오늘은 미다 슨이라는 슨 본가의 막내아들하고 테이 슨이라는 남자가 나타났어."

"뭐?"

아이 파의 얼굴에 긴장이 스쳤다.

"자세한 이야기는 나중에 하겠지만, 그 막내아들은 도드 슨 같은 사람하고는 다른 의미에서 특별히 주의해야겠더라. 슨가에는 이상한 녀석들만 모였나 봐."

"가장이 부패하면 일족이 부패하는 것도 당연하지. ……그래도 네가 무사해서 다행이군."

아이 파는 심각한 표정으로 고개를 끄덕이고 나서 의아하다는 듯 고개를 갸웃거렸다.

"그런데 방금 중천 무렵에 장사를 마쳤다고 했나?"

"응? 아, 중천을 조금 지났을 무렵에."

"……70인분이나 되는 요리를 그렇게 짧은 시간에 다 팔았다는 소린가?"

"그래. 손님은 여전히 남쪽과 동쪽 사람들뿐이었지만. 그런데 오늘 드디어 지나가던 서쪽 백성 세 명이 포장마차에 들러서 사

먹고 갔지 뭐야!"

무심코 환하게 웃으며 돌아보았더니 예상보다 가까운 거리에
와 있던 아이 파가 반쯤 일어서서 나를 향해 오른팔을 뻗다 만
이상한 자세로 굳어 있었다.

"……왜 그래? 아이 파?"

"아니. 하마터면 또 네 머리를 잡을 뻔했어."

아이 파는 엄격한 표정으로 말하면서 오른팔을 천천히 내려놓
았다.

"큰일 날 뻔했군."

그렇습니까.

아니, 그렇게까지 해서 브레이크를 걸 필요는 없는데.

포옹은 심장에 많이 나쁘지만 머리를 쓰다듬어주는 정도라면
살짝 부끄러운 정도로 끝난다.

그런데 머리를 잡는다고 표현하다니 너무하잖아.

"그래서 예정대로 내일부터는 포장마차를 두 대로 늘릴 거야.
일손도 두 배인 네 명으로 늘어났고. 루가에서 라라 루하고 실
라 루를 보내준대."

"실라 루?"

"신 루의 누님이야. 그러니까 루티무의 축하연 때 신 루네 집
부엌에서 봤을 텐데, 기억 안 나?"

"아아…… 눈매가 기름한 그 단아한 여자로군."

단아하다니, 이 역시 아이 파답지 않은 표현이었다.

"그 여자는 매력적이더군."

"엉?"

"몸은 좀 약해 보였지만 아내로 맞이한다면 그런 여자가 바람직하다는 생각이 들었어."

너까지 남자의 눈높이로 보는 거야?

하긴, 아이 파의 입에서 이상적인 남성상에 관한 이야기가 나오는 것보다는 심장에 덜 나쁘지만.

"응, 게다가 그 사람은 조리 실력도 뛰어나거든. 전력 면에서는 더할 나위 없지. 내일부터 어떻게 될지 벌써 기대된다."

"…………."

"응? 왜?"

"어제의 얼빠진 표정과는 사뭇 다르군. 눈빛과 표정에 힘이 가득해."

"어제 일은 좀 봐줘. 너무 피곤해서 그랬을 뿐이니까."

나는 쓴웃음을 지으며 머리를 긁적였다.

그 순간 아이 파가 탈싹 하고 내 눈앞에 무릎을 꿇었다.

그러고는 내 쪽으로 얼굴을 훅 들이밀다가 이상한 느낌으로 동작을 멈추었다.

"왜, 왜 그러는데? 아이 파?"

"아니. 하마터면 또 네 머리를 끌어안을 뻔했어."

엄격한 표정으로 말하면서 아이 파가 힘차게 고개를 끄덕였다.

"큰일 날 뻔했군."

그렇습니까.

그런데 이 녀석 도대체 어디까지가 진심인 걸까?

뭐, 처음부터 끝까지 완벽하게 진심이겠지만.

"걱정 마. 널 불쾌하게 하지 않으려고 나도 조심하고 있어."

내가 포옹을 반기지 않는 이유는 불쾌해서가 아니다.

상호 이해의 길은 험난하구나 싶어 나는 작게 한숨을 내쉬었다.

그런데—— 아이 파가 다가오는 바람에 달콤한 향기가 콧속으로 솔솔 스며들었다.

"어…… 이거 기바 유인하는 열매 냄새 같은데?"

그 순간 눈앞에 있는 아이 파의 얼굴이 붉어졌다.

"아스타, 넌 똑같은 소리를 몇 번이나 해야——."

"아니, 그런 이야기가 아니라! 너 또 '제물 사냥' 시작한 거야?"

아이 파는 볼을 붉게 물들인 채 입술을 삐죽거렸다.

"'제물 사냥'이 아니야. 함정에 기바를 유인하는 열매를 장치해놓았을 뿐이지. 그 열매는 쪼개면 냄새가 엄청난 기세로 퍼져서 워낙 냄새가 많이 배."

"그렇구나. ……그런데 기바가 줄어들자마자 기바 유인하는 열매를 쓰다니, 안 그래도 되잖아. 요리에 쓸 고기가 모자라면 루가에서 나눠 받기로 이야기가 다 되어 있다고. 넌 지금 충분하고도 넘치게 사냥꾼의 일을 잘 해내고 있어."

기바들은 이 부근의 식량을 거의 다 먹어치우고 현재는 남쪽을 향해 이동하는 모양이지만, 그럼에도 아이 파는 이틀에 한 마리씩 기바를 잡아오고 있다. 어제와 오늘에 한해서 말하면 하루에 한 마리씩 사냥한 것이다.

사냥을 할수록 서쪽 논밭의 피해는 확실히 줄어들겠지만, 자신이 살아가는 데 필요한 엄니와 뿔을 수확했다면 그것으로 사냥꾼의 일은 잘 완수했다고 볼 수 있다. 루와 루티무 역시 그렇게 계산해서 기바를 몇 마리 사냥할지 정하고 있다.

두 명의 가족에게 필요한 엄니와 뿔을 얻으려면 기바를 닷새에 한 마리씩 잡아야 한다. 아이 파는 최근 약 20일 동안에는 그 두 배 이상을 사냥했다. 따라서 굳이 위험하게 기바를 유인하는 열매를 쓸 필요는 없다고 생각하지만──.

그런데 아이 파는 여전히 입술을 삐죽거렸다.

"다시 말하지만 '제물 사냥'은 하고 있지 않아. 함정에 기바를 유인하는 열매를 사용하는 건 널 만나기 전부터 해왔던 일이다. 구시렁구시렁 잔소리 좀 그만해."

"잔소리하는 게 아니라…… 왜 일전에 같이 루가에 갔던 날 다루무 루가 다쳤다는 이야기 들었잖아? 꽤 심하게 다쳐서 아직 숲에 못 나간다고 하더라고."

"……그게 뭐 어때서?"

"아니, 그러니까…… 네가 다칠까 봐 걱정돼서 그러지."

"흥!"

아이 파는 고개를 홱 돌렸다.

그러더니 곁눈질로 나를 노려보았다.

"부상당하면 그때 가서 생각할 일이다."

"아니, 그래도……."

"널 만나기 전에는 더 많이 다쳤어. 며칠씩 숲에 나가지 못한 경우가 허다했지. 조금이라도 더 오래 살고 조금이라도 더 많은 양의 기바를 잡는 것도 사냥꾼의 역할이다. 너한테 그런 소리 들을 필요도 없이 나는 내 목숨을 소중히 여기고 있어."

"그렇구나."

나는 납득할 수밖에 없었다.

"알았어. 미안해. 내가 잘못했어. ……난 정말 각오가 부족한가 봐."

"……가족을 걱정하는 건 당연한 일이다. 그런 걸로 널 탓할 생각은 없어."

아이 파는 다소 온화한 말투로 말하면서 다시 눈빛을 조금 반짝였다.

"단, 냄새가 어떻고 하는 이야기 좀 작작해. 불쾌하다."

"그것 때문에 화난 거야?"

나는 무심코 쓴웃음을 머금었다.

"네 냄새가 어쩌고저쩌고 하다는 게 아니라 기바 유인하는 열매 냄새가 나길래 이상해서 말했을 뿐이야. 너도 내가 평소와 다른 냄새를 풍기면 이상하게 생각할 것 아냐."

"……나는 인간의 냄새를 신경 써본 적이 없어."

"나도 그렇게까지 신경 쓰진 않아. ……단지 기바 유인하는 열매는 굉장히 좋은 냄새가 나서 바로 아는 거지."

"그러니까! 그런 말 좀 하지 말라고!"

아이 파가 내게 달려들더니 두 팔로 나를 붙잡았다.

얼굴이 홍당무가 된 채.

"나는 널 불쾌하게 하지 않으려고 노력하고 있는데 넌 뭐지?! 날 불쾌하게 하는 게 재미있나?!"

"아, 아니야. 네 냄새가 아니라 기바 유인하는 열매 냄새! 그런데 너 반응이 너무 과하잖아!"

나는 황급히 두 손을 들어 항복했다.

아이 파는 내 멱살을 잡은 채 낮은 목소리로 말했다.

"……비겁하잖아."

"비겁하다니?"

"넌 제멋대로 행동하는데 왜 나만 마음을 깎아야 하지?"

"마, 마음을 깎다니, 머리를 쓰다듬고 싶은데 참고 있다는 뜻인가? 그렇게 무리해서까지 참을 필요는 없는데……."

"……그럼 나도 마음대로 행동해도 되겠군?"

뭐?

그 말인즉 또다시 꽉 껴안아도 되겠느냐는 뜻일까.

"그, 그야 뭐, 그것 때문에 네가 힘들다면 하고 싶은 대로 해도 될 것 같은데……."

이 문답은 과연 뭘까.

내가 제삼자라면 하도 어이가 없어서 폭소를 터뜨릴 만한 대화였다.

"……흥."

아이 파가 내 몸을 거칠게 놔주었다.

포옹? 포옹해주려나?

아니—— 아이 파는 얼굴을 붉게 물들인 채 씩씩하게 일어섰다.

"나는 너와 달라. 네가 아무리 도리를 모르는 멍청이라도 나는 내 이치에 따라 행동하겠다."

그렇게 거창하게 말할 것 까지는 없을 것 같은데.

그럼에도 나는 "대단히 죄송합니다" 하고 머리를 숙였다.

"나도 널 불쾌하게 하지 않도록 더 조심할게. ……자, 괜한 말다툼은 이쯤에서 끝내고 각자 맡은 일에 착수하는 게 좋지 않을까?"

"흥."

아이 파는 또다시 콧방귀를 뀌더니 현관 쪽으로 향했다.

"오늘 저녁은 뭐지?"

"난 아무래도 상관없는데. 뭐 해줄까?"

아이 파의 발걸음이 딱 멈췄다.

그리고 충분히 뜸을 들이고 나서 "햄버그" 하고 말하더니 보란 듯이 가슴을 활짝 폈다.

아마 어제처럼 자동 반사로 대답하지 않은 것을 뽐내고 있는 듯하지만, 대답은 어차피 정해져 있는 것 같았다.

"그래. 어제는 『먀무구이』였고 그저께는 샤부샤부였으니 오늘은 평범하게 햄버그로 해야겠다."

"음" 하고 대답한 뒤 아이 파는 신발을 신기 시작했다.

그제야 나도 도마를 마주하고 앉았다.

음, 그러니까…… 그렇다, 『기바 버거』 패티를 만들어야겠다.

먼저 아리아를 잘게 썰어야 한다.

이 시간이면 패티를 만들어놓고 나서 저녁 준비를 시작해도 되겠다는 계산을 하며 나는 후박나무 칼집에 들어 있던 산토쿠 식도를 움켜쥐었다.

그 순간── 등 뒤에서 엄청난 힘이 나를 끌어안았다.

그 힘은 내 팔은 물론 상반신 전체를 꼭 끌어안았다. 그 바람에 아이 파의 부드러운 머리칼이 내 귀 언저리를 문질렀다.

으아악 하고 비명을 지르려는 찰나, 불쾌함과는 정반대의 감촉을 지닌 그 따뜻한 몸이 곧바로 분리되었다.

"바보 같긴. 방심하니까 그렇지."

아이 파가 이겼다는 듯 의기양양하게 웃었다.

"불쾌한 일을 겪기 싫으면 앞으로는 너도 언동을 조심하라고."

그게 아니다.

그게 아닙니다, 가장님.

나는 바닥에 손을 탁 짚으면서 상호 이해의 길이 얼마나 험난한지를 다시금 음미할 수밖에 없었다.

제2장 ★★★ 닷새째 ～ 천객만객 ～

1

영업 닷새째. 나는 예정대로 포장마차를 두 대로 증설했다.

하지만 루의 촌락에서 역참 마을까지 곧장 오기로 한 라라 루와 실라 루는 우리가 정해진 자리에서 장사 준비를 시작했는데도 나타나지 않고 있었다.

"왜 이렇게 늦지…… 빨리 안 오면 또 한바탕 난리가 나는 거 아닐까……?"

포장마차 주변은 어제보다 더 많은 손님들로 벌써 가득 차 있고, 창을 든 위병들도 변함없이 긴장된 표정으로 대기하고 있었다.

"괜찮을 거예요. 그래도 최대한 천천히 준비하도록 하죠."

나는 아무도 없는 옆자리 포장마차를 쳐다보고 나서 『기바 버거』에 들어갈 티노를 채 썰었다.

『먀무구이』에 쓸 쇠 냄비는 루가에서 빌리기로 했고, 옆 포장마차에서 사용할 포이탄은 실라 루에게 만들어 와달라고 의뢰했기 때문에 그녀들이 도착하지 않으면 가게를 열 수가 없다.

루가에서 쇠 냄비를 빌리면 라라 루 일행이 파가를 들를 필요가 없어진다. 그러면 루의 촌락에서 파가까지 왕복하는 데 걸리는 두 시간이 절약되기 때문에, 그 시간은 장작 줍기와 포이탄 굽기 작업에 쓰기로 한 것이었다.

그 덕분에 오늘은 두 가지 요리 모두 60인분씩 준비할 수가 있었다. 다 합하면 120인분의 요리다.

아무리 그래도 이만큼을 다 팔기란 어려울 것이다. 하지만 드디어 내가 직접 정한 시간 동안 계속 역참 마을에 머무를 수 있을 터였다.

예정대로 다섯 시간 남짓한 시간을 소비하면 도대체 얼마큼의 요리를 팔게 될까. 생각만 해도 설레고 흥분되어서 전율을 금할수가 없었다.

"……요리가 다 팔리면 적동화 240닢…… 기바의 뿔과 엄니로 따지면 도대체 몇 마리분일까……?"

"어른 기바의 뿔과 엄니라면 딱 스무 마리분이네요. 단, 제(諸) 경비를 빼면 적동화 150닢 정도니까 대략 열세 마리분이겠네요."

일단 그 부분은 미리 계산을 해두었다.

반대로 생각하면, 1인분도 팔리지 않을 경우 기바 일곱 마리분의 손해를 본다는 뜻이기 때문에 그 부분은 사전에 계산을 안할 수가 없었다.

"단 하루 만에 기바 열세 마리분…… 왠지 정신이 아득해지는 숫자네……."

"아무리 그래도 완판은 어렵지 않을까요? 그렇게 큰 욕심은 없어요."

"그래……? 난 왠지 요리가 남는 상황이 더 상상이 안 가는데……."

그런 대화를 주고받으며 정성스럽지만 느릿느릿 작업을 진행하고 있는데, "비켜, 비켜!" 하는 활기찬 목소리가 인파 저쪽에서 들려왔다.

지원군이 도착했다.

"오래 기다렸지?! 시간 맞춰 오려고 했는데 설마 늦었나?"

루 본가의 셋째 딸 라라 루였다. 새빨간 머리를 포니테일처럼 묶은 소녀에게 나는 "괜찮아" 하고 미소로 답했다.

"우리가 너무 빨리 온 걸 거야. 내일부터는 여관 뒤에서 만나서 같이 오자."

"그렇구나. 알겠어. ……아—아, 꽤 무거웠어. 쇠 냄비는 여기에 두면 되나?"

"응, 그래. 고마워. 실라 루도 수고 많았어요."

"아니에요. 이 정도 무게는 저도 괜찮아요."

분가의 실라 루가 온화하게 웃었다. 흑갈색 머리를 뒤로 묶은 실라 루는 숲가의 여자답지 않게 다소 허무한 분위기를 풍기는 아가씨였다.

구운 포이탄은 천으로 감싸서 냄비 속에. 그리고 라라 루가 두 시간 동안 주워 모은 장작은 둘이 나눠서 가져와주었다.

실라 루는 체력이 다소 약하다고 들었는데 이렇게 큰 짐을 나를 수 있다면 내가 아는 '연약한 여성'에는 해당하지 않는다. 어디까지나 강건한 숲가의 여자로서는 힘이 있는 편이 아니라는 뜻이리라.

참고로 두 사람 모두 베일을 쓰고 숄을 걸친 역참 마을 스타일로, 청초한 외모의 실라 루에게는 발목까지 내려오는 고운 색깔의 감아서 입는 치마가 아주 잘 어울렸다.

"좋아. 순서는 어제 설명한 대로인데요, 우선 비나 루와 실라 루가 이쪽에서 『기바 버거』를, 라라 루는 나와 함께 『먀무구이』를 부탁합니다."

"네에", "네—", "네" 하고 시원한 대답이 돌아왔다.

장사에 처음 합류하는 라라 루와 실라 루는 수많은 사람들에게 둘러싸였는데도 주눅 든 기색이 전혀 없었다. 숲가의 백성은 역참 마을 사람에게 주목받는 데 익숙해서 별 느낌이 없는 걸까.

쇠 냄비가 달구어지기를 기다리면서 나와 실라 루가 각 포장마차에서 채소를 썰었다. 어제는 장사가 끝난 뒤 루의 촌락까지 가서 이런저런 사전 설명을 해두었기 때문에 신참인 두 사람의 손놀림도 빠릿빠릿했다.

"일단 이쪽 조리는 내가 담당할게. 라라 루는 다 구워진 다음에 어떻게 만드는지 익혀두면 돼."

"응. 비나 언니도 가능한 일이면 나야 쉽지."

뭐라 대답하기 힘든 코멘트다.

다만 비나 루의 명예를 위해서라도 말해두자면 딱히 그녀는 그렇게까지 서툴지는 않다. 예전에 아궁이 당번을 했을 때는 간혹 고기를 태우기도 했지만, 이 역참 마을에 내려와서는 실수다운 실수를 한 적이 없다.

"그나저나 엄청난 인파네. 이 정도면 동전을 몇백 닢씩 벌겠어."

라라 루가 대담하게 수십 명에 이르는 손님들의 모습을 둘러보았다.

영업 사흘째는 20명 미만, 나흘째인 어제는 30명 남짓, 그리고 닷새째인 오늘은—— 대략 40명 남짓일까. 시무인은 한결같이 조용히 서서 기다리고 있고, 자갈인은 와자지껄 떠들고 있었다. 아무것도 모른 채 지나가는 여행자가 있다면 그야말로 적대 관계에 있는 시무인과 자갈인이 금기를 깨고 싸우기 시작했다고 생각할지도 모른다.

"좋았어. 이제 시작해도 될 것 같아."

달구어진 쇠 냄비에 슬라이스한 아리아를 집어넣었다.

대략 15인분, 일곱 개 남짓한 아리아다.

그것만으로도 자갈 백성들의 웅성거림이 높아지더니 잠시 후 3킬로그램이 조금 안 되는 기바 고기를 집어넣었더니 그 목소리는 이제 환호성의 경지에 이르렀다.

"우와, 맛있는 냄새—— 이게 마무라는 거야?"

"맞아. 별로 비싸지 않은 식재료니까 괜찮으면 루가에서도 구입해봐."

대량의 고기와 아리아가 눌어붙지 않도록 나무 주걱을 잘 저어주며 나는 라라 루에게 웃어 보였다.

라라 루가 바다처럼 파란 눈을 끔뻑거렸다.

"아스타…… 왠지 무진장 즐거워 보이네?"

"어? 그, 그런가?"

"응. 요리할 때의 아스타는 늘 즐거워 보였는데, 이렇게까지 즐거워하는 표정을 보는 건 오늘이 처음인 것 같아."

그렇게 말하면서 라라 루 자신도 즐거운 듯 하얀 이를 드러내며 웃었다.

감수성이 예민한 만큼 통찰력도 뛰어나다는 인상의 라라 루에게 그런 말을 들었더니 어쩐지 쑥스러웠다.

영업 닷새째에 비로소 나도 이 상황을 즐길 만큼 여유가 생겼다는 걸까. 그러고 보니 어제까지만 해도 부디 소란이 일지 않았으면 하는 마음이 강해서 즐거움보다는 긴장감이 더 컸던 것 같다.

그런 생각을 하며 결정타인 양념 국물을 부었더니 먀무와 과실주 향기가 폭발해서 자갈 백성들이 환호성을 질러댔다.

"이, 이봐, 적당히 좀 해! 대체 요리는 언제 완성되는 거야?"

한 위병이 당황했는지 허둥지둥 달려왔다.

"네. 거의 다 됐어요. 이제 줄을 세우시면 될 것 같아요."

나는 딱히 불안감을 느끼지 않았기 때문에 웃는 얼굴로 그렇게 대답했다.

자갈인들이 소란스러운 것은 맞지만 도를 지나치지도 않았고 시무인에게 시비 걸려는 사람도 없었다. 어쩐지 그런 그들의 모습에서는 일종의 질서 같은 것마저 느껴지는 듯했다.

이틀 전의 소동은 요리가 다 떨어지는 바람에── 더구나 눈앞에서 시무인 집단에게 선수를 빼앗겼기 때문에 불만이 폭발했던 것이다.

감정을 그대로 드러내는 즉, 직정적인 자갈 백성이긴 하지만, 지금은 마냥 즐거운 듯 환한 표정을 짓고 있다. 나이 지긋한 사람들이 많아 보이는데도 모두 천진난만하게 웃고 있었다.

'내 요리 앞에서 이런 표정을 지어주면 나야 당연히 즐겁지.'

이런 생각을 하며 나는 『기바 버거』쪽 포장마차를 돌아보았다.

"비나 루, 그쪽 괜찮아요?"

"응, 끄떡없어……."

"좋았어. 그럼 판매를 개시하겠습니다! 주문은 다섯 명씩 해주세요!"

위병들에게 혼나지 않을 만큼 소리 내어 알리자 제일 먼저 자갈 백성이 옆으로 줄을 섰다.

"라라 루, 동전을 받고 상품을 건네주면 돼."

"네─."

잘게 썬 티노와 볶은 고기를 구운 포이탄으로 돌돌 말아 하나씩 차례로 라라 루에게 건네주었다.

다음 다섯 명은 시무인이고, 그다음은 다시 자갈인이었다. 순식간에 고기 15인분이 다 떨어졌다.

"죄송합니다! 잠시 기다려주세요!"

불 위에 올려놓은 쇠 냄비에 새 아리아와 고기를 집어넣었다.

그것들을 볶으면서 옆 포장마차를 확인해보니 마침 비나 루가 "죄송해요. 잠시만 기다려주세요……" 하고 즐겁게 말하던 참이었다.

저쪽은 벌써 20인분이나 팔았나 보다.

이쪽과 합하면 35인분―― 그런데도 포장마차를 둘러싸고 있는 사람의 수가 확 줄어든 것 같지도 않았다.

"실라 루, 할 만해요?"

"네. 아직까지는……."

보충분 타라파 소스의 밑 준비는 이들 중 가장 솜씨가 좋은 실라 루에게 부탁했다.

언뜻 보기에 조리법에 실수는 없는 듯했다.

그사이 나는 다 볶아진 고기를 나무 접시에 옮겨 담고 나서 "비나 루, 이제 교대할게요" 하고 말했다.

『먀무구이』의 마무리는 비나 루에게 맡기고 나는『기바 버거』 포장마차로 이동했다.

"수고가 많아요. 오, 잘하고 있는데요."

새빨간 타라파 소스가 좋은 느낌으로 보글보글 끓고 있었다.

타라파 소스에 빻은 돌소금과 피코잎을 집어넣고 있는데 손님이 "이봐" 하고 낮은 목소리로 말을 걸었다.

약간 젊어 보이는 자갈인이었다. 아마 사흘 전부터 매일 드나들고 있는 건축업자 멤버 중 한 명일 것이다.

"아직도 안 됐나? 아까부터 계속 기다렸는데 애까지 태우고, 너무한 거 아닌가?"

"죄송합니다! 이제 거의 다 됐어요!"

나는 손님을 향해 머리를 숙이면서 가죽 자루에 담긴 패티를 타라파 소스 속에 집어넣었다. 이제 패티만 데워지면 완성이다.

"굉장해요…… 이야기는 들었지만 손님이 이렇게까지 많을 줄은 몰랐어요."

실라 루가 작은 목소리로 말을 건넸다.

"그리고 이 일을 맡겨줘서 정말 고마워요, 아스타. 내가 돈을 벌면 신 루의 부담을 덜어줄 수 있거든요."

"아니에요. 실라 루를 고른 사람은 미아 레이 루와 돈다 루예요. 난 아궁이 당번을 잘하는 여자를 보내달라고 부탁했을 뿐이에요."

빈말이 아니라 정말 실라 루의 조리 실력은 루의 촌락에서도 손꼽힌다고 생각한다. 그녀와 어깨를 나란히 할 수 있는 사람은 분명 레이나 루와 미아 레이 아주머니 정도일 것이다.

실라 루가 참전해준 덕분에 나는 남몰래 한 가지 야심을 품게 되었다. 언젠가 포장마차 한 대의 관리를 루가에 통째로 맡길 수는 없을까── 하는 야심을 말이다.

그렇게 하면 루가는 파가와 똑같은 금액의 동전을 벌 수 있다.

포이탄 굽기 작업까지 맡기면서 삯으로 적동화 여섯 닢밖에 지불하지 않는 것은 너무 미안하고 괴로웠기 때문이다.

'물론 그렇게 하려면 몇 달 동안 상황을 지켜봐야겠지만.'

이런저런 생각을 하는 사이 패티가 충분히 데워진 것 같아서 나는 "다 됐다" 하고 중얼거린 후 다시 비나 루를 불렀다.

"비나 루, 이쪽 부탁할게요! ……판매를 재개하겠습니다. 오래 기다리셨습니다!"

『먀무구이』쪽 포장마차로 돌아오니 벌써 추가분 고기가 얼마 남지 않은 상태였다.

포장마차를 빙 둘러싸고 있는 손님의 수가 이제야 조금씩 줄어들고 있었다.

"라라 루, 『먀무구이』완성하는 거하고 판매까지 맡겨도 될까?"

"응, 이제 괜찮아. 아마 비나 언니보다 내가 훨씬 잘할걸."

인정이고 나발이고 없는 동생님이시다.

하지만 더할 나위 없이 든든하다.

"그럼 잘 부탁해. 난 추가분을 만들 테니."

대강 훑어보았더니 이쪽 손님은 열 명쯤 남아 있었다.

다만, 구입을 마친 손님들이 바로 뒤에서 쩝쩝거리며 먹고 있어서 떠들썩함은 여전했다.

'그래도 아침 일찍 30인분을 넘게 팔다니…… 너무 잘 팔리는 거 아닌가.'

『기바 버거』는 추가분을 조리하는 데 시간이 더 많이 걸리기 때문에 기다리다 못한 손님이 『먀무구이』로 옮겨가기도 했을 것이다.

그런데 『먀무구이』 30인분은 준비한 분량의 딱 절반이다. 『기바 버거』도 방금 추가한 20인분이면 줄 서서 기다리는 손님들은 다 소화할 수 있겠지만 상당히 많은 양을 소비할 것 같은 팔림새였다.

이런 상태로 과연 남은 다섯 시간을 버틸 수 있을까?

그 생각을 했더니 등골이 오싹했다.

"아스타 오빠! 두 개 주세요!" 하고 어른들 사이에서 짙은 갈색 머리가 불쑥 튀어나왔다. 어린 단골손님 탈라의 등장이었다.

"오, 매일 와줘서 고마워. 오늘은 두 개면 돼?"

"응! 포목점이랑 냄비 가게 아저씨 것만 살 거야! 탈라는 기바 버거를 먹을 거거든!"

"돌라 아저씨도 『기바 버거』 드신대?"

우선 먼저 주문한 시무인과 자갈인 손님의 몫을 만들면서 내가 물었더니 탈라의 눈썹이 약간 슬픈 듯 내려갔다.

"아빠는 오늘은 먹고 싶지 않대. 아침부터 기운이 없어."

"그래? 몸이 안 좋으신가?"

"모르겠어. 아마 내일이면 괜찮아질 거라고 하던데……."

풀이 죽어 고개 숙인 탈라의 코앞으로 라라 루가 따끈따끈한 『먀무구이』를 내밀었다.

"자, 두 개에 적동화 네 닢이야."

"고마워! ……아, 처음 뵙겠습니다!"

"어? 아아, 응? 안녕……."

눈을 연신 깜빡이는 라라 루에게 탈라가 빙그레 웃어 보였다.

탈라의 마음속에서 숲가의 백성에 대한 공포심이 많이 완화된 모양이었다. 어제 탈라가 미다 슨을 맞닥뜨리지 않아 다행이라고 나는 진심으로 생각했다.

"탈라, 가게 끝나면 또 채소 사러 갈게. 돌라 아저씨한테 잘 말씀드려줘."

"응! 그럼 이따 봐!"

탈라가 깡충깡충 뛰어갔다.

그다음에 나타난 손님은 건축업자 알다스였다.

"여! 오늘 좀 늦잠을 잤지 뭐야. ……호오, 이게 바로 새로운 상품인가?"

"아, 어서 오세요! 매번 고맙습니다. 시식하시겠어요?"

그러고 보니 다들 『먀무구이』도 무조건 구입해주었기 때문에 시식용 나무 접시를 내오는 것조차 잊어버렸다.

"난 됐어. 그런데 이 녀석들한테는 시식하게 해줘."

알다스가 그 커다란 몸을 옆으로 틀자 네 명의 자갈인들이 무뚝뚝한 표정으로 앞으로 나왔다.

매일 많은 손님들이 와주었기 때문에 얼굴을 외우기가 만만치 않지만── 맨 앞에 서 있는 작은 체구에 나이가 많은 자갈인은 분명히 본 기억이 있었다.

건축업자들의 통솔자 '반장'이었다.

영업 이틀째에 와서『기바 버거』를 전적으로 부인해주신 양반이었다.

"……와주셨군요. 고맙습니다!"

"흥. 알다스가 제발 와달라고 부탁하기에 어쩔 수 없이 와준 것뿐이다. 무슨 양념을 하든 기바 고기는 기바 고기일 터. 왜 일부러 불쾌한 경험을 하러 여기까지 와야만 하는지. 나 참, 민폐도 정도껏 해야지."

따발총 같은 독설도 여전했다.

그러더니 반장은 험악하게 빛나는 녹색 눈으로 주위를 둘러보았다.

"세상에는 맛도 모르는 얼간이들이 이렇게나 많다니. 기바 고기가 그렇게 마음에 들면 이놈 저놈 할 것 없이 숲속에서 기바나 쫓아다니면 되겠군. 이봐, 난 배가 고파 죽을 지경이란 말이다. 엉뚱한 수작은 그만 부리고 카론이나 먹으러 가자고."

"네! 잠깐만 기다려주세요!"

나는 자루 속에서 시식용 나무 접시를 꺼내고, 갓 만들어 따끈따끈한 고기를 조금 덜어서 이쑤시개 네 개와 함께 내밀었다.

"흥" 하고 콧방귀를 뀐 반장이 제일 먼저 손을 뻗었다.

그것을 곁눈질로 보면서 나는 알다스를 위해『먀무구이』를 만들었다. 아무런 사정도 모르는 라라 루는 의아하다는 듯 반장의 모습을 지켜보고 있었다.

반장이 고깃점을 입에 넣었다.

나머지 세 명도 의무감이 가득한 표정으로 똑같이 따라했다.

그사이 "우와, 이것도 맛있는데!" 하고 알다스가 흡족한 목소리로 말해주었다.

"냄새만 맡고도 군침이 돌았는데 먹어보니 맛은 더욱 훌륭해! 그 타라파가 들어간 것보다 맛있는 요리는 만들어내지 못할 줄 알았는데 내가 미처 몰라봤군. 내일부터 난 이걸 먹어야겠어."

"고맙습니다!"

그들 뒤에는 아직 시무인 손님이 기다리고 있었기에 나는 손을 놓을 수가 없었다.

속으로는 몹시 애가 타서 반장을 훔쳐보고 있는데 신중히 고기를 씹는 그의 표정은 여전히 못마땅해 보였다.

"……이러면 안 되지."

그 옆에 서 있던 젊은 자갈인이 낮은 목소리로 중얼거렸다.

심장이 쿵쾅거렸다.

"그러게, 안 되겠는데."

나이 지긋한 자갈인도 고개를 가로 저었다.

역시—— 안 되는 건가.

그로부터 사흘. 그들 말고는 면전에 대고 불만을 토로하는 자갈인은 끝내 만나지 못했지만 역시 안 되는 건 안 되는가 보다.

하지만 그들이 지적을 해준 덕분에 나는 '강한 양념'으로 눈을 돌릴 수 있었다. 아마 기바 고기에 거부감이 있는 서쪽 백성을 손님으로 맞이하는 데 이『먀무구이』는 유용한 요리가 될 것이다.

반장 일행의 입맛에 맞추지 못한 것은 안타깝지만 더 이상 고집을 부려도 좋은 결과를 이끌어내기는 어려울 것이다. 분하다기보다는 약간 서운한 감정을 느끼면서 나는 "죄송합니다" 하고 말하려 했다.

그런데 알다스의 "뭐가 안 된다는 건데? 엄청나게 맛있잖아?" 하고 웃음을 머금은 큰 목소리에 묻히고 말았다. 알다스는『먀무구이』를 베어 먹으며 어느덧 더없이 행복하다는 표정을 짓고 있었다.

그 순간 계속 말없이 있던 또 다른 나이 많은 남자가 쓴웃음을 지으며 반장의 어깨를 톡 두드렸다.

"반장, 이제 그만 포기하자고. 더는 안 되겠는데."

그런데도 반장 아저씨는 말이 없었다.

시식용 고기를 아직도 씹고 있었다.

이 고기는 질겨서 씹어 먹을 수가 없다, 라고 호소하려는 걸까?

만약 이번에도 구체적인 불만 사항을 알려준다면 얼마나 고마울까── 이런 생각을 하며 내가 몸을 살짝 앞으로 내밀려는 순간, 처음에 "이러면 안 되지" 하고 중얼거렸던 젊은 자갈인이 포장마차로 다가왔다.

그러고는 적동화를 내밀었다.

"그 질퍽질퍽한 고기는 마음에 안 들었지만 이건 맛있군. 나도 하나 사야겠어."

"네? ……아, 네, 네!"

나는 황급히 구운 포이탄을 집어 들었다.

그러자 다른 자갈인도 동전을 내밀어왔다.

"나도 줘. 그때는 맛없다고 말했지만 실은 내가 원래 타라파를 싫어하거든. 기바 고기 자체는 딱히 나쁘지 않다고 생각하네."

"아, 고맙습니다."

새 『먀무구이』를 만들면서 나는 다시 반장을 훔쳐보았다.

반장의 어깨를 두드렸던 자갈인이 쓴웃음을 띤 채 두꺼운 손가락으로 머리를 긁적였다.

"나는 기바 고기의 냄새가 거슬렸거든. 그런데 지금 먹은 고기는 냄새가 전혀 안 나는군. 이봐, 그것도 정말 기바 고기인가?"

"네. 부위와 양념은 다르지만 기바 고기 맞습니다."

"그렇군. 하긴 카론도 키뮤스도 아닌 것 같으니. 이거 안 되겠군. 항복이다. ……이봐, 나도 하나 줘."

나는 "고맙습니다" 하고 말하려 했다.

그 목소리는 반장 아저씨의 "까불지 마!" 하는 노성에 묻히고 말았다.

반장이 성큼성큼 다가오더니 포장마차 상판에 손바닥을 탁 하고 내리쳤다.

"이봐, 이게 대체 어떻게 된 일이냐?!"

"뭐, 뭐가 말이에요……?"

"맛도 냄새도 식감도 전부 완전히 다르잖아. 이게 같은 기바 고기라니 그런 멍청한 말을 내가 믿을 것 같아?"

곧바로 반장의 목소리는 평소 크기로 돌아왔지만 그럼에도 몹시 불쾌하고 불만스럽게 들렸다.

"그게 그러니까…… 요전번 요리는 고기를 다진 다음 둥글게 빚은 요리였기 때문에 식감이 달랐던 거예요. 맛과 냄새는 기바 고기 특유의 강한 누린내를 잡아주려고 과실주와 마무에 담갔다가 볶아본 거고요."

동전을 낸 세 사람의 몫을 만들면서 나는 그렇게 대답했다.

"이 달콤함은 과실주의 달콤함이군. 과연. 그러고 보니 제노스에서는 소금보다 설탕이 더 귀했던가?" 하고 말해준 사람은 반장이 아닌 나이 지긋한 자갈인이었다.

"제노스에는 짠맛이 대부분이니 이 달면서도 짠맛을 환영하는 녀석은 많겠군. ……적어도 내 입맛에는 아주 딱 맞아."

"고, 고맙습니다."

반장을 제외한 세 사람은 쑥스럽다는 듯 웃고 있었다. 이런 애송이에게 한 방 맞아버렸군, 하는 표정이었다.

그리고 반장은── 포장마차 바로 앞에 떡 버틴 채 여전히 불만 가득한 표정을 짓고 있었다.

"……반장. 뭐가 그리 불만인지는 몰라도 거기 그렇게 버티고 서 있으면 장사에 방해가 되잖아?"

"아, 지금은 괜찮습니다. 마침 손님도 뜸한 것 같고요."

더 이상 메뉴를 늘리기는 어렵지만 개선의 여지가 있다면 개

선하고 싶다. 반장이 의견을 갖고 있다면 그것도 꼭 들어두고 싶었다.

그사이 라라 루가 자갈인 세 명에게 『먀무구이』를 건네주었다.

"아아, 정말 맛있군!"

"그렇군. 이것 참 맛있는데."

"기바 고기가 이렇게 맛있을 줄이야. 고향에 가서 사람들한테 말해줘도 아무도 안 믿을 테지."

세 명의 자갈인은 그들의 동포가 그러했듯이 참으로 만족스러운 미소를 머금고 있었다.

그런데 방금 그 말을 듣고 드디어 반장이 입을 열었다.

"……너, 이게 기바 고기라는 걸 증명할 수 있나?"

"네?"

나는 어안이 벙벙했다.

"넌 우리가 보는 앞에서 기바를 썰어서 요리하지는 않았어. 이게 진짜 기바 고기라는 걸 증명할 수는 없지 않느냐 이 말이다."

"또 이상한 소리를 해대는군. 적어도 이건 키뮤스나 카론 고기는 아니잖아?"

알다스가 겸연쩍어하며 수습하려 해도 반장은 물러서지 않았다.

"모르가 산에는 기바뿐만 아니라 기즈와 문토도 있지. 이 고기가 기바라는 증거는 없다."

그러자 이번에는 반장 뒤에서 『먀무구이』를 먹고 있던 일원이

"밥 먹는데 그 이름은 왜 들먹이나?" 하고 불평을 했다.

"그러게 말이야, 반장. 이런 곳에서 그 이름을 들먹이면 못쓰지. 그 짐승들 고기를 어떻게 먹는다고."

"그렇다면 마다라마의 구렁이와 발브의 늑대도 있다!"

"나 참…… 사람을 잡아먹는다는 짐승의 고기가 이렇게 맛있다면, 기바 고기가 맛있는 것보다 더 이상하잖아? 반장이 하는 말은 순 엉터리라고."

알다스는 기가 막힌다는 듯 말했다.

그러자 "……그렇군" 하고 반장이 갑자기 힘이 쭉 빠져버린 목소리로 중얼거렸다.

녹색의 큼직한 눈동자가 맥없이 나를 쳐다봤다.

"그럼 이건 진짜 기바 고기란 말이지……?"

"네. 요전번 고기도 오늘 고기도 전부 기바 고기가 맞습니다."

반장의 심정을 전혀 헤아리지 못한 채 나는 고개를 끄덕였다.

반장은 땅이 꺼져라 한숨을 쉬었다.

"……내가 틀렸군."

"네?"

"기바 고기를 맛없다고 한 내 말은 틀렸어. 며칠 전 고기를 맛없다고 생각한 건 사실이지만, 오늘 고기는 죽을 만큼 맛있었다. 며칠 전 고기가 맛없었던 건 기바 고기라서가 아니라 네 요리 솜씨가 형편없어서였다."

그럴지도 모르지만 반장이 이렇게 풀 죽어 있는 이유를 전혀 모르겠다.

"나는 카론의 다리 살도 얇게 저민 고기밖에 좋아하지 않는다."

"네? 아, 아아, 네."

"삶은 키뮤스 고기는 논할 가치도 없지. 키뮤스는 구워야 제 맛이거든."

"네……."

"기바 고기에도 맛있게 먹는 법과 그렇지 않은 조리법이 있다는, 그런 단순한 이야기였군."

반장은 다시 세상이 끝나기라도 할 것처럼 한숨을 푹 내쉬었다.

"그런 것도 모르고 난 기바 고기는 먹을 가치도 없다는 멍청한 소리를 해버렸어. ……내가 이렇게 멍청했다니 정말 부끄럽군."

"저, 전혀 마음 쓰실 일이 아니에요, 손님!"

감정이 풍부한 자갈 백성이 풀이 죽으면 이런 상태가 되는 모양이다.

나는 어찌해야 좋을지 몰랐다.

"저기 손님, 요전번처럼 색다른 요리라면 역참 마을 사람들의 흥미를 끌 수 있지 않을까 하는 생각에서 그 요리를 준비했었지만, 분명 기바 고기를 처음 맛보는 분들에게는 적합하지 않은 면도 있었을 거예요. 손님이 그 점을 확실히 알려주신 덕분에 제 생각이 짧았다는 걸 깨닫게 되었어요."

"하지만……."

"양념도 마찬가지예요. 손님 외에는 불만을 정확히 알려주는

분이 없었기 때문에 제 입장에서는 조언을 받은 것이나 마찬가지랍니다."

이런 식으로 자신의 심정을 드러내는 것이 옳은 일인지 어떤지 모르지만 나는 말할 수밖에 없었다.

"맛없다는 말을 들었을 때는 몹시 분하기도 했지만요. 그 덕분에 머리를 더 짜내야겠다는 생각이 들었거든요. 손님에게는 그저 감사할 따름입니다."

"……그렇군."

반장은 낮게 중얼거렸다.

"그 덕분에 이번에는 내가 분한 마음이 들게 된 셈이군."

"아…… 아니 그게, 죄송합니다……."

"사과할 일은 아니지. 나 역시 내가 틀렸다는 건 인정하지만 자네한테 머리 숙일 생각은 없거든."

그러더니 이번에는 포장마차 상판을 가볍게 쳤다.

반장이 손을 내리자 그곳에는 적동화 두 닢이 놓여 있었다.

"이렇게 맛있는 요리라면 동전을 지불해주지. 바로 일하러 가야 하니까 냉큼 만들어달라고."

그제야 반장은 평소처럼 넉살을 피우며 웃어주었다.

2

전반전이 종료되었다.

말이 전반전이지 아침 일찍 들이닥친 손님들을 한바탕 치러냈을 뿐 시간적으로는 약 한 시간밖에 지나지 않았다. 그사이 『기바 버거』는 34인분, 『마무구이』는 37인분 팔렸다. 어제와 비교해도 1.5배 이상의 빠른 팔림새다.

그리고 평소에는 통행인이 뜸한 이 시간대에 이상하게도 사람이 많았다. 통행인이 많아진 것이 아니라 돌의 가도 여기저기에 사람들이 떼 지어 모여 있는 것이었다.

길섶에 모여서 수군거리며 대화하는 집단이 있는가 하면 옆자리 장식물 가게에서 상품을 고르면서 이쪽을 흘낏거리는 여자들이 있었다. 길 한복판에 서서 이쪽을 뚫어져라 쳐다보는 아저씨도 있었다. 그들은 모두 황갈색이나 상아색 피부를 지닌 서쪽 백성들이었다.

지금까지의 구경꾼들은 많은 손님들이 흩어지면 그와 동시에 모습을 감추었으나 오늘은 아무래도 상황이 좀 달랐다. 마침내 서쪽 백성에게도 우리 가게는 그냥 넘어갈 수 없는 존재가 된 것이다. 왜 남쪽과 동쪽 백성들이 기바 고기 요리 따위에 열광하는 걸까. 그것이 궁금해서 견딜 수 없는 것이리라. 틀림없다.

"왠지 한가해졌네. 아스타, 설마 지금부터 쭉 이러는 건 아니겠지?"

"응. 해가 중천을 지나면 통행인이 많아지거든. 포장마차가 잘되는 시간은 원래 이제부터야."

하지만 동쪽과 남쪽 백성들은 다 팔릴 것을 우려해 아침 일찍 모여든 것이었다. 오늘부터 오후까지 제대로 영업을 한다면 손님의 발길은 좀 더 다양한 시간대로 흩어질 것이 틀림없다──어디까지나 오후까지 제대로 영업을 한 경우에 한해서지만.

"흐응, 『마무구이』는 더 넉넉히 준비했어야 했나. 설마 아침에만 40인분 가까이 팔릴 줄은 몰랐네……."

"내가 뭐랬어……? 분명 오늘도 하나도 남김없이 다 팔릴 거야……."

옆 포장마차에서 비나 루도 즐거운지 웃어 보였다.

"그런데 사러 오는 사람은 진짜 남쪽과 동쪽 녀석들밖에 없네. 서쪽 백성은 결국 그 꼬맹이 혼자였잖아?"

라라 루는 말하면서 조금 짜증스럽다는 듯 거리를 둘러보았다.

"저 녀석들은 살 것도 아니면서 뭘 저렇게 빤히 쳐다본담. 기분 나쁘게."

"쳐다봐주면 좋지. 우선 흥미를 가져야 시식도 하게 되거든. 내 입장에서는 대단한 발전이야."

"흐음" 하고 대답하면서도 역시 납득하기 어렵다는 눈치의 라라 루였다.

"자. 손님도 당분간 오지 않을 것 같으니 이 틈에 시식이나 해두면 어떨까? 배는 아직 안 고픈가?"

"그야…… 이렇게 맛있는 냄새를 맡고 있으면 당연히 배고프지. 여분이 있으면 마을 사람들한테 더 파는 게 좋지 않아?"

"여분이 아니라 처음부터 시식용으로 준비한 거니까 신경 쓸 거 없어. 그만큼의 포이탄은 내가 구워왔고."

나는 그렇게 말하면서 포이탄을 꾸러미 속에서 꺼내 보였다.

"와, 그게 뭐야? 엄청 쪼그맣잖아!"

"응. 이건 종업원용 포이탄이야."

『기바 버거』에 들어가는 것보다 훨씬 작은, 직경 10센티미터 크기의 구운 포이탄이었다. 두께도 얇게 해서 포이탄 3분의 1개밖에 사용하지 않았다.

"손님 오나 좀 봐줘. 금방 만들어줄 테니."

패티가 담긴 가죽 자루에서는 더 작은 8센티미터 크기의 패티를 꺼냈다. 이쪽은 두께가 2센티미터나 되기 때문에 오동통하니 귀엽게 생겼다.

쇠 냄비에 넣고 패티를 데운 뒤 미니 사이즈 『기바 버거』를 두 개 만들었다.

"자, 오래 기다리셨습니다. 오늘은 손님들 눈도 있으니 포장마차에서 좀 떨어진 곳에서 먹어줄래요?"

"고마워요. ……정말 맛있어 보이는데요?"

실라 루가 흐뭇하게 미소 지었다.

『먀무구이』쪽 포장마차로 돌아와 라라 루에게도 건네주자 그녀는 루도 루처럼 "이히히" 하고 웃었다.

그렇게 두 사람이 오른쪽 공터로 가서 시식을 즐기기 시작하자 예상대로 비나 루가 슬픈 눈초리로 나를 쳐다봤다.

"비나 루의 몫도 잘 준비해뒀으니 지금은 참아줘요. 세 사람이 한꺼번에 포장마차를 비울 순 없잖아요."

"아…… 나도 먹어도 돼……?"

"그럼요. 모처럼 일손도 늘었으니 앞으로는 매일 우리 포장마차 종업원용으로 먹을 것을 싸올게요."

내가 그렇게 대답했더니 2미터 이상이나 떨어진 위치에서 비나 루가 오른손을 힘껏 뻗어왔다.

"……안 닿아……."

당연히 안 닿겠지요.

아니, 기쁠 때면 내 옷자락을 잡아야 한다는 약속 같은 거라도 했던가?

그런 생각을 하며 나는 밖에 내놨던 화로를 『먀무구이』 쪽 포장마차에 세팅하고 나무 접시에 남아 있던 고기와 아리아를 다시 데웠다.

그러고 나서 이번에는 포이탄 2분의 1개로 만든 생지로 작디작은 『먀무구이』를 만들었다.

"라라 루, 오늘은 첫날이니 둘 다 먹어줬으면 하는데 더 먹을 수 있겠어?"

라라 루가 털레털레 달려와서 내 등을 사정없이 때리더니 "당연히 먹을 수 있지!" 하고 큰소리쳤다.

라라 루에게는 우호적인 스킨십이겠지만 맞는 사람 입장에서는 몹시 매서운 공격이었다.

그 후 나와 비나 루도 종업원용 간식을 1인분씩 먹고 출출함을 달랬다. 그사이에는 자갈인 손님이 혼자 와서 『먀무구이』를 하나 사 먹은 정도였지 다른 손님은 없었다.

다만, 길가에 모여 있는 서쪽 백성의 수가 서서히 늘어가는 느낌이 들었다. 소리 높여 손님을 부르는 일도, 포장마차를 나와 손님을 불러들이는 일도 금지되어 있는 몸이기에 그들이 조금만 더 가까이 와주었으면 좋겠다고 생각하고 있는데 북쪽 가도에서 낯익은 집단이 접근해왔다.

가죽 망토를 입은 다섯 명의 무리였다. 그중 네 명은 『기바 버거』 쪽 포장마차로 가고, 한 명만 이쪽 포장마차에서 걸음을 멈추었다.

모자를 벗자 역시 《은 항아리》의 슈미랄이었다.

"아스타, 늦었습니다."

"어서 오세요! 구입하시게요?"

"아니요. 오늘, 저쪽 요리, 순서입니다."

그럼 왜 이쪽 포장마차로 왔느냐고 물으려 했더니, "점주, 아스타, 인사합니다" 하고 말하는 것이었다.

처음 보는 라라 루에게 가볍게 인사하고 나서 슈미랄의 검은 눈동자가 문득 작업대 쪽으로 향했다.

"……그 칼."

"네?"

"본 적 없는 모양입니다. 서쪽입니까?"

"아뇨. 이건 내 고향의 칼이에요."

"고향, 어디입니까?"

"……일본이라는 나란데요. 그런 나라는 들어본 적이 없다고 다들 그러더라고요."

"일본. 나, 모릅니다."

나와 대화를 하면서도 슈미랄의 눈동자는 계속 산토쿠 식도에 고정되어 있었다.

"그 칼, 아름답습니다. 더 본다, 괜찮습니까?"

"네? ……아니, 요리에 쓰는 기구를 손님에게 만지게 하는 건 좀 내키지가 않아서요."

"만지다, 불필요합니다. 본다, 괜찮습니까?"

무슨 의도일까.

이 슈미랄 아무개라는 양반에게 딱히 의심을 품고 있지는 않지만 워낙 감정을 드러내지 않는 시무 백성이기 때문에 좀 불안하기는 하다.

나는 몇 초간 망설이고 나서 흑단의 칼자루를 쥐고 칼끝을 아래로 향하게 한 뒤 가슴 높이로 들어 보였다.

장신의 슈미랄은 자세를 약간 낮추고 산토쿠 식도의 칼몸을 가만히 응시했다.

"……아름답습니다. 훌륭한 기술입니다."

"고맙습니다."

"소중히 사용하고 있다, 알겠습니다. 훌륭한 도구, 소중히 사용하지 않는다, 훌륭하다, 없어집니다."

이 칼을 소중히 사용하던 사람은 내가 아니다.

물론 나 역시 지식과 경험을 총동원해서 이곳 세계의 익숙하지 않은 숫돌로 정성껏 조심스레 손질하려고 애썼지만── 20년의 세월 동안 이 산토쿠 식도를 소중히 사용하던 사람은 아버지였다.

어쩐지 엄청나게 감정적인 기분이 이끌려나올 것만 같아 나는 말없이 산토쿠 식도를 작업대 위로 돌려놓았다.

"철, 자갈, 유명합니다. 자갈, 철, 많습니다. 시무, 철, 적습니다."

"아, 그래요?"

"시무, 철, 귀중합니다. 그래서, 철, 소중합니다."

슈미랄은 그렇게 말하면서 가죽 망토 안쪽에서 단도를 하나 꺼냈다.

검은 가죽 칼집에 들어 있는 20센티미터 남짓한 단도였다. 칼몸의 길이는 산토쿠 식도와 같지만 폭은 갑절은 되어 보였다. 칼자루는 검은 나무로 만들어졌는데 희미하게 소용돌이무늬가 새겨져 있는 것이 보였다.

"철, 소중. 시무, 칼 장인, 생명, 불어넣습니다."

설령 철이 풍부하더라도 대장장이란 그런 직업이 아닐까.

그런데── 확실히 그 칼에서는 뭔가 마음을 끌어당기는 듯한 기운이 느껴졌다.

"우리, 칼, 제노스, 팔고 있습니다."

"아, 이 칼도 상품이군요."

"철, 칼, 자갈, 유명합니다. 하지만, 시무, 칼, 뛰어납니다."

감정을 드러내지 않는 시무인 나름의 대항 의식인 걸까.

슈미랄은 살짝 당황한 듯 기름한 눈을 깜빡였다.

"제노스, 요리사, 시무, 칼, 사용한다, 많습니다."

"요리사……?"

나는 그제야 감이 왔다.

이 역참 마을에 요리사를 생업으로 삼는 사람은 존재하지 않는다고 들었다. 전문 요리사가 존재하는 곳은 돌담의 안쪽뿐이라고 들었다.

"혹시 이거 조리용 칼인가요?"

"그렇습니다."

"당신들은 혹시── 제노스의 성 밑 마을에서도 장사를 하고 있나요?"

"그렇습니다."

그러고 보니 슈미랄 일행은 방금 북쪽 방면에서 걸어왔다.

게다가 영업 첫날 내 가게를 찾아와준 《은 항아리》의 일원도 북쪽에서 걸어오지 않았던가.

그들은 모두 북쪽에 위치한 제노스의 성 밑 마을에서 돌아오는 길이었던 것이다.

"……제노스의 성 밑 마을의 요리사는 모두 시무의 칼을 사용하고 있나요?"

"모두, 다릅니다. 하지만, 많습니다."

"그 칼을 좀 봐도 될까요?"

그러자 슈미랄은 입꼬리를 살짝 들어올렸다.

"아스타, 봐준다, 기쁩니다."

그러고는 칼자루를 내 쪽으로 내밀었다.

성 밑 마을의 요리사들이 어떤 칼을 쓰든 나하고는 상관없다. 더군다나 견습 요리사인 내가 칼의 좋고 나쁨을 알아볼 수도 없는 노릇이다.

하지만 아버지의 산토쿠 식도를 훌륭하다고 평가해준 슈미랄이 시무국의 자랑이라는 듯 꺼내준 이 칼에는 역시 흥미가 일었다.

숨을 죽인 채 검은 가죽 자루에서 칼을 뽑았다.

칼몸이 거의 직사각형으로 되어 있는 외날의 칼이었다.

칼몸의 폭은 8센티미터 정도이고 두께는 보통 식칼보다 더 얇다. 칼등의 끝이 둥글게 되어 있어서 칼날의 생김새로는 간사이(関西, 오사카와 교토를 중심으로 한 지방)에서 선호한다는 채소용 칼인 카마가타우스바(鎌型薄刃)와 비슷하게 생겼다.

은색의 칼몸 측면에는 잘 살펴봐야만 보일 정도로 정교한 소용돌이무늬가 새겨져 있었다. 만져보아도 요철이 전혀 느껴지지 않을 만큼 얇은 세공이었다. 이 정도라면 식재료의 단면에 별다른 영향을 주지 않을 것이다.

"……채소용 조리칼이네요."

"그렇습니다."

외날인 데다 칼날이 이렇게 얇으니 당연한 이야기다.

어쨌든 아름다운 칼이라는 생각이 들었다.

게다가 흑단과 비슷한 나무로 된 칼자루도 손끝에 착 감겼다.

"어서, 잘라보십시오."

"네? 파는 물건인데 그래도 돼요?"

"자르지 않으면, 잘리는 맛, 모릅니다."

시무뿐만 아니라 이곳 세계에서 철기는 고가품이다. 적어도 식재료에 비해 고가라고 생각한다. 따라서 쉽사리 새 조리칼을 구입할 수는 없지만── 이 아름다운 칼로 자르면 어떤 느낌이 날지 확인해보고 싶었다.

"그럼 조금만──."

아직 손대지 않은 티노잎을 접어서 포갠 다음 채를 썰어보았다.

잘리는 맛은 더할 나위 없다.

이곳 세계의 조리칼도 루가의 부엌에서 잠깐 시험해본 적은 있지만, 적어도 그때와는 비교도 되지 않았다. 단적으로 말해 아버지의 산토쿠 식도에도 뒤처지지 않았다.

물론 이것은 채소 전용 조리칼이니 채소가 잘 잘리는 것이 당연하다. 그런데 루가의 채소칼은 산토쿠 식도만큼 잘 잘리지는 않았다.

"……확실히 훌륭한 칼이라고 생각해요."

슈미랄은 고개를 끄덕이고 조그만 천 조각을 손에 들더니 반대 손을 내게 내밀었다.

나는 사용하지 않은 나무 접시에 일단 칼을 올려둔 다음, 칼자루를 상대방 쪽으로 돌려서 슈미랄에게 칼을 돌려주었다.

슈미랄은 더없이 우아한 손놀림으로 칼몸을 깨끗이 닦기 시작했다.

"새 조리칼을 사려면 더 많이 벌어야 하지만…… 그 칼은 얼마예요?"

"백, 20닢입니다."

지난번 구입한 쇠 냄비와 거의 같은 값이다.

역참 마을의 날붙이 가게에서 파는 채소칼은 백 네 닢에 적 다섯 닢이었으니—— 역시 고급스러운 물건에는 그만큼의 값이 매겨지는 모양이다. 물론 지극히 정상이라고 생각한다.

"……만약, 아스타 산다면, 백, 18닢입니다."

"네?"

"우리, 파란 달, 제노스 있습니다. 산다면, 말, 걸어주십시오."

"……알겠어요. 고맙습니다."

나는 웃는 얼굴로 고개를 끄덕였다.

슈미랄도 다시 입꼬리가 올라가려다 싶었더니—— 쓱 하고 무표정으로 돌아왔다.

"공복입니다. 기바 버거, 먹습니다."

"네. 늘 찾아주셔서 감사합니다!"

슈미랄은 고개를 끄덕인 후 옆 포장마차로 이동했다. 그 모습을 수상쩍은 눈초리로 바라보면서 라라 루가 나에게 속삭였다.

"뭐 저래? 저렇게 조그만 칼 하나에 백동화 18닢이라니, 너무 비싸잖아?"

"응. 그래도 나 같은 사람은 저런 칼이 있었으면 하거든."

"……그럼 사지 그래? 지금까지 몇백 닢은 벌었을 거 아냐?"

"말이 몇백 닢이지, 그중 절반은 제 경비로 없어지거든."

"뭐 어때? 매일 엄청나게 벌어들이고 있는데 쓰지 않으면 동전 때문에 집 바닥이 꺼져버릴걸?"

아무리 그래도 말이 좀 심하지만, 그런데 이대로 별 탈 없이 장사를 계속한다면── 어쩌면 저런 칼을 살 만한 부를 얻게 되지는 않을까.

아니, 아니, 물욕을 드러내기에는 아직 이르다. 아직도 하루하루가 줄타기 상태이니 지금은 기반을 다져야 한다.

그래도── 하고 자꾸만 생각하고 만다.

'그래도 내가 이곳 세계에서 갖고 싶은 게 있다면 조리 기구 정도밖에 떠오르는 게 없네.'

아이 파는 뭘 갖고 싶어 할까.

그야말로 생활용품 외에는 무엇 하나 산 적 없을 것 같은 아이 파였다. 여윳돈을 어떻게 써야 하는지 나보다 더 모를 것이다.

'몰래 머리꾸미개라도 사 가면 정말 나를 때려눕히려나?'

아침 일찍 한바탕 손님을 치르고 슨가 사람이 급습하는 일도 없이 그런 망상에 잠길 만큼 평화로운, 낮이 오기 전의 한때였다.

《은 항아리》의 슈미랄 일행이 가고 나자 실라 루가 "아스타" 하고 나를 불렀다.

"기바 버거가 하나 남았거든요. 이제 새 타라파 소스를 데우면 되는 거죠?"

"아, 네, 부탁할게요. 그 하나랑 시식용 패티는 나무 접시에 따로 담아주세요."

"네."

"라라 루, 이번에도 포장마차 좀 봐줘."

"응."

나는 『기바 버거』 쪽 포장마차로 이동해 실라 루와 비나 루의 솜씨를 지켜보기로 했다.

《은 항아리》가 나타났던 시점에 이미 타라파를 썰어두었던 모양이다. 비나 루가 익숙한 손놀림으로 화로에 장작을 추가하고, 실라 루가 쇠 냄비에 타라파를 집어넣었다.

"……아스타, 타라파가 별로 줄지 않아서 두 개나 넣으면 많을 것 같아요."

"아아, 그렇겠네요. 그럼 하나면 충분할까요?"

"그럴 것 같아서 하나만 썰어놓았어요" 하고 실라 루가 빙그레 미소 지었다.

"그럼 아리아와 과실주도 절반만 넣으면 되겠죠?"

"그렇죠. 그렇게 해주세요."

타라파 소스가 보글보글 끓어간다.

어제보다 먀무를 아주 조금 더 넣었기 때문에 향기도 아주 조금 더 강해졌다.

이 향기만으로 무료하게 모여 있는 서쪽 백성들을 끌어당길 수는 없을까── 그런 생각을 하고 있었더니 마치 그 생각에 호응이라도 하듯 이쪽으로 다가오는 사람들이 있었다.

"안녕. 오늘도 왔어. 친구도 데려왔는데."

어제의 말썽꾼 청소년 집단의 홍일점인 유미였다.

"아, 고맙습니……."

그 순간 말문이 막히고 말았다. 유미 뒤에 기다리고 있는 사람은 그녀 또래의 소녀들뿐이었기 때문이다.

인원은 네 명. 피부는 모두 상아색이고, 유미처럼 화려한 가슴 가리개와 발목까지 내려오는 감아서 입는 치마를 두르고 있었다. 이 옷차림이 서쪽 마을 소녀의 기본 패션인 모양이다.

"어? 이거 타라파잖아. 먀무 냄새도 나는데 어제하고는 다른 요리야?"

"네. 어제 요리는 옆 포장마차에서 팔고 있어요. 지금 이쪽 요리는 추가분을 만들고 있거든요. 완성되면 또 맛을 좀 봐주겠어요?"

"응! 그럼 기다릴게."

어제는 불량스럽다고 생각했건만, 생글생글 웃는 얼굴을 보니 인상이 확 달라 보였다. 좀 과하게 요염한 것 같지만 표정은 비교적 천진난만하다.

"아스타, 타라파가 끓고 있어요" 하고 실라 루가 조심스럽게 말해주었다.

"알겠어요. 그럼 마지막 양념을……" 하고 손을 뻗으려다가 나는 그만두었다.

"……마지막 양념을 부탁해도 될까요?"

"네?"

놀라서 눈을 휘둥그레 뜬 실라 루에게 나는 무례하지 않을 만큼 얼굴을 가까이 가져갔다.

"실라 루의 감각으로 돌소금과 피코잎을 넣어보세요. 부족하다 싶으면 내가 더 첨가하면 되고 과할 경우에는 타라파를 더 썰어 넣어서 조절하면 돼요."

"……네. 해볼게요."

이것도 일 가운데 하나라고 생각했는지 실라 루의 눈빛에 망설임은 없었다.

나는 고개를 끄덕이면서 손님을 돌아보았다.

"그럼 먼저 어제 요리를 시식해볼래요?"

"그래야지. 난 이미 아니까 내 친구들만 먹게 해줘."

그러자 몹시 두려워하는 얼굴로 나와 유미의 대화를 지켜보고 있던 한 소녀가 "저, 저기, 유미……" 하고 말했다.

"괜찮다니까! 실컷 설명해줬잖아? 진짜 맛있으니까 속는 셈치고 먹어봐!"

"그래도……", "하지만……" 소녀들은 상아색 몸을 비비 꼬았다.

구도는 돌라 아저씨가 포목점과 냄비 가게 아저씨들을 데려왔을 때와 똑같지만. 분위기가 다른 건 왜일까?

그러고 보니 조국에서 멀리 떨어진 이 땅에 남쪽과 동쪽 백성은 청년 이상의 남성이 대부분이었기 때문에 젊은 여성 고객은 탈라와 이 유미라는 소녀가 전부였다.

그 때문인지 무엇 때문인지 나는 내 또래의 소녀 집단을 앞에 두고 어떻게 대하면 좋을지 쩔쩔매게 되었다.

어쩌면 한 달여간 숲가에서 지내면서 그들의 꾸밈없고 진실한 생활에 영향을 받았는지도 모른다. 이제야 그런 생각이 들었다.

나 자신은 어떨지 몰라도 숲가의 백성은 모두 꾸밈없고 진실하다. 여자들 역시 예외는 아니다. 매일같이 숲가의 여자들에게 둘러싸여 아궁이 당번을 맡아온 몸이기에 마을 소녀들의 나긋나긋한 행동거지와 간드러지는 목소리가 나에게 몹시 부담스럽게 다가온다는 사실을 깨달았다.

그렇지만 상대는 손님이다. 나는 상냥하게 "저쪽에서 한번 맛을 보세요" 하고 『먀무구이』쪽 포장마차를 가리켰다.

그리고 재빨리 실라 루에게 속삭였다.

"어때요?"

"네. ……간 좀 봐주세요."

나는 긴장한 기색이 역력한 실라 루에게 고개를 끄덕인 후 나무 숟가락으로 소스를 먹어봤다.

문제없다.

몇 번 맛을 봤을 뿐인데 그 맛을 재현하다니 실라 루는 타고난 미각의 소유자가 틀림없다. 지금껏 조리를 중요시하지 않았던 숲가에서 역시 그녀는 희소한 존재라는 생각이 들었다.

"괜찮은데요? 그럼 패티를 데워주세요."

"……네."

실라 루가 안도의 한숨을 내쉬었다.

이렇게 다른 사람보다 신경을 많이 써야 하는 일을 시키고 있는 만큼 언젠가 보상을 해줘야겠다고 생각했다.

"그럼" 하고 손님 쪽으로 돌아섰는데 소녀들은 아직 "그래도 오……", "싫어어……" 하며 몸을 비비 꼬고 있었다.

'그래도는 무슨' 하고 속으로 생각해버리는 나는 진정한 요리사가 되려면 한참 멀었다.

유미도 귀찮은 듯한 표정으로 긴 갈색 머리를 쓸어 올렸다.

"하여튼 겁들은 많아가지고. 음…… 아, 너 이름이 뭐였지?"

"나 말이에요? 난 아스타라고 해요."

"아스타구나. 재미있는 이름이네. 저기 아스타, 나도 다시 맛을 좀 봐야겠어. 그럼 이 애들도 각오가 설 거야."

"네. 마음 써주셔서 감사합니다."

미소로 답하는 나를 보고 유미는 살짝 인상을 썼다.

"……아스타는 몇 살이야?"

"네? 열일곱 살입니다만."

"나보다 한 살 많잖아. 그렇게 딱딱하게 말하지 않아도 돼."

"아니에요! 손님에게 무례하게 말할 순 없죠! ……자, 이쪽으로 오세요."

"……쳇" 하고 토라진 듯 혀를 차면서 유미도『먀무구이』포장마차 앞으로 이동했다.

떨어지면 큰일 난다는 듯 네 명의 소녀들도 서로 바짝 붙어가며 따라왔다.

"어? 라라 루, 불을 넣어줬구나?"

"으응? 고기를 데우는 줄 알고 그랬지. 괜히 했나?"

"아니, 훌륭한 판단이야. 그럼 잠시만 기다려주세요."

나무 접시에는 시식하기에 충분한 양의 고기가 남아 있었다.

그 고기를 쇠 냄비에 다시 넣고 양념 국물을 살짝 부어주자 먀무와 과실주 냄새가 모락모락 피어올랐다.

"어때? 냄새 좋지?" 하고 유미가 자랑스러운 얼굴로 소녀들을 돌아보았다.

소녀들은 한데 모여서 몸을 곰실곰실 움직이고 있었다.

겁먹은 듯 보이기는 하지만 심각한 공포심은 느껴지지 않았다. 적어도 며칠 전의 포목점과 냄비 가게 아저씨들은 더 확실히 겁에 질려 있었다.

제노스에서 얼마나 오래 살았느냐에 달린 문제인지, 혹은 성별이나 연령 때문인지── 무슨 요인이 있을 것이다.

"오래 기다리셨습니다. 자, 드세요."

"응, 고마워."

유미는 거리낌 없이 고깃점을 입에 넣었다.

"아—, 역시 맛있다! 아스타, 저쪽 타라파로 만든 거랑 어느 게 더 맛있어?"

"사람마다 다르겠지만 어쩌면 여자들은 타라파 쪽이 더 입에 맞을지도 모르겠어요."

"그럼 이번에도 맛을 봐야겠네! ……너희는? 결국 안 먹는 거야? 설마 기바를 먹으면 몸이 까매진다거나 그런 미신을 믿는 건 아니겠지?"

그런데도 소녀들은 머뭇머뭇했다.

그러자 그 뒤에서 다른 사람이 나타나 포장마차로 다가왔다.

"저기…… 그건 동전을 내지 않아도 되나?"

상아색 피부를 지닌 젊은이 두 사람이었다.

단, 내가 아닌 유미에게 말을 걸고 있었다.

"응? 어, 맞아. 이걸로 맛을 보고 마음에 들면 동전을 내고 사면 돼."

"그렇구나……."

이번에는 소심하게 나를 쳐다봤다.

곧바로 나는 웃는 얼굴을 보였다.

"드세요. 저쪽 포장마차의 요리와는 맛이 전혀 다르니 둘 다 드셔보시고 맛을 비교해보세요."

"어떡할래?", "어쩌지?" 하고 젊은이들도 머뭇머뭇하기 시작했다.

그때 "아스타, 이쪽 고기도 다 데워졌어요" 하고 실라 루가 알려주었다. 유미는 "야호!" 하고 그쪽으로 달려갔다.

"기바 고기는 아주 맛있답니다. 양쪽 다 제가 자신 있게 만든…… 으아악!"

"끼악!"

"허억!"

나를 포함한 남자 세 명의 비명이 메아리쳤다.

고민하는 두 젊은이 사이에서 공조 토토스가 긴 목을 쑥 내밀며 나타난 것이었다.

높은 곳에서 "실례했다" 하고 감정 없는 목소리가 들려왔다.

지붕이 시야를 가려서 자세를 낮추고 보니 놀랍게도 토토스 등에 여행복 차림의 시무인이 타고 있었다.

"저기요! 마을 안에서 토토스 타기는 금지라고요!"

유미가 앙칼지게 소리를 지르자, 다시 "실례했다" 하고 말하더니 돌바닥에 훌쩍 뛰어내렸다.

가죽 망토와 검은 얼굴에 모래 먼지가 묻어 약간 지저분해진 상태였다. 북쪽 끝에서 달려온 여행객일 것이다. 그 시무인 여행객이 포장마차 간판과 시식용 나무 접시를 천천히 번갈아 보았다.

"……기바?"

"맞아요, 기바 고기 요리예요. 이쪽에서 맛 한번 보시겠어요?"

나는 알아듣건 말건 나무 접시를 가리키며 시식을 권했다.

서쪽 말이 제대로 통했는지 시무인 여행객은 고개를 한 번 끄덕이고 나서 이쑤시개를 집었다.

"저쪽도 기바 요리예요. 저쪽은 타라파를 사용한 좀 특이한 요리랍니다."

여행객은 다시 고개를 끄덕이고는 토토스와 함께 옆 포장마차로 갔다.

그러자 옆 포장마차에서 굵은 남자 목소리가 울려 퍼졌다.

"으악! 토토스를 데리고 포장마차를 돌아다니면 어떡해! 어서 토토스 가게에 맡기고 와! 이 시무놈아!"

어느새 그쪽 포장마차에서 자갈인 손님이 『기바 버거』를 구입하고 있었다.

시무인은 다시 "실례했다" 하고 말하면서도 시식용 나무 접시에 손을 뻗었다.

자갈인은 "하여튼 시무인들은 이놈이고 저놈이고……" 하고 분하다는 듯 중얼거리면서 토토스를 피하는 모양새로 이쪽으로 다가왔다.

"어라? 뭐지? 설마 그쪽도 기바 요리 포장마찬가?"

"아, 네. 오늘부터 포장마차를 두 대로 늘렸거든요."

"맛있는 먀무 냄새가 난다 했더니 그쪽 냄새였군! 이건 뭐지? 다른 요린가?"

"그렇습니다. 시식 한번 해보실래요?"

남자가 성큼성큼 다가오더니 머뭇거리고 있는 젊은이들을 어깨로 밀치면서 이쑤시개를 집어 들었다.

그러고는 "우와" 하고 눈을 동그랗게 떴다.

"이것도 기가 막히게 맛있는데? ……뭐야, 이런 줄도 모르고 저쪽 음식을 사버렸잖아……."

"죄송합니다. 손님만 괜찮으시면 이쪽 상품하고 교환해드릴까요?"

"그런데 이것도 먹어두고 싶었는데……."

아쉽다는 듯 얼굴을 숙이더니 나를 딱 노려봤다.

"됐어! 알겠다고! 그것도 하나 줘! 어차피 해 질 무렵이면 가게 닫을 거잖아? 그럼 저녁밥을 줄이고 지금 맛있는 걸 먹을 테다! 동전 몇 닢이지?"

"아, 적동화 두 닢입니다."

"싼데? 두 개에 네 닢이면 문제없군" 하고 마지막에는 만족스럽게 웃고 포장마차 상판에 동전을 올려두었다.

"감사합니다! 잠시 기다려주세요."

그러자 이번에는 "뭐야, 기바 고기 요리라고?" 하는 야비한 목소리가 들려왔다.

황갈색 피부의 세 남자가 저쪽 포장마차 앞에 버티고 서 있었다. 허리에 칼과 손도끼를 찬 깡패 같은 남자들이었다.

"그런 게 제노스에서 팔리겠어? 돈 벌고 싶으면 그 요염한 얼굴과 몸을 쓰면 될 텐데?"

칼과 손도끼뿐만 아니라 손에는 과실주 호리병까지 쥐고 있었다.

나도 모르게 걸음을 옮기려 하는데 라라 루가 팔을 붙잡았다.

"가만히 있어. 아스타가 가서 뭘 어쩔 건데? 비나 언니한테 맡겨둬."

"아니, 그래도……."

"여자끼리 다니면 자주 저런단 말이야. 저 정도는 나도 그렇고 실라 루도 혼자 쫓아낼 수 있어."

"……멍청한 놈들. 숲가의 백성을 적으로 돌릴 각오도 없으면서."

자갈인 손님도 태연한 모습으로 『기바 버거』를 우걱우걱 먹고 있었다.

"걱정 말고 어서 만들어줘. 빨리 먹고 일하러 가야 하니."

"아, 네……."

나는 뒤통수라고 해야 할지 관자놀이가 따가울 만큼 불편한 심정으로 쇠 냄비에 아리아를 떨어뜨렸다.

비나 루 일행의 목소리는 여전히 들리지 않지만 간간이 남자들의 "뭐라고?", "웃기지 마!" 하고 거칠고 사나운 목소리가 들려왔다.

고기를 볶아서 『먀무구이』를 다 만들었을 무렵 그 남자들은 각각 손에 『기바 버거』를 쥐고 왔던 길로 터벅터벅 되돌아가는 것이었다.

"봤지? 특히 비나 언니는 워낙 집적거리는 남자가 많아서 저런 건 일도 아니야."

대단하다 싶어 한숨을 내쉬고 있는데 아까부터 머뭇거리던 두 젊은이가 "저기……" 하고 소심하게 말을 걸어왔다.

"마, 맛을 좀 봐도 될까요……?"

"네! 물론이죠!"

살펴보니 소녀들은 『기바 버거』쪽 포장마차에서 맛을 보고 있었다. 한발 앞서 구입한 모양인 유미는 요리를 덥석 먹으면서 웃는 얼굴로 비나 루에게 말을 걸고 있었다.

그리고 젊은이들은 "와…… 이거 맛있는데?", "약간 질긴데 냄새는 안 나네?" 하고 소곤거리며 맛본 소감을 주고받기 시작했다.

제법 수줍음 많은 젊은이들이었다.

"손님, 저쪽 포장마차에서도 시식해보세요."

그 순간 시무인이 와서 말없이 동전을 내밀었다.

"고, 고맙습니다! 잠시만 기다려주세요!"

왠지 묘하게 어수선했다.

그렇게 생각하며 하늘을 올려다보았더니 해가 벌써 중천에 걸려 있었다.

어느새 두 시간이나 지나고 후반전이 시작됐다.

그리고 시작과 동시에 그리 멀지 않은 곳에 벌써 결승선이 보였다.

『기바 버거』도 『먀무구이』도 두 명의 젊은이와 네 명의 소녀가 사 먹기로 결심한 시점에 재고는 20인분도 채 되지 않았기 때문이다.

"아아, 이게 바로 여관에서 소문이 자자한 기바 요리로군" 하고 자갈 백성들이 다가왔다. 같은 인원의 시무 백성들도 입을 꾹 다문 채 나타났다. 오늘 아침처럼 손님이 밀어닥치지는 않았지만 그 대신 포장마차 앞은 손님의 발길이 끊일 줄을 몰랐다.

손님이 많지도 적지도 않게 오기를 기다렸는지 상아색 피부의 사람들도 조금씩 포장마차로 다가왔다.

물론 그 사람들 모두가 구입해준 것은 아니었다. 절반 정도는 시식도 하지 않고 돌아갔으며 시식만 하고 도망치듯 떠나는 사람도 적지 않았다.

그래도 몇 사람은 흠칫거리면서도 요리를 사주었다.

"저기, 이거 기바야?" 하고 물어보는 아이들도 있었다.

탈라보다 작고 대여섯 살쯤 되어 보이는 어린아이 무리였다.

"맞아. 한번 맛볼래?" 하고 나무 접시를 내밀었더니 꺄아 하고 환성을 지르며 흩어지고 말았다.

그런데 다시 쪼르르 모이더니 벌벌 떨면서 포장마차로 다가왔다.

"맛만 보는 건 무료야. 한번 먹어봐줬으면 좋겠는데."

"그치만…… 기바를 먹으면 뿔이 나잖아요?"

"얼굴이 새카매지잖아요?"

"으음? 난 벌써 한 달 넘게 기바만 먹고 있는데 아직 뿔이 안 났거든."

그러고는 옆에 있는 라라 루를 가리켰다.

"자 봐, 이쪽 누나도 뿔 안 났지? 그러니 분명 괜찮을 거야."

그제야 아이들은 맛을 보고 "맛있다!" 하고 소리를 지르며 길 건너로 달려갔다.

"……저런 쪼그만 애들은 동전 같은 거 안 갖고 있을 텐데?"

"괜찮아. 맛있다고 생각해주기만 하면 만만세지."

상품의 수는 서서히 줄어가고 있었다.

먼저 동이 난 것은 『먀무구이』였다. 해가 중천을 지난 지 약 한 시간 후였다. 두 개만 남았을 무렵 시무 손님 세 명이 찾아왔다.

"죄송합니다! 지금 2인분밖에 남지 않았거든요. 저쪽 타라파 요리는 아직 몇 개 더 남아 있습니다만……."

시무인들은 무표정인 채 서로 속닥거렸다.

그중 한 명이 『기바 버거』쪽으로 이동하고 나머지 두 명이 동전을 내밀었다.

"고맙습니다. 잠시만 기다려주세요."

드디어 골이다.

이제 깔끔하게 마무리하는 것이 관건이다.

나는 마지막 『먀무구이』를 손님에게 건네고 나서 라라 루에게 포장마차 화로를 잘 꺼달라고 부탁한 다음 옆 포장마차로 뛰어갔다.

"실라 루, 여긴 몇 개 남았어요?"

실라 루가 대답을 마치기도 전에 시식을 하고 있던 젊은 서쪽 백성이 "조, 좋아, 하나 줘!" 하고 소리를 높였다.

더없이 매끄러운 손놀림으로 실라 루가 『기바 버거』를 만들자 비나 루가 동전을 받고 그것을 손님에게 건네주었다.

그렇게 손님이 끊어졌을 무렵 두 사람은 동시에 활짝 웃었다.

"이제 끝났어요."

"끝났네……."

아침부터 지금까지 세 시간 남짓한 시간. 처음에 설정했던 영업시간보다 두 시간 정도 여유를 남기고── 그럼에도 딱 120인분의 상품을 완판하고 닷새째 영업은 종료되었다.

4

포장마차의 화롯불을 껐더니 나머지 철수 작업은 신속히 진행되었다.

도마와 나무 접시, 남은 채소 등을 자루에 담으면서 비나 루가 밝은 얼굴로 말을 걸어왔다.

"……역시 다 팔렸네……?"

"그러게 말이에요. 솔직히 실감이 잘 안 나요."

실감은 나지 않지만 동전은 산더미처럼 쌓여 있었다. 백동화를 사용하는 손님은 거의 없었기 때문에 동전용 헝겊 주머니가 빵빵하게 부풀어 있었다.

요리 120인분을 완판. 매출은 적동화 240닢이었다.

정말 어마어마한 금액이다.

"일단 포장마차를 반납하러 가죠. ……아, 그런데 이 정도 금액이면 먼저 환전소에 들르는 게 좋겠네요."

동전이 2백 닢 이상이면 무게는 약 1.5킬로그램이다. 한시바삐 환전할 필요가 있다.

숲가의 백성을 상대로 약탈을 감행하는 자는 없다고 들었지만, 주의를 게을리하지 않으며 돌의 가도를 나아갔다.

사람들로 북적이는 시간대에 포장마차를 밀며 걸어가고 있으니 수많은 시선이 느껴졌지만, 닷새째 되니 익숙해져서 아무렇지도 않았다.

"여, 가게 닫고 오는 길인가? 오늘이 가장 늦었군."

"이봐, 내일부터도 잘 부탁하네."

이렇듯 따뜻한 말을 걸어주는 사람은 모두 자갈 백성들이었다.

그렇지만 시무 백성들도 간혹 조용히 목례를 해주었다.

"아, 돌라 아저씨, 몸은 좀 어떠세요? 이거 반납하고 나서 그쪽에 들를게요."

"오, 수고가 많구나. ……괜찮아. 딱히 몸이 아픈 건 아니거든."

여느 때와 같은 자리에서 깔개 위에 채소를 진열해놓은 돌라 아저씨는 확실히 안색이 조금 안 좋았다. 웃는 얼굴에도 다소 힘이 없어 보였다.

걱정은 되었지만 아무튼 지금은 동전을 환전하고 포장마차를 반납해야 한다.

환전소는 노점 구역과 여관 구역의 딱 중간에 위치해 있었다. 위병들이 보초를 서고 있는 제법 견고한 건물이었다. 나는 환전소라고 불렀지만 그곳의 본업은 동전의 대출이라고 한다.

환전만 할 경우에는 수수료가 발생하지 않으니 물론 선의나 취미로 그 일을 맡은 것은 아니었다. 역참 마을에서 동전의 유통을 원활히 하기 위해 제노스의 영주가 그 일을 위탁했다고 한다.

나날이 늘어가는 우리 가게의 매출을 어떻게 생각하고 있을는지. 표정을 감춘 대부업체 아저씨에게 수속을 부탁해서 나는 적동화 2백 닢을 백동화 20닢으로 교환했다.

《키뮤스의 꼬리정》에서 포장마차를 반납하는 김에 짐도 잠시 맡겼다. 힐끔 노려보는 밀라노 마스를 뒤로하고 우리는 노점 구역으로 유턴했다.

"그러고 보니…… 카뮤아 요슈라는 남자, 오늘은 나타나지 않았네……?"

"아, 정말이네요. 너무 바빠서 잊고 있었어요."

카뮤아 요슈는 물론 슨가 사람도 나타나지 않았다. 느닷없이 이상한 소동도 일어나지 않았다. 그렇게 120인분의 요리를 다 팔 수 있었다. 정말 이상적이라고 할 만큼 평화로운 하루였다.

비나 루는 북적이는 역참 마을을 활보하면서 요염하게 어깨를 으쓱했다.

"하긴, 안 봐도 된다면 안 보는 편이 좋겠지만…… 그런데 보이지 않는 곳에서 흉계를 꾸밀지도 모른다고 생각하면, 그게 그거겠네……."

"호오. 비나 루는 카뮤아가 싫은가요?"

"무슨 생각을 하는지 모르겠는 사람은 싫어…… 그래서 아스타는 정말 좋아……."

내가 그렇게 알기 쉬운 사람인 걸까.

아무튼 우선 돌라 아저씨네 가게로 향하기로 했다.

"여. 오늘은 꽤 북적이는데?"

역시 다소 힘없는 느낌으로 돌라 아저씨가 나와 세 여자들을 맞아주었다. 탈라의 모습은 보이지 않았다.

"몸이 많이 안 좋아 보여요. 어디 편찮으신 건…… 아니고요?"

"아니야, 내가 아플 리가 없지."

아저씨는 그렇게 말하며 힘없이 고개를 저었다.

"실은 말이지…… 오늘 아침 함정에 기바가 걸렸지 뭐야."

"네?"

"기바가 채소를 습격하지 못하도록 밭 주변에 덫을 여러 개 놓았거든. 그런데도 오늘 아침에는 쑥대밭을 만들어놓았지만…… 딱 한 마리, 멍청한 기바가 함정에 빠져 있더라고."

"……그랬군요."

"그래. 기바가 잡혔으니 마무리도 해야 했지. 구멍 위에서 다

같이 그리기 창으로 찔러 죽였는데…… 그런 날은 영 고기 먹고 싶은 생각이 들지 않아서 말이야. 그 엄청난 소리가 귀에 못이 박혀서는…… 생각만 해도 온몸이 후들거릴 지경이라고."

아저씨는 살집 좋은 몸을 부르르 떨어 보였다.

"그리고 보면 숲가의 사냥꾼은 정말 굉장해. 숲속에서 기바를 맞닥뜨리다니, 그야말로 악몽일 텐데. 나는 보기만 해도 기겁할 거야. ……난 그런 괴물과 절대로 못 싸워."

"저도 무리예요. 사냥꾼은 정말 대단하다고 생각해요."

아이 파는 오늘도 무사할까.

빨리 집에 가서 아이 파의 건강한 모습을 보고 싶었다.

"그건 그렇고, 지난달부터 이번 달까지는 기바가 너무 많지 않나? 내 채소밭은 그나마 낫지만, 더 숲가에 가까운 곳에서는 목이라도 매고 싶을 정도로 피해가 상당하다더군. 심한 곳은 수확 전의 아리아를 몽땅 먹어치웠다고 하던데."

그렇게 말하고 아저씨는 맥없이 고개를 저었다.

"왠지 해가 갈수록 피해가 커지는 것 같아. 설마 우리 할아버지 대처럼 또 숲에 기바가 들끓어서 밤이고 낮이고 막 쳐들어오는 건 아니겠지……?"

"괜찮을 거예요. 그런데 역시 기바가 많아진 모양이에요."

혹은 사냥꾼의 역할을 제대로 하지 않은 숲가의 백성이 많아졌는지도 몰랐다. 그 진상은 여전히 수수께끼였다.

"숲가의 백성이 이주해 오기 전에는 우리처럼 농장하는 사람들을 모아놓고 기바 사냥을 흉내 내도록 시켰다더군. 그래서 많은 사람들이 기바한테 찔려서 죽었나 봐…… 내 할아버지도 한쪽 다리를 다쳐서 돌아가실 때까지 지팡이를 짚었지. 난 싫어…… 기바 사냥이라니 절대로 못해."

"아저씨……."

"아, 미안하구나. 몸을 던져서 기바를 사냥해주는 숲가의 백성에게 할 소리는 아니었는데. 내일부터 또 맛있는 요리를 만들어줘, 아스타."

"네. 저야말로 잘 부탁드립니다."

이런 내용이라 탈라에게는 속내를 털어놓지 못했던 거구나.

아저씨는 애써 밝게 행동하려 했지만 그 이야기는 숲가의 백성으로서 간과할 수 없는 내용이었다.

'슨가 녀석들은 기바를 얼마나 사냥하고 있을까? 설마 한 마리도 사냥하지 않을 리는 없겠지만…… 그런데 본가 녀석들은 대낮부터 술이나 퍼마시고, 간식을 먹기 위해서만 마을까지 내려오기나 하고.'

루가 못지않게 규모가 큰 슨가에서 사냥꾼의 역할을 소홀히 하고 있다면 당연히 그 주변에 큰 영향을 주고 있을 것이다.

"……너무 심각한 표정 짓지 말라고, 아스타. 자, 오늘은 뭘 얼마큼 살 건가?"

돌라 아저씨에게 괜한 걱정을 끼치고 말아서 나도 마음을 다잡기로 했다.

지금의 내가 할 수 있는 일은 이 장사를 성공시키기 위해 노력하는 것뿐이다.

"죄송해요. 그럼 타라파 두 개하고 아리아 서른 개. ……그리고 포이탄 백오십 개 주세요."

"포이탄을 백오십 개나 사다니! 그럼 내일부터는 150인분의 요리를 준비할 셈인가?"

"네. 아마 이만큼이 넷이서 준비할 수 있는 최대 분량일 거예요."

게다가 『기바 버거』는 밑 준비에 품이 많이 들기 때문에 『먀무 구이』를 90인분으로 늘릴 생각이다. 매일 무리 없이 만들어낼 수 있을지 여부를 남은 닷새 동안 검증할 예정이었다.

"그리고 파가는 이제 비축한 고기가 얼마 안 남았거든요."

나는 포이탄의 수를 세면서 비나 루에게 말했다.

"모레부터는 루가의 고기를 나눠줬으면 해요. 돈다 루와 미아 레이 루에게 그렇게 전해주세요."

"응, 알겠어……."

그 부분은 이미 이야기가 되어 있었다.

하지만 고깃값을 정하는 데는 제법 고민이 많았다.

루의 촌락에서는 고기가 남아돌기 때문에 미아 레이 아주머니가 "대가 같은 거 필요 없으니 마음껏 가져가렴" 하고 말해주었다. 그러나 장사를 언제까지 할지 정하지도 않은 상태였다. 그런 장사에서 쓸 고기를 반영구적으로 무료로 가져다 쓸 수는 없었다. 나는 최소한 피 빼기와 해체 작업에 걸맞은 대가를 지불해야 한다고 주장했고 루가에서도 승낙해주었다.

그런데도 금액을 정할 때는 서로 옥신각신했지만—— 사는 쪽이 값을 올리고 파는 쪽이 값을 내리는 다소 유쾌한 협상 끝에 '그 기바의 엄니와 뿔과 동등한 대가'로 결론이 내려졌다.

덩치가 큰 기바는 적동화 스무 닢, 작은 기바는 여덟 닢 정도의 값이다. 이것도 상당히 저렴한 편이라 조만간 더 적정한 값으로 책정해야 할 것이다.

"그럼 모레부터 부탁할게요. 짐이 많아져서 좀 미안하지만요."

다음 날 사용할 만큼의 고기를 비나 루가 전날 아침에 파가로 가져오기로 한 것이다. 수량을 확인한 포이탄을 자루에 담으면서 비나 루가 빙그레 웃었다.

"집에서 집까지 옮기기만 하는 거면 끌판을 쓸 수 있으니 문제없어…… 내가 터벅터벅 걸어가는 동안 라라와 실라 루는 더 힘든 일을 하고 있을 테니……."

"맞아, 맞아. 비나 언니도 조금은 고생해야 하는데."

장사할 때는 대화가 거의 없지만 역시 비나 루와 라라 루는 사이좋은 자매였다. 실라 루도 그 옆에서 조용히 미소를 머금고 있었다.

모두 흡족해하는 표정이었다.

오늘 하루 제대로 일했다는 충족감을 얻었을 것이다.

적어도 나는 그런 기분을 느낄 수 있었다.

"그럼 내일도 잘 부탁해요."

파가 앞에 쇠 냄비를 내려놓고 비나 루와도 인사를 나누었다.

뒷정리와 식재료 구입에 다소 시간이 걸렸지만 그럼에도 해가 지려면 네 시간이나 남았을 터였다. 이 정도라면 여유롭게 밑 준비 작업에 착수할 수 있다.

'150인분이나 준비해서 가져가면 내일부터는 역참 마을에 내가 정한 시간까지 머물게 되겠지. 그래도 사전 준비를 확실히 할 수 있도록 작업 효율을 생각해야겠는데.'

그런 생각을 하며 나는 덧문을 열려고 손을 갖다 댔다.

그런데 덧문에 빗장이 걸려 있었다.

"어? 아이 파, 벌써 집에 왔어?"

나는 아이 파를 부르면서 덧문을 노크했다.

약간 긴 침묵이 흐른 뒤 "잠깐 기다려" 하는 아이 파의 목소리가 들려왔다.

그런데 좀처럼 덧문을 열어주지 않았다. 아이 파가 말한 '잠깐'은 대략 30초였다.

빗장 푸는 소리가 들리더니 문이 벌컥 열렸다.

그 순간 나는 놀라서 숨을 삼켰다.

"어떻게 된 거야? 아이 파?!"

도대체 무슨 일일까? 아이 파는 갸름한 얼굴에 비지땀을 흘리며 고통스러움에 미간을 잔뜩 찌푸리고 있었다. 그리고 상처받은 짐승처럼 파란 눈동자를 불태우고 있었다.

"큰 소리 내지 마…… 어서 들어와."

아이 파의 모습이 덧문 뒤로 쓰윽 사라졌다.

나는 짐이 가득 담긴 쇠 냄비를 거머쥐고 집 안으로 들어갔다.

아이 파는 털가죽 망토를 입은 채 자신의 왼팔을 끌어안고 덧문 뒤에 웅크리고 있었다.

"……빗장 걸어."

나는 황급히 빗장을 걸고 나서 아이 파 곁에 몸을 웅크렸다.

"무슨 일이야? 팔이 아파? 설마 슨가 녀석들한테 습격당한 건 아니겠지?"

언뜻 보기에 외상은 없었다.

그런데 아이 파가 이토록 괴로워하는 것은 오래 전 마다라마의 구렁이에 습격당한 후 처음이었다.

"슨가 따위에 당할 내가 아니다…… 사냥 도중에 팔이 빠졌을 뿐이야."

아이 파가 쥐어짜는 듯한 목소리로 말했다.

팔이── 빠졌다고?

탈골되었다는 소린가?

"파, 팔 어디가? 왼팔이지? 어깨야? 아니면 팔꿈치?"

"소란 피우지 말라고 했잖아…… 왼쪽 팔꿈치다. 뼈는 이미 끼워 넣었으니 걱정할 것 없어."

"거, 걱정하지 말라니, 탈골되었으면 고정해야 하는 거잖아? 음, 그러니까 부목을 대신할 만한 게……."

툭 하고 아이 파가 내 가슴에 머리를 박았다.

양팔을 쓸 수가 없으니 머리로 항의할 수밖에 없었던 것이다.

"네가 소란 피워도 소용없어…… 처치 방법은 알고 있으니 넌 날 도와주면 된다."

"아, 알겠어. 내가 뭘 하면 되는데?"

"……신발을 벗겨."

나는 재빨리 그 말대로 했다.

팔꿈치 탈골은 대체 어느 정도의 통증을 동반할까. 게다가 직접 뼈를 끼워 넣다니—— 처치 방법을 알고 있어도 나 같으면 절대로 못할 것이다.

"버, 벗겼어."

"좋아…… 이동한다……."

아이 파가 입술을 깨물며 천천히 일어섰다.

그 순간 아이 파의 몸이 휘청거려서 나는 최대한 조심스럽게 양어깨를 부축해주었다.

'어쩌다 이런 일이…… 설마 진짜 아이 파가 부상을 당하다 니…….'

두꺼운 망토 너머로도 아이 파의 몸에서 고열이 난다는 것이 느껴졌다.

"……사냥꾼의 옷을 벗겨."

"응."

망토를 앞에서 고정해주는 가죽끈을 풀었다.

망토는 그대로 바닥에 떨어지고 아이 파는 벽에 붙어 웅크리고 앉았다.

"……아직 사용하지 않은 한 장짜리 천이 있을 거야. 그걸 가져와."

나는 그저 충실히 움직였다.

그 후에는 아래팔에 부목을 대고 가늘게 찢은 천으로 둘둘 말아서 목에서 매다는 모양으로 왼팔을 고정했다. 내가 있던 세계와 별 차이 없는 처치였다.

"이제 됐어…… 옷 안쪽에 롬잎을 넣어 왔는데 그걸 꺼내."

망토 안쪽에는 주머니가 많이 달려 있다. 그중 하나에 낙엽처럼 생긴 까만 잎이 여러 장 쑤셔 박혀 있었다.

"열을 내려주는 약초다…… 그걸 약간의 물과 함께 나무 숟가락으로 짓이겨…… 한 장이면 돼…….

힘없이 벽에 기댄 채 아이 파의 목소리가 점점 약해졌다. 격통도 견디기 힘들겠지만 열이 심해져서인 것 같았다.

"다 짓이겼어. 이걸 먹는 거야?"

나는 아이 파 곁에 바싹 붙어서 나무 숟가락을 입에 가져다주었다.

죽처럼 된 검은 잎을 아이 파가 쓰다는 듯 삼켰다.

"됐어…… 잠깐 자야겠어. 저녁 먹을 시간에 깨워."

"뭐 먹고 싶어? 기고가 있으니까 포이탄도 수프처럼 만들어볼까?"

"……포이탄은 구운 게 좋아……."

아이 파가 살짝 입술을 삐죽거렸다.

나는 가슴을 죄는 듯한 심정으로 아이 파가 고통스러워하는 얼굴을 바라봤다.

"그럼 지바 할머니와 똑같은 식단으로 해볼까? 먹기 힘들면 햄버그와 포이탄 모두 수프에 불려서 먹으면 돼."

"……어제도 햄버그였는데 괜찮겠어?"

"왜 이럴 때만 착한 척이야? 바보같이."

나는 대답하면서 남은 헝겊을 물독의 물에 적셔서 꼭 짠 다음 아이 파의 얼굴에 난 땀을 닦아주었다.

"아아, 기분 좋다."

아이 파는 가만히 눈을 감았다.

"네가 있어서 다행이다, 아스타. ……작년에도 같은 부상을 입었는데 그때는 천을 감는 데도 고생했거든……."

"……이만하길 다행이라고 생각해야 하는 거지?"

"그래, 맞아. 이 정도 부상은 며칠이면 회복돼. ……그때까지 조금만 신세를 져야겠어."

"얼마든지 환영이야."

나는 국자로 뜬 물로 헝겊을 빨아서 이번에는 아이 파의 이마 위에 올려놓았다.

미지근한 물이지만 안 하는 것보다는 나을 것이다.

"그럼 잔다. ……넌 네 할 일을 해."

"알았어. 무슨 일 있으면 바로 불러야 돼?"

말은 그렇게 하지만 어차피 나는 아이 파에게서 눈을 떼지 못할 것이다.

탈골은 결코 작은 부상은 아니지만 그래도 돌이킬 수 없는 부상을 입지 않아서 정말 다행이라고 생각했다.

지금 아이 파를 잃으면 나는 어떻게 될까. 생활 수단이 어떻고하는 문제가 아니라 아이 파가 없는 현실은 절대로 견디지 못할 것이다.

숲가의 여자들은 매일 어떤 각오로 남자들을 숲으로 보내는 걸까.

"염려할 것 없어…… 내일이면 큰 불편 없이 움직일 수 있을 거다…… 아직 슨가를 두려워하기엔 일러……."

아이 파가 잠꼬대하듯 중얼거렸다.

짐을 정리하려고 현관으로 향하던 나는 되돌아와서 아이 파 곁에 몸을 웅크렸다.

"알겠어. 넌 푹 쉬어. 조금이라도 빨리 건강해질 수 있도록 맛있는 밥을 만들어줄게."

그러자 눈을 감은 채 아이 파가 살짝 입꼬리를 올렸다.

"……빨리 햄버그 먹고 싶어, 아스타……."

나는 고개를 끄덕이고 아이 파의 불처럼 뜨거운 뺨을 양손으로 감쌌다. 그런 뒤 저녁밥과 내일 장사할 요리의 밑 준비를 하기 위해 자리에서 일어났다.

막간　　～ 두 사람의 아침 ～

눈을 뜨자 평온히 잠든 아이 파의 얼굴이 눈앞에 있었다.

바로 눈앞이었다. 심장이 멎을 뻔할 정도로 초근접 거리였다.

아이 파는 유난히 연한 색소의 조그만 입술을 살짝 벌리고 색색 숨소리를 내며 자고 있었다. 금갈색 속눈썹이 무척 길다. 같은 색깔의 아름다운 머리가 마치 장신구처럼 이마와 뺨에 닿아 있었다.

어쩜 이렇게 평온하게 잘까.

어제 괴로워하던 모습이 마치 거짓말 같았다.

아기처럼 무방비하고 실제 나이보다 한참 어려 보이는, 천진난만하게 자는 얼굴── 그런데 그 얼굴이 너무 가까이 있다. 거의 코끝 몇 센티미터 위치였다.

아이 파가 내 왼쪽 어깨를 베고 새근새근 자고 있었던 것이다.

말로 표현할 수 없을 만큼 행복한 기분을 느끼는 한편, 나는 걷잡을 수 없는 혼란에 빠지게 되었다.

아이 파는 몸의 오른쪽을 아래로 해서 옆으로 자고 있었다.

그리고 똑바로 누워 있는 내 몸에 딱 달라붙어 있었다.

그것을 알아차린 순간 아이 파와 닿아 있는 좌반신이 급속히 뜨거워지는 느낌이 들었다.

다만 왼팔만은 감각이 둔하다. 아마 피가 통하지 않아서일 것이다.

　……일단 침착하자.

　심장이 몹시 쿵쾅거리기 시작했지만 어쨌든 냉정히 대처해야
한다.

　어젯밤에 어떤 상태로 잠들었는지 나는 서둘러 기억의 저장고
를 샅샅이 뒤졌다.

　어제 아이 파는 왼쪽 팔꿈치가 탈골되는 중상을 입었다.

　그래서 저녁밥을 먹기 전까지 계속 잤다.

　그 저녁밥은 내가 직접 떠먹여주었다.

　해열 작용이 있는 약초 때문인지 아이 파는 내내 멍하니 있어
서 내버려두면 그릇을 떨어뜨릴 지경이었다.

　그렇지 않아도 밥상도 없는 식사 자리인 탓에 한쪽 팔로는 제
대로 먹을 수도 없었다. 수프와 햄버그, 구운 포이탄으로 구성
된 식사를 나는 약 30분에 걸쳐 천천히 떠먹여주었다.

　식사 후 아이 파는 벽에 기대어 멍하니 앉아 있었다. 열은 많
이 내렸으며 극심한 통증도 없는 모양이었지만 어쨌든 아이 파
는 줄곧 몽롱한 상태였다.

　혹시 그 롬잎이라는 약초에는 진정제 효과도 있는 것이 아닐
까? 평소의 날 선 느낌을 잃은 아이 파는 왠지 엄청나게 아이 같
고 엄청나게 미덥지 못해 보였다.

　평소와 다른 아이 파의 모습에 마음 아파하며 나는 내일 쓸

식재료를 다듬기 시작했다. 타라파 소스를 끓이고, 『먀무구이』 90인분의 고기를 썰어야 했다.

내가 작업을 마칠 때까지 아이 파는 말없이 잤다가 일어났다가를 반복하는 것 같았다.

그렇게 내일 장사 준비를 마쳤을 즈음―― 아이 파는 다시 고열로 의식이 몽롱해지기 시작했다.

한 번 더 해열 약초를 먹었지만 아이 파는 계속 괴로워했다. 나는 몇 번이고 물에 적신 헝겊을 짜서 아이 파의 얼굴을 닦아주었지만 그것은 일시적인 위안에 불과했다.

"이제 됐어…… 잠시 옆에 있어줘……."

"옆에?"

영문도 모른 채 그 말대로 했더니 아이 파가 내 어깨에 기대었다.

몸이 심하게 뜨거웠다. 특히 이마는 불덩이였다.

"이걸로 충분해…… 열이 내리면 몸도 회복될 거야……."

아이 파가 몸을 파르르 떨고 있었다.

이마와 몸은 뜨거운 반면 내 가슴을 쥐고 있는 오른 손가락은 얼음처럼 차가웠다.

그 차가운 손가락을 꼭 잡아주자 아이 파는 열 때문에 촉촉해진 눈동자로 나를 가만히 쳐다보았다.

"……불쾌하지 않다면 잠깐만 이대로……."

"불쾌하지도 않고, 불쾌하면 뭐 어때?"

그렇게 수지 촛불이 다 탈 때까지 나는 계속 아이 파의 괴로운 듯한 옆얼굴을 바라보고 있었다.

수지 촛불이 다 탄 후에는 달빛 속에서 바라보았다.

이윽고 아이 파의 얼굴에서 괴로운 표정이 사라지고 편안한 숨소리가 들려왔다.

다행이다── 하고 가슴을 쓸어내린 것까지는 기억이 난다.

그렇다는 건 나도 그대로 잠들어버렸다는 걸까.

지금 창으로 햇살이 뿌옇게 스며들고 있다.

햇살이 그리 환하지 않은 걸 보니 늦게까지 잔 것은 아닌 모양이다.

확인해보니 아이 파의 바로 뒤에 집의 벽이 보였다. 벽에 기대 잠들어버린 우리는 그 자세로 주르르 미끄러지다 바닥에 누웠던 것이다. 내 몸이 쿠션이 되어 아이 파의 왼팔에 부담이 가해지지 않았다면 천만다행이다.

천만다행이지만 이 자세는 너무 불편하다.

그렇다고 내가 함부로 움직이면 다친 곳에 영향을 줄 수 있으니 지금은 아이 파를 깨우는 것밖에 달리 방법이 없는 듯했다.

"아이 파, 아침이야…… 일단 일어났으면 좋겠는데."

아이 파는 "으음" 하고 시끄럽다는 듯 소리를 냈다.

그러고 보니 내가 아이 파보다 먼저 일어나는 것 자체가 드문 일이다.

게다가 평소의 아이 파라면 한 번 깨우자마자 눈을 번쩍 떴을 것이다.

그래서 가슴이 이렇게 두근거리는 걸까. 어린아이처럼 칭얼거리며 자는 아이 파의 얼굴은 반칙일 정도로 사랑스러웠다.

"다시 자도 되니까 일단 일어나줘. 이대로는 내가 움직이질 못해."

"……시끄러워……."

아이 파가 작게 중얼거리면서 내 품으로 파고들었다.

아아, 나더러 어쩌란 걸까. 간신히 차분해진 머리가 다시 혼란에 빠질 것만 같았다.

"나는 가장이야…… 가장에게 건방진 소리하면 못쓴다……."

이거 완전히 잠에 취한 모양이다.

잠에 취해 헛소리하는 아이 파의 모습이라니, 다루무 루의 웃는 얼굴만큼 귀중한 장면이다.

하지만 나는 그 모습을 언제까지고 만끽할 수 있는 처지가 아니었다.

"가장님, 아침 작업을 할 시간입니다. 저는 저녁밥 뒷정리를 해야 하기 때문에 일단 일어나주실 수는 없겠습니까?"

"으음……" 하고 다시 귀여운 소리를 내며 아이 파가 서서히 눈을 떴다.

초점이 잘 맞지 않는 그 파란 눈동자가 바로 가까이서 나를 쳐다봤다.

"……아스타……?"

"네. 가족 아스타입니다."

"……음…… 아스타구나……."

의미 없이 이름을 반복하고 나서 아이 파는 배시시 웃었다.

천하의 아이 파가, 배시시 웃다니.

그러더니 아이 파로서는 있을 수 없는 그 천진난만한 미소를 머금은 채 다시 느릿느릿 눈을 감기 시작했다.

"……아스타였어……."

"아니, 그게 중요한 게 아니라! 아침이라고요! 아침이에요, 가장!"

그러자 이번에는 평소처럼 눈을 반짝 떴다.

후유 하고 안도하는 내 얼굴을 드디어 초점이 맞는 눈동자가 이상하다는 듯 쳐다봤다.

"……왜 나한테 착 달라붙어 있는 거지? 아스타?"

"아니, 아무리 봐도 달라붙어 있는 건 너잖아. ……어젯밤에 달라붙은 채 깜빡 잠들어버렸나 봐."

"……그랬나? 기억이 안 나는군."

아이 파는 재빨리 눈을 감았다.

"뭐, 덕분에 열은 내린 것 같군……."

그리고 "끄응" 하는 귀여운 숨소리를 냈다.

"아니, 다시 자면 안 돼! 일! 일해야지!"

아이 파가 괴로워하는 기색이 전혀 없다는 것에 안심하면서도 나는 소리칠 수밖에 없었다.

아이 파의 눈이 세 번째로 떠지더니 나를 불만스럽게 바라봤다.

"……벌써 아침인가?"

"이렇게 밝으니 당연히 아침이지."

"그렇군. 역시 롬잎을 먹었더니 몸 상태가 정상이 아니야. 이대로 좀 더 자야겠어."

그렇게 말하면서 아이 파는 다시 내 품에 살짝 파고들었다.

놀라서 할 말을 잃은 내 모습은 아랑곳하지 않고 아이 파가 벌떡 일어났다.

"하나 그럴 수는 없지. ──신세를 아주 크게 졌군, 아스타."

"아냐…… 기운을 차려서 정말 다행이야."

가장 힘들었던 시간은 이 몇 분간이었다고 속으로 투덜거리면서 나도 천천히 몸을 일으켰다.

아이 파는 바닥에 책상다리로 앉은 채 오른팔만 쭉 기지개를 폈다.

"열도 내려갔고 통증도 많이 가라앉았어. 그럼 아침 작업을 시작해볼까?"

"어? 아니, 넌 쉬고 있어. 빨래랑 설거지는 내가 하고 올게."

"무슨 소리지? 슨가 사람이 나타나면 어쩌려고?"

"아무리 녀석들이 비상식적이라 해도 아침 일찍 들이닥칠 리는 없잖아! 어떻게 보면 사람들 눈에 가장 잘 띄는 시간대이기도 하고. ……그리고 무엇보다 넌 부상자야."

"흠? 너 설마 내가 왼팔을 쓰지 못하는 정도로 그자들한테 밀린다고 생각하나?"

아이 파가 불만스럽게 입술을 삐죽거렸다.

"슨 본가의 삼 형제가 한꺼번에 덤벼들어도 오른팔만 멀쩡하면 끄떡없어. ……만약 루가의 장남 같은 사람이 상대라면 도망갈 수밖에 없겠지만."

숲가의 백성이라면 누구나 상대의 역량을 그렇게까지 정확하게 파악할 수 있는 건가?

그런데── 아이 파는 자신의 몸이 멀쩡하면 지자 루까지 때려눕힐 자신이 있다는 걸까?

카뮤아 요슈를 때려눕힐 수 있는 사람은 돈다 루 정도라고 했던 루도 루의 말이 머리를 스쳤다.

"……아무튼 그 팔로는 물일 같은 거 못하잖아. 무슨 일 생기면 냅다 도망칠 테니까, 넌 집에서 푹 쉬고 있어."

"음. ……하긴, 이런 모습으로는 마을을 돌아다니고 싶지 않군. 물가 일만 너한테 맡겨야겠어."

여전히 약간 불만스러운 표정으로 아이 파가 말했다.

"그럼 난 집안일을 해두지. 절대로 방심하면 안 된다?"

"알았어. 그런데 너 정말 쉬어야 하는 거 아니야? 또 열이라도 나면 어떡해? 그럼 더 안 좋잖아."

"내가 괜찮다면 괜찮은 거다. 뼈에 이상한 통증도 없고 손발에도 힘이 넘쳐. 이 상태라면 평소처럼 움직이는 편이 상처도

빨리 아물 거야."

그러고는 다소 온화한 눈빛으로 나를 쳐다봤다.

"게다가 어제 먹은 음식이 제대로 피와 살이 되었다는 게 느껴져. 작년에 같은 부상을 입었을 때보다 열도 훨씬 빨리 내려갔어. 모두 네 덕분이다, 아스타."

"……그렇게 말해주면 나야 정말 기쁘지."

나는 그제야 미소를 지을 수 있었다.

아이 파도 눈으로만 웃었다.

"그럼 작업을 시작한다, 아스타."

◇

물론 물가로 가는 길에 슨가로부터 습격을 받는 일은 없었다.

술 때문에 이성을 잃지 않는 한 대놓고 못된 짓은 하지 못하는 슨가일 테니, 이렇게 아침 일찍 긴장할 필요는 원래 없는 것이다.

하지만 나는 그저께 미다 슨과 테이 슨의 존재를 두 눈으로 확인하고 말았다.

그 두 사람은 술김에 난동을 부리거나 하지는 않을 것이다.

그 대신 무슨 일을 저지를지 몰라 어쩐지 기분이 나쁘다.

미다 슨은 과연 그의 지성이 가장의 명령을 어디까지 이해할 수 있는지 수수께끼이고, 테이 슨은 그 이상으로 속을 알 수 없는 사람이다. 이렇게 된 이상 24시간 경계 태세로 있어야 할 것이다.

"어? 그 복장 뭐야?"

빨래와 설거지를 마치고 집으로 돌아오니 아이 파가 사냥꾼의 복장으로 대기하고 있었다.

털가죽 망토는 물론이거니와 칼까지 찬 완전 무장이다.

"뭐긴 뭐야? 집안일을 다 했으니 이번에는 장작과 피코잎을 채취하러 가야지."

"아니, 오늘만큼은 쉬어도 되잖아. 그 몸으로 숲에 들어가는 건 무리라고."

대답하면서 나는 갓 설거지한 쇠 냄비를 아궁이에 세팅하고 국자로 물을 두 번 떠서 부은 다음 장작을 지폈다. 숲의 가장자리로 향하기 전에 우선 포이탄을 바짝 졸여둬야 한다.

마찬가지로 갓 빤 옷가지는 벽에 걸었다. 한 벌밖에 없는 티셔츠와 흰 머릿수건은 너덜너덜하게 해어졌다.

방 한가운데 서 있게 된 아이 파는 집 안을 조르르 돌아다니는 내 모습을 눈으로 좇으면서 다시 불만스럽게 말했다.

"그런 배려가 필요 없다는 거다. 하루라도 일을 게을리하면 내일 할 일이 더 많아져. 게다가 역참 마을에서 장사를 시작하고 나서 피코잎이 더 빨리 상하고 있잖아."

물론 나도 알고 있었다.

피코잎은 고기의 수분을 흡수함으로써 방부 효과를 내는 향신

료다. 장사용 패티 반죽과 고기 썰기를 전날까지 해놓고 피코잎 더미에 다시 묻어두었더니 큼직하게 썬 고깃덩이보다 표면적이 커져서인지 피코잎이 수분을 더 많이 흡수하게 되었다.

"어쩌면 한 달이 가기 전에 피코잎의 전체 갈이를 해야 할지도 모르겠어. 그럼 더 미리미리 피코잎을 채취해둬야 할 텐데?"

"으음, 그야 그럴지도 모르지만……."

"그리고 어제는 죽도록 땀을 흘렸어. 목욕이라도 해야지 찜찜해서 못 견디겠어."

아이 파는 콧등을 찡그렸다.

"이렇게 사냥꾼의 옷을 두르고 있으면 다친 팔을 감출 수도 있어. 아무것도 걱정할 필요 없다."

그럼에도 내가 난처한 기색을 지우지 못하고 있자 아이 파는 다소 진지한 표정을 지었다.

"아스타, 네가 내 몸을 걱정해주는 건 잘 알아. 그런데 정말 걱정할 필요 없다. 나는 내 몸에서 들려오는 소리를 충실히 따르고 있을 뿐이야. ……내 판단을 믿어."

"……알겠어."

아이 파의 눈빛에는 믿음직스러운 침착함과 강인함이 깃들어 있었다.

사냥꾼으로서 강한 자긍심을 갖고 있는 아이 파가 회복을 더디게 할 만한 분별없는 행동을 할 리가 없다고 나는 믿어야 하는 것이다.

그렇게 장사용과 저녁밥용 포이탄을 졸여놓고 나서, 우리는 장작과 피코잎을 담을 자루를 손에 들고 숲의 가장자리로 출발했다.

여느 때와 같은 아침의 광경이다.

다만 아이 파는 망토를 약간 돌려 입어서 왼쪽 팔을 완전히 감추었고 금갈색의 긴 머리를 목 옆에서 느슨하게 묶었다. 평소에는 복잡한 모양으로 땋아서 틀어올렸지만 어쩐지 오늘은 비나루의 머리 모양과 비슷했다.

"아이 파, 머리 그렇게 하니까 신선한데? 역시 한 손으로는 평소처럼 땋아 올리기가 어려운가 봐?"

"음. 이것만은 어쩔 수 없더군."

"가끔은 괜찮지 않을까? 아주 잘 어울리거든."

무슨 머리를 해도 잘 어울리니 '미인이라 정말 좋겠네' 하고 속으로 덧붙였다.

누렇게 밟아 다져진 길을 걸어가며 아이 파는 달갑지 않다는 듯 "흥" 하고 콧방귀를 뀌었다.

"원래 머리 같은 건 방해되지 않도록 짧게 자르고 싶은데. 이 관습만큼은 빨리 없어졌으면 좋겠어."

여자는 시집가기 전까지 머리를 잘라서는 안 된다는 관습이 존재한다.

아이 파의 이 아름다운 금갈색 머리가 싹둑 잘리는 일이——과연 앞으로 일어나게 될까.

이러저러하는 사이 란트 강에 도착했다.

란트 강은 숲의 가장자리를 따라 흐르는 잔잔한 강이다. 이 근처 강변은 바위 밭이지만 좀 더 거슬러 올라가면 숲이 우거져서 피코잎도 얼마든지 모을 수 있다.

하지만 그 전에 목욕을 해서 몸을 깨끗이 하는 것이 파가의 풍습이었다.

"정말 괜찮은 거지? 강에 떠내려가면 안 된다?"

"끈질기군" 하고 내뱉더니 아이 파는 목걸이와 망토를 나한테 내밀었다.

그러고는 나한테 맡긴 망토 안쪽에서 몸을 닦을 천과 소용돌이무늬의 갈아입을 옷을 꺼냈다.

"아, 그렇지. 넌 아까 물가에 안 갔지."

평소 아이 파는 아침에 일어나자마자 옷을 갈아입고 더러워진 옷을 물가에서 빨았다.

"한쪽 팔로 빨 수 있겠어? ……아, 그런데 내가 빨아줄 수도 없구나."

"……알면 가만히 있어" 하고 눈을 살짝 가늘게 뜨고 나를 쏘아보고 나서 아이 파는 큼직한 바윗덩어리 뒤로 돌아 들어갔다. 이것도 평상시 광경이다.

아이 파와 함께 지내기 시작한 지 이제 곧 40일이다. 그 첫날 아침에 우리는 이 강변에서 마다라마의 구렁이와 기바에 잇단 공격을 받았다.

그런 뜻밖의 재난을 당한 것은 그날 아침뿐이었다. 하지만 아이 파의 몸이 불편한 오늘 같은 날에 기다렸다는 듯이 성가신 일이 일어나지 않기를 나는 빌어두기로 했다.

바윗덩어리에 기대어 숲 쪽을 감시하고 있는데 강 쪽에서 "아스타" 하고 부르는 소리가 들렸다.

"왜, 무슨 일이야?"

"……네가 파가에서 지내기 시작한 지 벌써 한 달도 더 되었군."

아이 파도 같은 생각을 하고 있었구나 싶어 나는 살짝 반가웠다.

"그러게. 순식간에 흘러간 40일이었어—— 그런데 또 고작 40일밖에 안 되었다니, 하는 마음도 들어."

"음. ……오늘은 파란 달의 둘째 날이군."

아이 파의 입에서 그런 말이 나오다니 드문 일이다.

기바의 이동 주기를 파악하기 위해 아이 파는 달과 날짜를 정확히 인식하고 있는 모양이지만, 그 밖의 일상생활에는 지장이 없기 때문에 나는 날짜를 거의 인식하지 않고 지낸다.

"흐음. 그럼 카뮤아 아저씨가 동쪽 왕국으로 여행을 떠나기까지 앞으로 13일 남았다는 거네. ……그런데 파란 달이 뭐 어쨌는데?"

"아니. 별로 대단한 일은 아니야."

"설마 좀 있으면 네 생일이야?"

"내가 태어난 건 붉은 달이다."

그날은 대체 언제 오는 걸까.

나는 문득 내 생일조차 잊고 있었다는 걸 깨닫게 되었다.

역산하면 앞으로 며칠 후가 생일인지는 알 수 있지만, 이곳은 그레고리력(1582년에 로마 교황 그레고리우스 13세가 종래의 율리우스력을 고쳐서 만든 태양력으로 현재 우리나라를 비롯해 많은 나라가 따르고 있다)이 통하지 않는 이세계다. 3년에 한 번은 열세 달이 된다는 이곳 세계의 역법에 맞추어 내 생일을 계산한다 해도 의미는 없을 것이다.

어쨌든 원래 세계에서 나는 갓 열일곱 살이 된 고등학교 2학년생이었다. 생일을 맞은 지 약 보름 만에 그런 재난을 당한 것이다.

그렇다면—— 내가 이곳 이세계에 출현한 날을 제2의 생일로 정해도 되지 않을까.

'1년 후나 2년 후에도 이곳 세계에서 계속 지낼 수 있을까.'

또는 갑자기 현세의 불바다로 이끌려가서 본래의 운명을 더듬어가게 될까.

아니면 또 완전히 다른 세계로 떨어지거나—— 아니, 그런 운명만은 절대로 사절이다.

그동안의 생활을 전부 잃다니. 그런 경험을 두 번이나 견딜 수 있을 만큼 내 정신은 강인하지 못하다.

그런 생각을 하고 있는데 다시 "아스타" 하고 부르는 소리가 났다.

"잠깐 이쪽으로 와."

"어? 목욕은 다 끝났지?"

"음."

"옷도 잘 입었고?"

"……무슨 생각을 하는 거지?"

아이 파의 목소리에 노기가 섞여 있어 나는 재빨리 바윗덩어리 뒤쪽으로 이동했다.

강변에 책상다리로 앉은 아이 파가 조금 무서운 표정으로 나를 쏘아봤다.

물론 옷은 제대로 갈아입었으며 게다가 왼팔의 처치까지 완벽했다. 다만 오른쪽으로 기울어진 머리에서는 흠뻑 젖은 긴 머리카락이 땅바닥까지 닿아 있었다.

"한 손으로는 머리의 물기를 닦기가 힘들다."

아이 파가 화난 얼굴로 수건을 내밀었다.

"그렇겠지요."

나는 바위 밭에 한쪽 무릎을 대고 가장의 요청에 응했다. 고작 이까짓 일이라도 아이 파의 도움이 된다면 기쁠 따름이다.

"……긴 머리는 정말 귀찮기만 하군" 하고 아이 파는 입꼬리를 한껏 내리고 있었다.

"에이, 그런 소리 마. 네 머리가 얼마나 예쁜데."

"흥. 빛을 세게 반사하는 이런 머리는 사냥에 방해만 돼. 그렇다면 아버지 기루처럼 검은 머리가——."

약간 어중간한 타이밍에 입을 다무는 아이 파였다.

"왜 그래?" 하고 묻자, "아니" 하고 시선을 떨구었다.

"오래 전 지바 할머니와 리미 루하고 이런 이야기를 했구나 싶어서."

"호오, 그랬구나."

그리고 보니 지바 할머니와 리미 루와도 많이 소원해졌다는 생각이 들었다. 이것이 원래 생활이겠지만 루의 촌락에 묵었던 그때가 그리웠다.

"……그렇지. 저기, 아이 파. 아무래도 그 몸으로 사냥은 무리지?"

"당연하다. 열흘에서 보름 정도는 쉬어야 할 거야."

"그럼 그동안 낮에는 루의 촌락에서 신세를 지면 어떨까?"

머리의 물기를 닦아주고 있는 나를 아이 파가 이상하다는 듯 올려다보았다.

"왜지? 그런 짓을 할 이유는 없다."

"아니, 집에 있어도 쉬기만 할 거잖아? ……그리고 역시 슨가 때문에 걱정되기도 하고."

"슨가는 내가 다친 걸 몰라."

"몰라도 못된 짓을 하러 올 가능성은 있잖아."

"그때는 반격하면 그만이다. 사정을 봐줄 만한 몸 상태가 아니니 위험한 쪽은 오히려 슨가의 멍청이들이겠군."

"아니, 그래도……."

"아스타, 친족도 아닌 우리가 루가에 의지하는 건 잘못됐어."

젖은 앞머리 사이로 아이 파가 엄한 눈빛을 보내왔다.

"우리는 상응의 대가를 지불하고 루가 여자들의 힘을 빌리는 것에 불과하다. 단지 그뿐이지 루가와 특별한 인연이 생긴 건 아니야."

"그래도 리미 루와 지바 할머니는 아이 파한테 특별한 존재잖아. 두 사람과 느긋하게 대화를 나눌 수 있는 좋은 기회가 아닐까 생각했을 뿐이야."

아이 파의 눈빛이 조금 누그러졌다.

그리고 손으로 내 가슴을 쿡쿡 찔렀다.

"네 덕분에 난 리미 루와 지바 할머니와의 인연을 다시 맺을 수 있었어. 더 이상은 바라지 않아. ……말을 주고받지 않아도 내 마음은 리미 루와 지바 할머니와 함께 있어."

"응."

"한데 그것과는 별개로 나는 루가에 의지해서는 안 된다고 생각해. 나는 루가의 혼담을 거절한 몸이고, 더군다나 아스타를 다른 씨족으로 데려가겠다는 제의를 거절한 몸이기도 하거든."

그렇구나, 하고 나는 입을 다물게 되었다.

그럼에도 나는 루가와 올바른 인연을 맺을 수 있도록 힘써야 한다고 생각했지만── 레이나 루는 나를 파가에 두는 것은 위험하다고 주장했다. 그렇다면 부상을 입은 아이 파가 다쳤다는 이유로 루가를 의지하려 한다면 도리어 아이 파의 체면을 깎는 행위일지도 모른다.

"알겠어. 아까 한 말은 취소할게. 내 생각이 짧았어."

"넌 대체로 생각이 짧군."

"……너."

"짧지 않은 적이 별로 없지 않나?"

"너 말이야! 너무 솔직하게 말하면 듣는 사람은 상처받는다는 걸 몰라?"

"농담이다. 흥분하지 마."

아이 파는 시치미를 떼며 말했다.

그리고 내 가슴을 다시 쿡쿡 찔렀다.

"넌 항상 이해하기 어려운 소리를 하지만, 그렇다고 불쾌하지만은 않아. 불쾌할 때는 때려줄 테니 앞으로도 네 생각을 편하게 이야기해."

"……얻어맞기 싫으니 입을 다물어야겠네" 하고 가볍게 대꾸했더니, "안 돼" 하는 거센 말투가 돌아왔다.

"뭐든 다 이야기해. 나한테 생각과 마음을 숨기지 마."

"……그럼 너도 그렇게 해줄 거지?" 하고 응했더니 아이 파는 다시 입술을 살짝 삐죽거리며 "……노력은 하고 있어" 하고 말해주었다.

왠지 가슴속에 기묘한 바람이 휘몰아쳐서 나는 아이 파의 머리를 톡 두드려주었다.

"됐다. 머리도 거의 다 마른 것 같아."

"음" 아이 파는 오른손과 입만으로 가죽끈을 요령 있게 다루더니 다시 긴 머리를 묶기 시작했다.

"……한데 지금 슨가에서 가장 골치 아플 것 같은 사람은 장남이나 차남이 아닌 막내아들 아닌가? 그렇다면 위험한 입장에 놓인 것은 내가 아니라 아스타, 너일 텐데?"

"응. 안 그래도 매일 조심하고 있어."

"흥. ……오늘부터는 나도 마을로 내려갈 테니 그리 알아."

"뭐?"

"어차피 쉬어야 한다면 집에 있든 마을에 내려가든 마찬가지다. 그럼 서로가 눈에 보이는 편이 그나마 마음이 편할 거 아냐?"

그러더니 아이 파는 내 얼굴을 뚫어져라 쏘아보았다.

"장사는 방해하지 않을 거고 짐 운반이라면 조금은 도울 수 있을 테지. 졸리면 적당히 잘 거다. ……혹시 내가 마을에 내려가면 안 되는 사정이라도 있나?"

"그런 거 없어. 그렇게 해준다면 나야 안심이지."

나는 진심으로 그렇게 말할 수 있었다.

역참 마을도 결코 안전한 장소는 아니지만, 홀로 집에 남겨두는 것보다는 훨씬 안심할 수 있다.

다만── 그날은 평소처럼 끝나지는 않았다.

역참 마을에서의 장사는 더없이 순조롭게 끝낼 수 있었지만. 결국 우리는 그날부터 루의 촌락에서 신세를 지는 처지가 되었던 것이다.

아이 파가 입은 부상은 별로 상관이 없다. 우리의 계획을 망친 건 장사 도중에 역참 마을을 찾아온 어떤 침입자의 존재였다.

새로운 슨가 사람이 마침내 본격적으로 나와 아이 파에게 마수를 뻗어온 것이다.

제3장 ★★★ 엿새째·이레째 ~ 배덕의 사자 ~

1

어찌 되었든 장사는 순조로웠다.

영업 엿새째를 맞은 오늘도 문 열기 전부터 남쪽과 동쪽 손님이 밀어닥쳐서 음식을 많이 사주었다. 150인분이나 되는 음식을 준비한 오늘은 성과를 얼마나 올리게 되는지. 아침부터 기대가 하늘을 찔렀다.

"으음…… 그런데 어째 오늘은 어제보다 손님이 좀 적지 않았어?"

아침 일찍 밀어닥친 손님을 치르고 나서 라라 루가 그렇게 말했다.

"그러게. 어제는 오후 지나서까지 가게 문을 열었으니까 그걸 보고 괜히 힘들게 아침부터 줄 설 필요 없다고 생각한 게 아닐까. ……뭐, 아직은 두루두루 살펴보고 있는 단계니까 다 끝나지 않으면 뭐라 확실히 말할 순 없지만."

"흐음? 그럼 만약 음식이 남으면 어쩔 거야?"

"그럼 루의 촌락에서 조리 전 고기나 포이탄과 교환해달라고 협상해볼 생각이야. 이렇게 많은 식재료를 버릴 수는 없으니까."

하지만 그렇게 이야기하고 있는 지금도 동쪽이나 남쪽 손님들은 드문드문 가게를 찾아와주고 있었다.

그 모습을 지켜보는 서쪽 사람들도 어제보다 그 수가 줄어든 것 같지는 않다. 아침에는 통행인이 거의 없었던 영업 첫날을 생각하면 한결 활기찬 편이었다.

"좋았어. 일단 손님의 발길은 뜸해진 것 같으니 오늘도 두 사람씩 간식을 먹으며 휴식을 취할까? 그런 다음에는 라라 루한테도『기바 버거』쪽 포장마차를 맡길 테니 그리 알아둬."

"응, 알겠어. ……오늘은 어느 쪽 요리를 먹게 해줄 거야?"

"오늘은 말이지,『마무구이』고기에 타라파 소스를 뿌려볼까 해. 종업원용 특별 요리지."

"앗" 하고 라라 루가 파란 눈을 동그랗게 떴다.

너무 놀란 모습에 나도 슬쩍 당황했다.

"왜 그래? 양념 국물에 잰 고기도 타라파 소스하고 잘 맞을 것 같은데? 둘 다 식재료는 거의 똑같고."

"아, 아니야. 오늘은 그렇게 먹었으면 좋겠다고 생각했거든. 그래서 깜짝 놀랐어."

"그랬구나. 하긴 라라 루, 넌 좋아할 줄 알았어."

내가 말하자 라라 루는 다시 "왜?" 하고 눈을 동그랗게 떴다.

"왜냐니…… 넌 햄버그의 연한 식감은 별로 안 좋아하는데 그 대신 타라파 소스는 맛있다고 했으니까 이 조합이 이상적이라는 결론이 나오는 건 당연하지 않나?"

"……왜 아직도 그걸 일일이 기억하고 있어? 벌써 열흘도 훨씬 전에 한 말이잖아."

"어? 그야 뭐, 숲가의 사람들은 구체적인 소감을 잘 말해주지 않으니까 네 말이 인상에 남았나 봐."

그렇게 대답했더니 라라 루는 입술을 달싹이고 나서 작은 목소리로 "고마워" 하고 중얼거렸다.

나는 웃으며 "천만에요" 하고 대답했다.

"그럼 누가 먼저 쉴까. 라라 루는 이제 먹을 수 있겠어?"

"응. 나야 늘 괜찮지만…… 저기, 아이 파는 어떻게 해?"

선언대로 역참 마을까지 동행한 아이 파는 짐 운반의 임무를 마친 후 뒤쪽 잡목림 나무 그늘에서 쉬고 있었다.

털가죽 망토로 왼팔을 감추고 한쪽 무릎을 세운 자세로 나무줄기에 기대 앉아 있었다. 오른팔로 대도를 끌어안은 채. 포장마차에서는 약간 떨어져 있기에 자는지 일어났는지 알 수가 없다.

"아이 파의 몫도 준비는 해왔는데. 우선 일어났는지 확인해볼까?"

"아, 그럼 내가 물어보고 올게."

말하자마자 라라 루는 잽싸게 아이 파 곁으로 다가갔다.

아이 파가 일어나 있던 모양인지 라라 루는 두세 마디 나누고 나서 금방 돌아왔다.

"이제 먹을 수 있대. 그럼 먼저 나랑 아스타랑 아이 파, 이렇게 셋이 먹자."

"응, 상관은 없는데."

그러고 보니 라라 루는 혹시 아이 파와 친해지고 싶은 게 아닐까 하고 생각했던 적이 있다.

'루가에 의지하면 안 된다고 했지만 개인적인 호의까지 냉정하게 뿌리칠 필요는 없겠지.'

그런 까닭에『기바 버거』쪽 포장마차는 실라 루에게,『먀무구이』쪽 포장마차는 비나 루에게 맡기고 우리는 종업원용 간식을 손에 들고 아이 파의 곁으로 걸음을 서둘렀다.

"오래 기다리셨습니다. 타라파 소스를 곁들인 기바 고기의 구운 포이탄 말이입니다."

"음" 하고 아이 파는 의젓하게 고개를 끄덕였다.

아침부터 이것저것 일을 많이 도와준 아이 파이지만, 특별히 상처가 아프거나 열이 나지는 않은 것 같다. 여느 때와 같은 엄숙한 표정이다.

아이 파를 사이에 두고 나와 라라 루도 땅바닥에 앉았다.

"몸은 괜찮아 보이네. 오늘은 짐이 꽤 많아서 결과적으론 아주 도움이 됐어."

"상처가 아물어서 숲에 나갈 수 있을 때까지는 매일 아침 도와줄게. 한데 그 후부터는 어떻게 할지 스스로 생각해."

"생각할 것도 없이 완력과 체력으로 해결하는 수밖에 없겠지, 뭐."

이렇게 짧은 대화를 나누는 것만으로 미니 사이즈의 간식을 홀랑 다 먹어버릴 지경이었다.

나는 일부러 말수를 줄였다. 그것을 기다렸다는 듯이 라라 루가 입을 열었다.

"저기, 아이 파. ……나, 너한테 인사를 좀 해두고 싶은데."

"……인사?"

"응. 신 루한테 '제물 사냥' 이야기를 들었거든. 아이 파가 제대로 설명해준 덕분에 신 루가 위험한 짓을 하지 않게 되었어. 그래서 고마워."

라라 루는 베일에 가려진 붉은 머리를 꾸벅 숙였다.

아이 파는 이해가 안 간다는 듯 고개를 갸웃거렸다.

"나는 내 생각을 말했을 뿐이다. 친족이 그렇게나 많은데 기바 유인하는 열매를 쓰다니, 어리석은 행동이야. 더구나 '제물 사냥'을 하면 주변에 있는 친족들까지 위험하게 만들 테니."

"응. 신 루도 무지 속상해하더라. 자기는 자기 궁지밖에 눈에 안 보였다며."

"……친족을 의지하려 하지 않는 그 마음가짐은 부끄러워할 필요 없다."

아이 파의 목소리와 표정은 몹시 무뚝뚝했지만 라라 루는 매우 만족한 표정으로 "맞아. 나도 그렇게 생각해" 하고 고개를 끄덕였다.

"그럼 그만 갈까. 비나 언니가 안달하고 있을 테니."

"그래" 하고 나는 라라 루와 함께 일어났다.

그 순간 아이 파가 "아스타" 하고 나를 불렀다.

"장사를 시작한 지는 얼마 안 되었지만── 네가 자신의 일을 제대로 해내고 있다는 게 충분히 느껴졌다."

그러더니 입꼬리를 아주 살짝 올렸다.

"그뿐이다. 다시 일하러 가."

"넵! 잘 알겠습니다."

나는 큰 격려를 받으며 포장마차로 향했다.

그 짧은 순간에 라라 루가 재빨리 속삭였다.

"깜짝 놀랐네. 아이 파는 저런 표정으로 웃는구나."

"어? 아, 응."

방금 것은 최근의 아이 파치고는 상당히 절제된 미소였지만 그럼에도 라라 루에게는 놀라운 일이었던 모양이다. 그만큼 아이 파가 다른 사람 앞에서는 포커페이스를 무너뜨리지 않았다는 말이겠지만.

다음으로 비나 루와 실라 루가 휴식을 취하고, 그 후 신입 두 명은 자리를 바꾸었다. 나와 실라 루가 『먀무구이』쪽을 맡고 루 본가의 자매가 『기바 버거』쪽을 맡았다.

원래는 연수를 서두를 생각이 없었지만 신입 두 명의 습득력은 내 예상을 뛰어넘었다.

"역시 루티무의 축하연에서 같이 노력한 경험이 발휘되고 있나 봐요. 다들 훌륭한 솜씨예요."

"아스타가 그렇게 말해주다니 정말 영광스러워요."

실라 루가 온화한 미소로 답해주었다.

이 사람이 이렇게 잘 웃는 사람이었나 하고 생각하고 있는데 실라 루가 시식용 접시를 가만히 바라보기 시작했다.

"아스타, 이 요리는 맛이 굉장히 강한데요, 맛을 더 연하게 할 수도 있나요?"

"물론이죠. 고기를 양념 국물에 재는 시간을 줄이면 가능해요. 숲가의 백성에게는 간이 너무 센 것 같아서 나도 집에서 만들 때는 그렇게 해서 맛을 연하게 하고 있어요. 그리고 먀무의 양도 더 줄이는 편이 좋겠고요."

그러자 실라 루가 애절한 눈빛으로 나를 바라보았다.

"저…… 우리 가족에게도 이 요리를 먹이고 싶거든요…… 고기 재는 시간과 양념 만드는 법을 언젠가 알려주겠어요……?"

"그 정도라면 당장 알려드릴 수 있어요. 실라 루의 가족은 아마 여섯 명이었죠?"

나는 머릿속에서 대충 계산해봤다.

"음, 그러니까…… 과실주는 호리병 4분의 1보다 약간 적게 넣고요, 잘게 썬 아리아는 반의 반 개, 먀무는 손가락 하나 길이면 충분해요. 그리고 고기를 재는 시간은 졸여둔 포이탄이 마르는 데 걸리는 시간과 마침 똑같으니 그걸 기준으로 줄여보세요. ……아니면 고기를 두껍게 썰어보는 것도 좋겠네요. 숲가의 백성이라면 고기를 이렇게 얇게 할 필요도 없고, 그럼 저절로 양념의 맛도 연해질 테니까요."

"네, 고마워요."

기뻐하며 활짝 웃는 실라 루를 쳐다보며 나는 "단" 하고 덧붙였다.

"양념은 어디까지나 내 취향대로 해본 거니까요, 집에서 요리할 때는 충실히 따르지 않아도 돼요. 단맛을 내고 싶으면 먀무를 줄여보거나, 순한 맛을 내고 싶으면 아리아를 늘려보는 식으로…… 아니면 아예 다른 식재료를 잘게 썰어서 섞어도 좋을 거예요. 그런 식으로 실라 루의 취향에 맞는 양념을 찾아보세요."

실라 루는 잠시 어리둥절한 표정을 짓더니 다시 꽃이 피듯 가만히 미소를 지었다.

"고맙습니다. 왠지 아스타를 알고부터 마음이 정말 행복해졌어요. 가족이 음식을 맛있게 먹어주면 얼마나 기쁜지 몰라요."

"그렇게 말해줘서 나야말로 굉장히 기뻐요."

그런 말을 나누는 사이 보기 드문 조합의 두 사람이 찾아왔다. 카뮤아 요슈의 제자인 소년 레이토와 탈라였다.

"아스타 오빠, 두 개 주세요!"

"저도 두 개 부탁드립니다."

"그래. 매번 고마워. ……오늘은 주인이 안 보이네?"

"카뮤아는 또 밤새 일해서 여관에서 자고 있습니다. 그런데 이틀 연속으로 기회를 놓칠 순 없다며 제게 심부름을 부탁한 겁니다."

소년 레이토는 생글생글 웃고 있었다.

탈라도 생글생글 웃고 있다.

하지만 역시 이렇게 번갈아 보면 그 차이는 너무나 확연했다. 진심으로 즐겁게 웃고 있는 탈라에 비해 소년 레이토는 지나치게 어른스럽게 보이는 것이다.

그 수상쩍은 남자의 제자라는 선입견도 있을지도 모르지만, 역시 평범하고 순진한 남자아이로서는 풍길 수 없는 분위기를 나는 이 소년에게서 느끼게 되었다.

"자, 오래 기다렸습니다."

"고맙습니다. ……그런데 저쪽은 파가의 가장이시죠? 오늘은 마을까지 같이 내려오셨나 봐요?"

과연 눈이 밝다는 생각을 하며 나도 영업용 미소를 지었다.

"응. 오늘은 짐 옮기는 걸 도와줬거든. 요즘 기바 사냥하느라 고생을 좀 해서 며칠간은 숲에 들어가지 않을 모양이야."

"그렇군요. 그런 일도 다 있네요."

소년 레이토의 웃는 얼굴에 변화는 없다.

완전히 자취를 감춘 카뮤아 요슈는 도대체 어떤 나날을 보내고 있을까. 이 소년을 상대로 그것을 살피고 싶은 마음이 아무래도 들지 않았다.

이윽고 어린 손님들이 떠나자 갑자기 가게가 분주해졌다.

드디어 해가 중천에 걸릴 무렵이다. 통행인도 눈에 띄게 많아졌다.

오늘 아침은 어제보다 덜 북적였지만 그래도 합계로 63인분은 팔았다. 다른 가게와 비교하면 이미 파격적인 매출이며 해가 중천에 걸렸을 때 70인분을 완판한 그저께와 별 차이 없다.

더없이 순조로운 팔림새다.

다행히 150인분이나 준비해온 것을 후회하지 않고 끝날 것 같다.

"라라 루, 미안하지만 지금 장 보러 다녀올 수 있을까? 타라파하고 티노는 두 개씩, 아리아는 스무 개가 필요하거든."

"네—" 하고 라라 루가 동전을 쥐고 달려갔다.

등 뒤에서 인기척을 느낀 것은 마침 그때였다.

"응? 무슨 일이야? 아이 파?"

어느새 아이 파가 우리 뒤에 서 있었던 것이다.

실라 루도 깜짝 놀란 눈으로 아이 파를 돌아보았다.

아이 파는 눈을 약간 가늘게 뜨고 북쪽을 향해 시선을 날리고 있었다.

"……숲가의 백성이다."

나는 순간적으로 긴장하여 아이 파와 같은 방향을 쳐다보았다.

가도의 북쪽에서 온다면 슨가 사람일 가능성이 있기 때문이다.

역시—— 그중 한 명은 회색 머리의 테이 슨인 듯했다.

다만 그 옆을 걷고 있는 사람은 풍선고기 같은 미다 슨이 아니었다. 베일을 쓰고 숄을 걸친 날씬한 여자였다.

기묘하게 불길한 기운을 풍기는 그 두 사람이 마침 손님이 끊긴 포장마차 앞에 섰다.

"흐음…… 믿기 어려운 소식이었는데 정말 숲가의 백성이 역참 마을에서 장사를 하네."

귀에 쨍쨍 울리는 쇳소리 같은 목소리였다.

게다가── 이 여자는 대체 정체가 뭘까. 마주 서 있기만 해도 어쩐지 등골이 오싹해졌다.

아름다운 여자다.

단정한 이목구비에 특히 훌륭한 몸매는 비나 루에 필적할지도 모른다.

갈래갈래 땋은 긴 갈색 머리가 베일 아래로 흘러내려 와 있다.

거무스름한 눈동자는 강한 빛을 띠고 있다.

다만 독사처럼 냉랭하고 잔악해 보이는 눈빛이었다.

입가에 떠오른 미소도 어쩐지 독살스러워 보였다.

"어머, 파가에 이상한 이국인이 눌러산다는 소식은 들었는데 설마 가장인 당신까지 마을에 내려와 있을 줄은 몰랐네. 숲가의 유일한 여자 사냥꾼── 파가의 가장, 이름이 아이 파였던가?"

알겠다.

내 등골이 오싹해진 까닭은 저 여자의 겉모습 때문이 아니다. 귀에 거슬리는 목소리 때문도 아니다. 후각으로 전달되는 정보 때문이었다.

포장마차 주변에는 과실주와 마무의 향기로운 냄새가 한가득 피어올라 있었다. 그 냄새 너머에서 극히 불길한 냄새가 감돌기 시작한 것이다.

녹슨 철에서 나는 듯한 그 비린 냄새는── 틀림없이 부패해 가는 피 냄새였다.

"……네놈은 누구냐?"

아이 파가 낮은 목소리로 물었다.

불길한 냄새를 발산하고 있는 그 여자는 입술 양끝을 올리고 히죽 웃었다.

"나는 슨 본가의 장녀 야밀 슨이다. 일전에는 내 동생 디가와 도드가 신세를 졌다고 하던데, 파가의 여자 사냥꾼."

2

슨 본가의 장녀 야밀 슨.

불길한 피비린내가 진동하는 그 여자는 독사처럼 웃으면서 아이 파와 나와 실라 루의 모습을 노려보았다.

그 눈빛에 압도되었는지 실라 루가 뒷걸음질하자 옆 포장마차에서 비나 루가 "저기……" 하고 말을 걸어왔다.

"실라 루, 미안하지만 잠깐 이쪽과 교대해줄 수 있을까……?"

실라 루는 야밀 슨에게서 눈을 떼지 못한 채 느릿느릿 옆 포장마차로 이동했다.

실라 루의 손에 타라파 소스를 휘젓는 나무 주걱을 쥐여주고 나서 비나 루는 부드러운 발걸음으로 우리 쪽으로 다가왔다.

"오랜만이야…… 나 기억해……?"

"……물론이지, 루 본가의 장녀 비나 루."

야밀 슨은 여전히 엷은 미소를 머금고 있었다.

비나 루는 미다 슨과 대치했을 때와 마찬가지로 졸린 듯 눈을 가늘게 떴다.

"흐음. 역시 루가가 관여하고 있었구나. 루티무의 축하연에서도 이 파가의 이국인이 아궁이 당번을 맡았다던데, 루의 친족과 파가는 꽤 친하게 지내는 모양이네."

"그래…… 아주 친하게 지내고 있어……. ……그런데 당신은 뭘 하러 이런 곳까지 왔을까……?"

"후후후. 난 그저 가장의 말을 전하러 왔을 뿐이라고?"

야밀 슨은 뱀처럼 차가운 눈빛으로 나를 봤다.

"파가의 이국인, 당신의 이름을 물어도 될까?"

"……나는 아스타입니다."

딱히 무섭지는 않았다.

그저 한없이 기분이 나빴다.

미다 슨보다, 테이 슨보다 더 나는 이 여자가 기분이 나빴다.

이 여자한테서는 왜 이렇게 피 냄새가 진동하는 걸까. 기바를 해체한 직후에도 이렇게까지 냄새가 배지는 않을 터이다.

만약 이곳이 기바 해체실이었다면 전혀 기분 나쁘지 않았을 테지만, 단지 저렇게 서 있는 것만으로 피 냄새를 이렇게 확실히 발산하고 있다는 사실 자체가 내 불신감과 혐오감을 자극했다.

"파가의 아스타구나. ……아스타, 실은 슨가에 지금 굉장히 난처한 일이 생겼지 뭐야."

"……네에."

"미다가 계속 울어. ……역참 마을에서 먹은 당신의 요리를 다시 먹고 싶다면서."

미다 슨이 울다니.

그런데── 나더러 어쩌라는 말이지?

"그래서 슨 본가의 가장 줄로 슨의 말을 전하려고 해. ……파가의 아스타, 하룻밤이라도 좋으니 당신이 슨가의 아궁이를 맡아줄 수는 없을까?"

사박, 하고 모래를 밟는 소리가 났다.

아이 파가 반걸음만 앞으로 나온 것이다.

그 눈동자는 당연하게도 파란 불꽃을 내뿜고 있었다.

"슨 본가의 장녀, 야밀 슨이라고 했나?"

"그래, 맞아. 파가의 가장 아이 파."

"아스타는 이국인이기는 하나 파가의 가족이다. 파가에 용건이 있다면 가장인 나를 통해야 한다."

"어머, 그래? 그럼 당신은 어떻게──."

"거절한다" 하고 아이 파는 야밀 슨의 말을 날카롭게 잘랐다.

야밀 슨은 쇳소리 같은 목소리로 킬킬거리며 웃었다.

"……거절한다고?"

"거절한다."

"이거 곤란한데. ……하룻밤 지나면 미다도 진정될 줄 알았는데 어제도 오늘도 진정되기는커녕 더 울고불고 난리거든? 디가와 도드가 화가 머리끝까지 치밀어서 발로 차고 주먹으로 때려도 아무 소용이 없어. 그러면서도 밥은 평소보다 더 많이 먹으니 정말 감당이 안 된다니까."

"그건 슨가의 사정이다. 파가와는 관계없어."

아이 파는 완전히 격분하고 있었다. 완전히 사냥꾼의 눈빛이었다.

그러나 야밀 슨은 여전히 엷은 미소를 머금고 있고, 테이 슨도 그림자처럼 대기하고 있었다.

"왜일까? 루티무의 축하연에서는 아궁이를 맡았는데 슨가의 아궁이는 맡을 수 없다니, 그 이유를 모르겠네."

"이유? 그건 본인이 더 잘 알 텐데? 지금껏 슨가가 파가에 저지른 행동을 생각해."

"디가가 파가에 숨어든 거? 아니면 도드가 역참 마을과 루티무의 축하연에서 당신들에게 칼을 겨눈 거 말이야? ……그럼 그 변변찮은 동생들이 당신에게 사과하면 아궁이를 맡아주겠어?"

"겉치레 사과 따위 필요 없다. 사과할 생각이 있다면 팔 하나라도 가져와."

아이 파의 목소리는 결코 커지지 않았지만, 매우 깊은 분노와 격정이 깃들어 있었다. 내게 아궁이를 맡아달라는 슨가의 말도 안 되는 요청이 그만큼 아이 파의 역린(逆鱗, 용의 목에 거꾸로 난 비늘. 왕의 분노를 일컫는 말로 쓰인다)을 건드린 것이다.

"아스타의 요리가 먹고 싶다면 역참 마을의 법에 따라 동전을 지불해. 슨가 사람이 아스타의 요리를 먹을 수 있는 방법은 그 것 말고는 없다."

"동전이라…… 그런데 미다의 배를 채우려면 대체 동전이 얼마나 필요할까……."

거기서 야밀 슨의 거무스름한 눈동자가 수상하게 번뜩였다.

마치 사냥감을 발견한 독사처럼.

"그러고 보니 아스타, 당신은 역시 루티무의 아궁이를 맡았을 때 상응의 대가를 받았겠지?"

"네? ……그게 어쨌다는 거죠?"

"당연히 그랬겠지. 루의 친족은 백여 명. 게다가 루티무 후계자의 혼례연이라는 중요한 역할을 친족도 아닌 파가 사람이 대가도 받지 않고 맡았을 리는 없지."

뭔가 위험한 느낌이 들었다.

야밀 슨이라는 여자는 동생들처럼 감정에 휩싸여 날뛰는 사람은 아닐 것이다. 그 대신 간사한 꾀를 부려 상대방을 함정에 빠트리는 사람이다, 틀림없이.

"그 대가는 대체 어느 정도였을까? 기바 10마리분의 엄니와 뿔? 20마리분? 아니면 30마리분이었나?"

"……대답할 필요는 없다고 생각합니다."

"어머, 그래? 뭐, 됐어. ……그럼 슨가에서는 당신에게 기바 40마리분의 엄니와 뿔을 지불하겠어."

나는 깜짝 놀라 그 자리에 굳어버렸다.

기바 40마리분의 엄니와 뿔── 그것은 적동화 약 480닢에 달하는 대가다. 아무리 슨가가 제노스의 포상금을 독점하고 있기로서니 그렇게 큰 금액을 이렇게 농담처럼 낭비할 수 있는 걸까?

나는 양옆으로 나란히 서 있는 아이 파와 비나 루의 표정을 확인했다.

아이 파는 여전히 두 눈을 불꽃처럼 이글거리고 있고, 비나 루는 졸린 듯 쳐진 눈꺼풀 사이로 엷은 빛깔의 눈동자를 수상하다는 듯 반짝이고 있었다.

"그……그만한 대가를 단 하룻밤의 아궁이 당번에게 지불한다고요? 그럼 그 대가로 이 포장마차 음식을 사면 되잖아요?"

"포장마차 음식에 그만한 대가를 지불할 순 없어. 당신에게는 루티무의 축하연처럼 중대한 일을 의뢰하고 싶거든."

헉하고 숨을 들이마시는 소리가 들린 것 같았다. 방향으로 봐서는 아마 비나 루일 것이다.

하지만 나는 여괴(女怪)의 수상한 미소에서 눈을 뗄 수가 없었다.

"파란 달 10일에 1년에 한 번 있는 가장 회의가 열려. 거기 모이는 사람은 모든 씨족의 가장과 동행인 한 명씩이지. 대략 80명이 모이는 그날 밤의 아궁이를 당신에게 기바 40마리분을 지불하고 맡기고 싶어, 아스타."

"그런 거였구나…… 어쩐지 씀씀이가 후하다 했어. 당신은 그 가장들에게 기바 한 마리분씩 대가를 지불하게 할 작정이구나……?"

"그래. 아스타의 요리에 그만한 가치는 있지 않겠어? 기바를 질색하는 역참 마을에서 기바 요리를 팔 수 있는 실력이니 말이야. ……자, 어때? 아스──."

"거절한다" 하고 다시 아이 파의 목소리가 야밀 슨의 말을 단칼에 잘랐다.

"아무리 동전을 쌓아준다 해도 상관없다. 우리가 그 일을 받아들일 이유는 없어."

"어머나…… 그럼 당신들은 부와 비밀을 독점할 속셈이야?"

야밀 슨이 다시 입꼬리를 올리고 웃었다.

"어제도 백 명 이상의 역참 마을 사람들이 아스타가 만든 요리를 사가던데? 질기고 누린내 나서 맛없다고 평가되던 기바 고기로 그런 일을 해내다니, 기적 같은 이야기란 말이지. ……파가와 루가는 그 비밀을 독점하고 자기들만 부를 얻으려는 건가?"

나는 슬며시 마른침을 삼켰다.

이 여자는 역시 뭔가 패를 감추고 있다. 그렇지 않고서는 외부 사람이 어제 매출을 알고 있다는 사실이 말이 안 되기 때문이다.

"그게 무슨 죄라도 된다는 건가? 우리는 떳떳하다. 진실을 알고 싶다면 머리를 숙이고 가르침을 청해. 아궁이를 맡긴다느니 번거로운 수법 쓰지 말고."

"원래 미다 때문에 시작된 이야기인걸. 나는 그런 부와 비밀 같은 거 관심 없다고, 파가의 아이 파."

야밀 슨은 그렇게 말하면서 좁은 혀로 입술을 핥았다.

"뿔과 엄니가 40마리분이야. 결코 불만이 나올 만한 대가는 아닐 텐데? 가장 회의를 하는 김에 미다에게도 요리를 먹게 해 주면 그걸로 가장의 부탁은 이루어지는 거지. ……이런데도 들 어주지 않는다면 모든 걸 포기할 수밖에 없겠네."

"……모든 걸 포기한다고요?" 하고 반문한 것은 나였다.

그 목소리와 표정이 너무 불길했기 때문이다.

"그래…… 미다는 귀여운 동생이지만 내 힘으로는 끝까지 지 켜줄 수가 없어. 그러니 미다의 운명은 하늘에 맡기려고 해."

"……무슨 뜻인지 잘 모르겠는데요."

"그냥 말 그대로야. 저대로 가다가는 디가와 도드한테 맞아 죽을지도 모르니 쇠사슬을 풀어줘야겠어."

"……쇠사슬이요?"

"응. 가고 싶은 곳에 가라고 쇠사슬을 풀어줄 생각이야. ……어 쩌면 그 결과로 역참 마을 위병의 창에 찔려 죽을지도 모르지만 가족에게 맞아 죽는 것보단 훨씬 안락한 최후 아니겠어?"

이 여자, 진심으로 하는 소리일까?

십중팔구 허풍이라고 생각한다. 자기 말대로 하지 않으면 미 다 슨을 부추기겠다고 협박하고 있을 뿐이다. 분명히.

애초에 자기 가족을 쇠사슬로 구속하고 있다는 것부터가 거짓 말 같다. 그런 이야기가 진실이라니 믿을 수 없고 믿고 싶지도 않다.

십중팔구 허풍일 것이다.

십중팔구 허풍일 거라고 생각하지만——.

하지만 나머지 1, 2할이라도 어쩌면 진심일지도 모른다고 생각하게 하는 불길함이 이 여자에게는 있었다.

"……우리가 알 바 아니다" 하고 그럼에도 아이 파의 목소리에 변화는 없었다.

"슨가의 막내아들이 내 가족을 해치려 한다면 숲가의 규정에 따라 내가 베어버리겠다. 위병이 나설 것도 없다."

"흐음, 당신은 고집이 꽤 세구나."

전혀 기가 꺾이는 기색도 없이 야밀 슨은 다시 요염하게 웃었다.

"뭐, 됐어. 방금 이야기는 내가 순간적으로 생각해냈을 뿐이니 집에 가서 가장에게 말을 전할게. 내일 같은 시간에 대답을 들으러 올 테니 그때까지 결정해줘."

"대답은 오늘이든 내일이든 바뀌지 않는다. 못마땅하다면 그쪽도 마음대로 행동하면 된다."

"당신 마음은 잘 알겠어, 아이 파. 그러니 이제는 루와 루티무와 아스타와 이야기하라고. ……그럼 내일 또 오지."

그렇게 말하고 야밀 슨은 옆에 있는 테이 슨에게 턱짓을 했다.

결국 마지막까지 한마디도 하지 않은 테이 슨은 감정이 결여된 눈으로 우리에게 목례를 한 뒤 여주인과 함께 떠났다.

그 후 악몽의 잔재 같은 정적만이 남겨졌다.

"……돈다 아버지에게 의논해야겠어……."

이윽고 비나 루가 한숨 섞인 목소리로 중얼거렸다.

"그 여자, 대체 뭘 꾸미고 있는 걸까…… 단순히 트집을 잡아서 혼란을 주려는 속셈으로밖에 보이지 않던데……."

"글쎄요. 난 어쩐지 엄청난 속임수에 걸려든 기분이에요."

야밀 슨의 모든 언동이 이 자리에서 즉흥적으로 생각해낸 것이라고는 도저히 볼 수 없었다. 그 여자는 우리 사정을 너무 잘 알고 있었다. 그저께 다녀간 미다 슨과 테이 슨만으로는 알 수 없는 정보까지 그 여자는 정확히 알고 있었다.

그 여자는 내 요리에 집착하는 미다 슨을 미끼로 뭔가 꾸미고 있는 게 틀림없다.

"……아스타, 무슨 생각을 하는 거지?"

낮은 목소리로 아이 파가 나를 불렀다.

돌아보니 아이 파는 눈동자에 격정의 불씨를 깜빡이며 무표정으로 나를 보고 있었다.

"아무것도 고민할 필요 없어. 넌 네 일을 완수해. 슨가 사람의 헛소리는 흘려들으면 된다."

"어, 그래도……."

"그래도는 무슨. 슨가의 아궁이를 맡다니, 나는 절대로 허락하지 않아."

노기 섞인 목소리로 내뱉고 나서 아이 파는 원래 있던 나무 그늘로 가버렸다.

그러고 보니 『기바 버거』 쪽 포장마차에서는 실라 루와 라라 루가 몹시 심각한 표정으로 우리 쪽을 보고 있었다. 나는 그쪽에 "괜찮아" 하고 고개를 끄덕이고 나서 옆에 있는 비나 루에게 시선을 돌렸다.

"비나 루, 아까 그 냄새는 뭐였을까요?"

"……냄새? 무슨 냄새 말일까……?"

"네? 아까부터 계속 이상한 냄새 나지 않았어요?"

비나 루는 고개를 천천히 저었다.

"먀무 냄새가 너무 강해서 나는 아무 냄새도 못 맡았는데……."

그렇구나.

하긴, 내 후각은 누구보다 뛰어나기 때문에 나만 느낄 수 있는 미세한 피 냄새였을지도 모른다. 그렇더라도 내 마음속 불신감은 여전했다.

나는 좀 더 슨가와 야밀 슨에 관한 이야기를 듣고 싶었지만 그때 자갈 손님이 불쑥 찾아왔다.

"이봐, 괜찮아? 분위기가 꽤 위험하던데?"

"아, 죄송해요. 별로 대단한 일은 아니에요."

"그래? 전혀 그렇게 보이지는 않았는데. ……이봐, 이상한 소동을 일으켜서 마을에서 쫓겨나지 말아줘. 자네 요리를 못 먹게 되면 하루의 즐거움이 없어진다고."

"그렇게 말씀해주셔서 정말 영광이에요. ……하나면 될까요?"

"응? 아니, 세 개 줘. 이봐들, 이제 괜찮은 것 같아!"

그러자 장년의 자갈인 두 명이 이쪽저쪽에서 다가왔다.

야밀 슨 일행이 떠나기를 기다린 모양이다.『기바 버거』쪽 포장마차에도 자갈인과 시무인 손님들이 접근하고 있었다.

'하긴, 숲가의 백성이 아까처럼 위태로운 분위기를 풍기면 도저히 접근하지 못하겠지.'

우리는 고비를 겪게 될 것이다.

급기야 슨가가 대놓고 우리에게 시비를 걸기 시작한 것이다.

아까 야밀 슨이 한 기분 나쁜 이야기가 모두 허풍이었다 해도 동전이 없는 미다 슨이 가게에 쳐들어오는 것만으로 대혼란은 피할 수 없다. 그 때문에 큰 소동이 일어나면 이번에야말로 나도 역참 마을에서 쫓겨나게 될 것이 분명하다.

슨가의 아궁이를 맡다니 생각만 해도 온몸의 털이 곤두서지만, 단순히 거절하면 되는 이야기가 아니다. 잘 생각해서 신중히 대처해야 한다. 그렇지 않으면 모처럼 궤도에 오르기 시작한 가게가 끝나버릴 것이다.

'지금 상태라면 카뮤아 요슈는 의지할 수 없는데. ……역시 돈다 루와 가즈란 루티무에게 의논할 수밖에 없겠어.'

그리고 그것을 아이 파에게 납득시켜야 한다.

어쩌면 아이 파를 납득시키는 것이 가장 어렵겠다는 생각을 하며 나는 작게 한숨을 쉬었다.

한숨을 쉬면서—— 나는 내 아랫배에도 맹렬한 격정이 소용돌이치고 있음을 처음 깨달았다.

이게 도대체 뭔지 스스로도 놀랄 만큼 그것은 격렬한 감정의 파도였다.

용서할 수 없다고…… 누군가 나의 내면에서 속삭이는 듯했다.

하지만 내 안에는 타인의 인격이 잠재할 리 없기 때문에 그 속삭임도 나 자신의 목소리일 터였다.

뭘 용서할 수 없다는 거지? 나는 자문했다.

날 방해하는 녀석은 용서할 수 없어. 또 다른 내가 대답했다.

내가 그렇게까지 단순하고 충동적인 인간이었나?

슨가 사람의 악행은 어제오늘 일이 아니잖아.

나는 뭘 그렇게 흥분하는 걸까?

'그건…… 마치 그 녀석들 같은 수법이잖아.'

그 녀석들?

그 녀석들이라 하면…….

혹시 더러운 수법으로 아버지의 장사를 방해한 그 녀석들 말이야?

자신들의 말에 따르지 않는 아버지를 차로 치더니 급기야 가게에 불까지 지른── 그 포학한 녀석들과 슨가를 동일시하고 있는 걸까? 나는?

'좀 진정하자. 물론 자기들 사정 때문에 남의 장사를 엉망으로 만들려는 비열한 사고방식은 같을지 몰라도…… 딱히 그렇게까지 상황이 비슷한 건 아니잖아?'

나는 숨을 크게 들이마셔서 스멀스멀 기어오르는 격정을 삼켰다.

'물론 슨가가 멋대로 하도록 내버려두지는 않을 거야. ……그

런데 흥분하면 이길 싸움도 못 이기잖아. 우선 진정하자.'

문득 정신을 차려보니 비나 루가 멍한 눈빛으로 나를 관찰하고 있었다.

"무슨 일이에요?" 하고 묻자 비나 루는 고개를 살래살래 저었다.

"아스타도…… 그런 눈빛을 할 때가 있구나…… 마치 돈다 아버지나 아이 파 같은 눈빛이었어……."

"네에? 그럼 안 되는데요! 접객업에서는 있을 수 없는 행동이거든요!"

나는 내 두 뺨을 사정없이 때려 보았다.

엄청나게 아프다.

"……일에 집중하도록 하죠. 다시 실라 루와 교대 부탁할게요. 라라 루가 『기바 버거』를 제대로 만들 수 있도록 지도해주세요."

"응……" 하고 아쉬운 듯 비나 루가 물러났다.

우선 눈앞에 닥친 장사를 해야 한다. 고민은 그 후에 해도 된다.

어느덧 해가 중천에 걸릴 무렵이었다. 음식도 아직 많이 남아 있다.

번민의 씨앗은 가슴속에 묻어두고 지금은 온 힘을 다해 일에 몰두하는 길밖에 없었다.

3

그 후에는 아무 재앙도 겪지 않고 무사히 일을 마칠 수 있었다.

조금씩이나마 서쪽 백성 손님도 찾아와준 덕분에 정해놓은 시간 동안 끝까지 버텼더니 141인분의 요리를 팔 수 있었다.

영업 엿새째 되는 날 마침내 손님이 최대한 몇 명이나 오는지 그 한도를 확인하게 된 것이다. 앞으로 이 숫자가 어떻게 변해갈지는 모르지만, 지금으로서는 예상을 뛰어넘는 빠른 속도로 목표에 접근했을 터이다.

기바 고기에 동전과 바꿀 수 있는 가치를 부여하고 싶다. 숲 가에 풍요로운 삶을 가져다주고 싶다. 그 목적을 달성하기 위해 우리는 무모한 싸움에 도전한 것이다.

누구에게도 방해받고 싶지 않다── 절대로.

그 때문에 우리는 루의 촌락을 방문하기로 했다.

"설마 슨가가 그렇게까지 어처구니없는 말을 꺼낼 줄이야……."

돈다 루가 과실주 호리병을 한 손에 들고 몹시 불쾌한 목소리로 말했다.

루가에서 저녁을 먹은 후였다. 수지 촛불에 비친 큰 거실에 남아 있는 사람은 루 본가의 남자 네 명, 미아 레이 아주머니와 비나 루, 나와 아이 파, 그리고 루티무의 촌락에서 달려온 가즈란 루티무였다.

"가장 회의의 아궁이 당번 말입니까? 그것이 슨가에서 관리하는 일만 아니라면 아무런 문제도 없는 이야기입니다만. 상대의 목적이 보이지 않아서 더 고민이 되는군요."

대략 열흘 만에 보는 가즈란 루티무가 조용히 중얼거렸다.

처음부터 역참 마을의 출점에 무관심했던 단 루티무가 더없이 침착한 이 후계자에게 전권을 넘긴 모양이다.

"죄송해요. 우선 그 가장 회의라는 게 도대체 뭔가요? 1년에 한 번 있는 큰 모임 같던데요."

"네. 1년에 한 번, 모든 가장이 슨가의 촌락에 모여서 서로의 행적을 확인하는 자리입니다. 아무래도 촌락이 광대하기 때문에 그렇게 하지 않으면 어느 씨족이 어떤 상태에 있는지 모르기 때문이지요."

그 가장 회의가 파란 달 10일── 오늘로부터 8일 후로 다가왔다. 혹시 아침에 아이 파가 '파란 달'에 반응한 것은 이 때문이었을지도 모른다.

"회의 자체는 낮부터 진행되고 그 후에는 조촐한 만찬회가 열립니다. 그렇게 하룻밤을 슨의 촌락에서 지낸 후 날이 샘과 동시에 귀환하게 됩니다만…… 슨가는 그 만찬회의 아궁이 당번을 아스타에게 의뢰하고 싶다고 했던 거군요."

"으음, 속셈이 뭘까요? 미다 슨의 이야기는 분명히 핑계일 테고 다른 꿍꿍이속이 있을 것 같거든요…… 날 슨가에 불러들여서 도대체 무슨 의미가 있는 걸까요?"

"모릅니다. 아스타야말로 뭔가 짚이는 바가 있지 않나요?"

온화하게 나를 쳐다보는 가즈란 루티무에게 나는 살짝 고개를 끄덕여 보였다.

"실은 그 야밀 슨이라는 여자는 포장마차에서 수익이 얼마나 나는지 파악하고 있는 눈치였어요. 아마 대부업체에서 그런 정보가 새어 나왔겠지요."

"대부업체?"

"네. 루와 루티무는 물론이고 역참 마을 사람들도 슨가와는 교류가 없을 거예요. 그런데 대부업체는 영주의 명령으로 역참 마을에서 장사를 하고 있으니 그쪽에서 슨가에 정보를 흘렸을 가능성이 있다고 생각해요."

내가 매일 동전을 환전하고 있기 때문에 대부업체 주인이라면 포장마차의 매출도 어느 정도는 파악할 수 있다. 그리고 슨가가 족장 집안으로서 제노스의 영주와 인연을 맺었다면 그쪽 루트로 내 장사의 상태를 알 수 있었을 것이다.

"슨가는 내 장사가 부를 얼마나 창출하고 있는지 이미 알고 있어요. 그렇다면 그 부분이 요인이 아닐까 싶은데요── 어떻게 생각해요?"

"정말 그럴지도 모르겠군요. ……아니, 그렇게 생각하는 것이 가장 자연스럽습니다. 슨가의 가장이자 숲가의 족장인 줄로 슨은 분명히 아스타가 창출하는 부에 눈독을 들였을 겁니다."

가즈란 루티무가 그렇게 말하자 루도 루가 "시시한 이야기네!" 하고 큰 소리로 말했다.

"뭐, 슨가답다고 하면 슨가답지만. 그 녀석들은 동전에 파묻혀서 살 궁리만 하겠지."

"그렇군요. 고기를 동전으로 바꿀 수 있게 되는 날에는 그 부를 슨가가 독점하지 않도록 계략을 짜야 한다고 생각했습니다만, 그 이전에 아스타의 가게가 창출하는 이익만으로 줄로 슨의 마음을 홀리기에 충분했다는 것이군요."

"그런데 나한테 아궁이 당번을 맡아달라는 건 도대체 무슨 속셈일까요? 기바 고기를 조리하는 내 기술을 훔치려는 걸까요?"

그렇다면 그 기술을 숨길 생각도 없는데.

하지만 가즈란 루티무는 천천히 고개를 저었다.

"극도로 타락한 슨가의 가장이라면 그렇게 번거로운 방식은 생각조차 안 할 겁니다. 줄로 슨은 아마도 당신 자체를 탐내고 있겠지요. ……어쩌면 집에 초대해서 데릴사위를 권유하려는 심산이 아닐까요?"

"데릴사위라면…… 그 야밀 슨하고 말이에요?"

상상만 해도 등골이 오싹해졌다.

뭐, 그 기분 나쁜 여자가 아니더라도 나는 누구의 남편도 되고 싶지 않지만.

"그런 이유로 나 같은 이국인을 사위 삼으려 하다니, 너무 충동적이지 않나요?"

"데릴사위는 어디까지나 일례입니다. 한데 아스타를 손아귀에 넣고 싶어 한다는 것만은 분명하겠지요. 줄로 슨은 그런 남자입니다."

그러자 이번에는 돈다 루가 "시시하군……" 하고 중얼거렸다.

"너무 시시해서 하품이 나올 지경이야. 이런 허여멀건 한 이국인을 족장 집안의 데릴사위로 삼는다고?"

말투는 차분하지만 그 눈동자에는 격정의 불꽃이 타오르고 있었다.

유난히 슨가에 관해서는 평소보다 더 감정을 억제하지 못하는 돈다 루였다.

"그래서…… 네놈은 어떻게 할 셈이냐? 애송이?"

"스, 슨가에 데릴사위라니 말도 안 돼요. 슨가의 아궁이를 맡는다는 것부터가 충분히 말이 안 되지만요……. 다만 역참 마을에 내려온 미다 슨이 난동을 부린다면 그 즉시 나도 마을에서 추방당할 위험은 있겠죠."

"왜 그렇죠? 그건 미다 슨의 죄이지 아스타의 죄가 아닙니다."

"네. 그렇지만 가게에 음식이 부족해서 시무인과 자갈인 손님 사이에서 승강이가 벌어졌을 때도 마을에서 쫓겨날 뻔했거든요. 마을의 치안을 지키는 위병과 노점 구역을 관리하는 밀라노 마스 입장에서는 내 존재 자체가 못마땅한 거 아닐까요?"

"……그게 도시의 법입니까?"

"도시의 법이라기보다는 위병과 밀라노 마스의 기분에 불과할지 모르지만요."

"호오. 도시 사람은 의외로 엉터리네. 법보다 자기 기분을 중시하다니."

루도 루가 재미있다는 듯 끼어들자 돈다 루가 성가시다는 듯 그쪽을 쏘아보았다.

"루도, 네놈이 거들먹거릴 주제나 돼? 네놈이 숲가의 온갖 규정을 중시한다고는 도저히 말할 수 없을 텐데?"

"중요한 규정은 잘 지키잖아요" 하고 루도 루는 어린아이처럼 대꾸했다.

그런 부자간의 대화를 흘끗거리며 나는 말을 덧붙였다.

"그뿐만이 아니에요. 일전에 말씀드렸다시피 도드 슨과 싸움이 일어났을 때도 위병들은 나와 아이 파가 아니라 슨가 사람의 주장을 중시한다는 인상을 받았거든요. 그것까지 생각하면 미다 슨이 난동을 부려도 나만 처벌을 받는다는 최악의 가능성도 배제할 순 없어요. 야밀 슨이라는 여자는 그런 상황까지 고려해서 나한테 미다 슨을 덤벼들게 하려는 거 아닐까요?"

사실 그것은 억측이라기보다는 절반은 내 바람이기도 했다.

정말 미다 슨이 쇠사슬에 묶여 있다거나 미다 슨이 위병의 손에 죽어도 상관없다고 생각한다거나── 그런 말이 절대로 진실이 아니길 바라기 때문이다.

숲가의 백성으로서 긍지는커녕 가족에 대한 애정마저 없다니, 그래서는 너무 절망적이지 않은가.

"흠…… 한데 아이 파는 무슨 일이 있어도 아스타를 슨가에 접근시키고 싶지 않다는 심정이군요."

그때 아이 파에게 처음으로 이야기의 방향이 향해졌다.

그러나 아이 파는 약간 험악한 느낌으로 눈동자를 번뜩일 뿐

대답도 하지 않았다. 야밀 슨과 만나고부터 아이 파는 내내 심기가 불편한 모양이었다.

"그 마음은 충분히 이해합니다. 가장 회의이기 때문에 아이 파가 아스타 곁에 계속 붙어 있을 수도 없고 게다가── 가장 회의에는 슨의 친족도 참석하니까요. 어떤 의미에서는 그 친족이야말로 위험한 존재일 수 있습니다. ……하지만 아스타는 앞으로도 역참 마을에서 장사를 계속할 생각인 거죠?"

"네. 예상했던 것보다 장사가 훨씬 잘되고 있으니 당초 목적을 달성할 수 있도록 노력하고 싶어요."

"흠…… 그럼 역시 근본적인 해결을 꾀할 수밖에 없겠군요."

가즈란 루티무는 다부진 턱에 손을 대고 생각에 잠겼다.

그 옆얼굴을 바라보면서 루도 루가 이번에도 호전적인 발언을 했다.

"그냥 슨가의 요청 같은 건 거절해버려. 그 고기 녀석이 덤벼들어도 그걸 이유로 반격하면 끝나는 이야기 아냐? 칼을 못 쓰면 살짝 번거롭긴 하지만, 그래도 나하고 남자가 하나 더 있으면 두 다리를 부러뜨리는 정도는 문제도 아니거든."

"하지만 그렇게 하려면 미다 슨이 포학한 행동을 하기까지 기다려야 합니다. 저쪽이 아무것도 하지 않는데 손을 대버리면 이쪽의 죄가 되고, 포학한 짓을 당한다면── 설령 미다 슨을 쓰러뜨린다 해도 결국 아스타는 역참 마을에서 추방될지도 모릅니다."

자신의 생각에 잠기면서 가즈란 루티무는 지극히 이성적으로 덧붙였다.

"그리고 언제 나타날지도 모르는 미다 슨 때문에 남자를 둘씩이나 아스타 곁에 대기시키기는 어려울 겁니다. 그럼 사냥꾼의 임무를 완수하지 못하게 됩니다."

"뭐가 이렇게 복잡해. 그럼 어떻게 해?"

"글쎄요…… 역시 가장 회의의 아궁이를 맡아달라는 이야기는 일단 승낙하는 수밖에 없다고 생각합니다."

가즈란 루티무의 말에 아이 파의 눈동자가 다시 이글이글 타올랐다.

"한데 아스타 혼자 그 일을 도맡아 하기에는 너무 위험합니다. 저쪽에 어떤 꿍꿍이속이 있을지 모르니 아스타를 지킬 대책을 세워야 합니다."

"흐음? 그야 뭐 가장 회의니까 아버지하고 단 루티무, 거기에 동행하는 남자도 있겠지만. 그런데 남자는 부엌에 들어가지 않으니 아스타를 지킬 수가 없잖아?"

"네. 그건 여자의 일이 되겠지요."

그렇게 말하고 가즈란 루티무는 돈다 루와 미아 레이 아주머니를 번갈아 보았다.

"루와 루티무의 여자를 아스타에게 동행시키는 겁니다. ……일을 받아들이는 조건으로 그 동행을 내걸면 어떻겠습니까?"

"흐음? 우리도 아스타와 함께 가장 회의의 아궁이 당번을 맡으라는 거니?"

미아 레이 아주머니가 전혀 동요하지 않는 모습으로 그렇게 되물었다.

돈다 루는 탐색하는 듯한 눈빛으로 가즈란 루티무를 노려보고 있었다.

"아스타의 요리는 특별합니다. 그리고 가장 회의에는 80명 남짓한 사람이 모이지요. 그만한 음식을 만들어내려면 그 방법을 터득하고 있는 루와 루티무 여자의 힘이 필요하다고 주장하는 겁니다. ……그리고 슨가의 여자에게도 거들어줄 것을 요구해서 무조건 조리 기술을 익히게 하는 거지요."

"과연. 내가 없더라도 미다 슨을 만족시킬 수 있는 상황을 만들어주는 거군요."

"네. 덧붙이자면 루와 루티무는 이미 그 기술을 습득했다는 사실을 알려서 아스타의 존재를 그 속에 매몰시키면 줄로 슨 일행도 아스타 한 사람에게 집착하지 않게 될 겁니다."

매우 효과적인 방법이라는 생각이 들었다.

"네 이야기는 이해하기가 어렵구나, 가즈란 루티무. ……그런데 아스타를 도우라는 이야기라면 나도 전혀 이의는 없단다."

그렇게 말하고 미아 레이 아주머니는 해죽 웃었다. 웃는 방식이 루도 루와 라라 루와 똑같았다.

얼굴은 별로 닮지 않았지만 역시 부모와 자식이구나 싶어 나는 그만 뜬금없이 감탄하고 말았다.

"게다가 슨가 여자들의 잘못을 꾸짖으라는 이야기라면 더 훌륭하구나. 가문이 부패된 건 남자들 탓만은 아니거든. 남자를 혼내주는 건 자네들에게 맡기겠지만, 여자들을 혼내주는 역할이라면 나는 기꺼이 받아들이마."

"여봐. 당신은 여자들을 통솔하고 살림살이를 책임져야 하는 사람이야. 그런데 집안일을 내팽개치고 슨가에 간다고?"

불만스럽게 말하는 돈다 루에게 "별로 상관없을 텐데?" 하고 미아 레이 아주머니는 웃어 보였다.

"어차피 집에는 몇 명 안 남을 테니. 티토 민과 리미 정도만 남겨둬도 집안일은 돌아갈 거야. ……그런데 가장은 그날 동행인으로 누구를 데려갈 생각일까?"

"흥…… 원래는 다루무지만" 하고 돈다 루는 차남 쪽으로 시선을 날렸다.

머리 쪽 붕대는 풀었지만 아직 얼굴 한가운데는 붕대로 둘둘 감긴 다루무 루였다.

"가장 회의까지 앞으로 8일이라. ……뭐, 그때까지 다루무의 상처가 얼마나 아물지 거기에 달렸군."

"다루무 형이 안 될 것 같으면 나지?"

루도 루가 즐겁게 말했다.

그런데 지자 루의 이름이 거론되지 않아 궁금해하고 있는데 옆에 앉은 가즈란 루티무가 약간 원통하다는 눈빛으로 나를 쳐다봤다.

"가장 회의가 열리는 날 밤에는 가장의 후계자가 될 남자가 집을 지키는 것이 관례입니다. 남자가 귀한 작은 씨족은 꼭 그렇게 하지 않아도 되지만, 루와 루티무는 그 관례에 따라야만 합니다. 루티무에서는 차남이 가장을 따라갈 겁니다."

"그렇군요. ……그런데 가장과 동행인을 합한 인원이 80명이라는 건 가장이 40명밖에 안 된다는 이야기죠? 숲가의 백성은 총 5백 명인데 그에 비하면 가장이 꽤 적은 거 아닌가요?"

"가장 회의에 모이는 건 본가의 가장에 한해서입니다. 분가는 포함되지 않습니다."

그러고 보니 루티무의 차남은 이미 혼인해서 아내와 자식이 있는 몸이며 분가의 가장이었다.

그런데── 분가도 없는 파의 가장 아이 파는 작년 가장 회의에도 혼자 참석했다는 걸까. 그것도 악연을 맺어버린 슨가에서 누구의 도움도 빌리지 않은 채.

참으로 강인한 우리 집 가장이 아닐 수 없다.

"다루무" 하고 돈다 루가 차남에게 엄격한 눈빛을 보냈다.

"거기 그 까불이로는 아무래도 불안하다. 앞으로 8일 안에 멀쩡히 움직일 수 있도록 회복해라."

"알겠다" 하고 다루무 루는 고개를 끄덕이고, "뭐야―" 하고 루도 루가 볼을 부풀렸다.

"그럼 집에는 지자와 루도, 그리고 지바와 사티 레이가 남는구나. 집의 아궁이 당번은 티토 민과 리미에게 맡기면 어떻게든 될 거다. 내가 비나와 레이나와 라라를 데리고 아스타의 일을 도와주마. 분가에서도 두세 명은 보내줄 수 있겠지?"

"루티무에서도 몇 명쯤 보내면 여자가 총 열 명은 모일 겁니다. 그렇게 많은 인원이 늘 아스타 곁에 있으면 슨가도 부엌에서 나쁜 계획을 진행하지 못하리라 생각합니다만―― 어떻습니까?"

가즈란 루티무는 나와 아이 파, 양쪽 모두에게 물었다.

결국 결단하는 사람은 아이 파와 나인 것이다.

슨가에서 의뢰한 수상쩍은 일을 받아들일 거냐 아니냐. 받아들인다면 루와 루티무에서 이 정도의 힘을 빌려주겠다고 말하고 있다.

역참 마을에서의 내 일은 숲가의 앞날에 관련된 중요한 일이라는 인식하에 그들은 내가 조력을 청하기 전부터 이미 진력을 약속해주고 있다.

아이 파는―― 다소 괴로운 듯 입술을 깨물었다.

"역시…… 무슨 일이 있어도 슨가의 요청을 받아들여야 하는 건가?"

"네. 역참 마을에서 아스타를 지키는 것보다는 부엌에서 아스타를 지키는 편이 더 안전하다고 생각합니다. 가령 미다 슨을 물리친다 해도 줄로 슨이 아스타에 대한 집착을 버리지 않는 한 영원히 불안의 씨앗을 품고 살아가게 될 테니까요."

가즈란 루티무는 고뇌하는 아이 파의 옆얼굴을 가만히 응시했다.

"그리고 사태가 여기까지 이른 이상 파가가 무슨 의도로 역참 마을에 가게를 냈는지 가장 회의에서 모든 씨족에게 알려야 할 겁니다. 또 그렇게 하기 위해서는 피 빼기와 해체라는 기술이 필요하다는 것도 말이지요."

"네? 이 단계에서 그걸 밝히겠다고요?"

내 물음에 가즈란 루티무는 고개를 크게 끄덕였다.

"이렇게 된 이상 어쩔 수 없습니다. 아스타의 장사를 방해하는 것은 곧 숲가의 번영을 저해하는 행위임을 모든 씨족에게 알리는 겁니다. 그리고 기바 고기에 가치를 부여하는 데 성공하면 현재 아스타의 장사보다 더 많은 부를 얻게 될 테니, 그런 의미에서도 줄로 슨의 눈을 아스타 개인에서 딴 데로 돌릴 수가 있을 겁니다."

가즈란 루티무는 문득 입가에 미소를 지었다.

"가장 회의에서 그 이야기를 한 다음 가장들은 아스타 일행이 만든 요리를 먹을 겁니다. 그러면 우리 주장은 더 강한 설득력을 얻게 되겠지요. 이렇게 맛있는 요리라면 역참 마을 사람들도 기바 고기를 원하게 될지도 모른다, 하고 말입니다."

가즈란 루티무는 이 곤경을 이용해서 숲가의 주도권을 단숨에 장악할 생각인지도 모른다.

공격은 최대의 방어라지만── 어쩐지 두려울 정도의 결단력이다.

"한데 이건 어디까지나 내가 생각했을 때의 최선의 길입니다. 돈다 루에게는 돈다 루의 생각이 있을 테고, 그리고 결단을 내리는 것은 아이 파와 아스타입니다."

"흥…… 나는 딱히 네놈들의 감언이설에 넘어가 힘을 빌려주는 게 아니다. 상응의 대가를 받고 일손을 빌려주고 있을 뿐이다."

돈다 루는 통명스럽게 내뱉었다.

"가장 회의의 아궁이 당번에 루의 여자들을 사용하고 싶으면 그에 걸맞은 대가를 지불해. 내가 할 수 있는 말은 그뿐이다."

"어휴, 정말 고집스러운 가장이라니까."

미아 레이 아주머니의 질렸다는 듯한 말에 돈다 루는 "시끄러" 하고 고개를 돌렸다.

그때—— 아이 파가 곁눈질로 나를 봤다.

나는 고개를 힘차게 끄덕여 보였다.

"슨가의 아궁이를 맡다니 생각만 해도 소름이 끼치지만. 그것이 가장 회의라면 이야기는 또 달라져. 루와 루티무 사람들과 함께 슨가의 잘못을 조금이나마 바로잡을 수 있다면—— 나름대로 큰 의의가 있다고 생각해."

"…………."

"어쨌든 슨가에 장사를 방해받는 건 참을 수 없어. 내 힘이 부족해서 실패하는 건 어쩔 수 없지만, 슨가의 사리사욕 때문에 방해받는 건—— 도저히 참을 수 없어."

다시 배 속에서 격정이 조금씩 꿈틀거리려 한다.

그것을 필사적으로 억누르면서 나는 아이 파의 눈동자를 바라보았다.

"……그렇군" 하고 아이 파는 눈을 내리떴다.

"……친족도 아닌 루와 루티무에 힘을 빌리는 건 몹시 미안하고 괴롭지만……."

"듣고 보니 참 서운하구나! 너희는 지바 할머니의 영혼을 구원하고 우리에게 맛있는 음식을 만드는 방법도 가르쳐주었어. 게다가 루티무의 축하연까지 훌륭하게 꾸며주었잖니! 너와 아스타는 우리에게도 소중한 친구란다, 아이 파."

미아 레이 아주머니가 크게 말하고는 웃었다.

"슨가를 내버려두면 아스타의 가게도 망해버려서 비나와 라라의 일도 없어지지 않겠니? 이번 일은 루의 부를 지키는 행위이기도 하단다. 그러니 네가 사양할 필요는 없어. 오히려 네가 사양하면 루는 손해를 입게 되지. 그걸 잘 분별한 다음에 네가 생각하는 바른 길을 선택하렴."

"그렇다면…… 힘을 빌려도 되겠는가?"

아이 파는 오른손 주먹으로만 바닥을 짚고 미아 레이 아주머니를 집어삼킬 듯 쳐다봤다.

"가장 회의라면 나도 부엌에는 접근하지 못한다. ……그동안 내 가족을 지켜주겠는가?"

"당연히 지켜야지. 슨가 녀석들이 허튼 수작을 절대로 못 부리게 하마."

미아 레이 아주머니 옆에서 비나 루도 진지한 표정으로 고개를 끄덕여주었다.

아이 파는 잠시 침묵하더니—— 고개를 쓱 올렸다.

"그럼…… 나도 가즈란 루티무의 의견에…… 동의한다."

아마 아이 파는 자신과 나의 운명을 조금이라도 타인에게 내맡기는 행위가 뜻에 반하는 것이리라. 그래서 이렇게 괴로운 얼굴을 하고 있는 것이다.

하지만 처음부터 우리 힘만으로는 역참 마을에 가게를 내기란 불가능했다. 그것이 바라던 바가 아니라고 한다면 우리는 계속 파가에서 단둘이 조용하게 살아야 한다.

그럼에도 우리는 숲가의 앞날을 걱정해서 역참 마을에 가게를 내고 싶어 했기에—— 길을 터벅터벅 되돌아올 마음이 없다면 루와 루티무와 함께 힘을 합해서 앞으로 나아가야 할 것이다.

그런 식으로 나는 아이 파를 설득하려 했지만, 아무래도 아이 파는 이렇게 깊이 고민하면서도 자신의 의지로 나와 같은 결론에 도달한 모양이었다.

나는 아무한테도 들키지 않고 몰래 기쁨을 곱씹었다.

"결정되었군. ……그럼 나머지 복잡한 이야기는 내일 아침에 하지. 난 자야겠다."

돈다 루의 묵직한 목소리로 세 가문의 합동 밀담은 일단 마무리되었다.

루의 가족들은 각자의 방으로 돌아가고, 손님 세 명은 현관으로 향했다. 혼례 전 축하연 때와 마찬가지로 가즈란 루티무는 루의 분가에서, 나와 아이 파는 지난번 빈집에서 하룻밤을 보내기로 되어 있었다.

가즈란 루티무는 먼저 밖으로 나가고, 나는 아이 파가 한 손으로 신발을 다 신기를 기다렸다. 그때 미아 레이 아주머니가 다가왔다.

"저기, 아이 파. 생각해봤는데 말이다. 너희들, 가장 회의 당일까지 루의 촌락에 머물면 안 되겠니?"

"……왜지?"

"그야 물론 앞으로 몇 번씩이나 협의를 해야 할 테고, 게다가 가장 회의에서 내는 요리에 관해서는 우리도 수련을 쌓아야 하니까 말이다. 그럼 아예 너희가 이 촌락에 기거하는 편이 더 편리하지 않겠니?"

"하지만……."

"파가의 고기와 채소는 몽땅 우리 집에 가져오면 된단다. 그럼 일일이 집에 돌아갈 필요도 없을 테고. ……그리고 다루무와 레이나는 신경 쓰지 않아도 돼. 너와 아스타가 곁에 있든 없든 그 아이들의 괴로운 마음은 달라지지 않을 테니 말이다."

"미, 미아 레이 루, 그걸 어떻게……?"

내가 황급히 끼어들자 미아 레이 아주머니는 빙그레 웃었다.

같은 빙그레라도 카뮤아 요슈와는 차원이 다른 따뜻한 미소였다.

"아들과 딸의 마음은 당연히 훤히 알고 있지. 특히 그 아이들은 나와 가장의 젊은 시절과 똑같거든. 지자와 비나는 좀 어려운 구석이 있지만 말이야. 아무튼 슨가라는 성가신 녀석들을 상대로 하는 만큼 만전의 태세로 임해야 하지 않겠니? 잘 부탁한다."

그렇게 우리 대답을 기다리지도 않고 미아 레이 아주머니는 자기 방으로 가버렸다.

나와 아이 파는 더없이 복잡한 감정이 깃든 눈으로 서로 마주 봤다.

"……왠지 오늘 하루 만에 미아 레이 루의 그릇을 다 알아버린 기분인데?"

아이 파는 작게 숨을 내쉬고는 가죽 신발을 발에 둘둘 감았다.

집을 나왔는데 밖에서 가즈란 루티무가 기다려주고 있었다.

"수고했습니다, 아이 파와 아스타. 내일도 장사를 해야 하는데 많이 늦어졌군요."

"아니에요. 오늘은 그냥 자면 되니까 아무 문제없어요."

내일을 위한 밑 준비는 죄다 루가의 부엌에서 해놓았다. 저녁밥 준비를 여자들에게 다 맡긴 만큼 평소보다 원활하게 해치웠을 정도였다. 이대로 루의 촌락에 머물러도 장사에는 아무런 지장도 없을 것이다.

"이 단계에서 줄로 슨이 아스타의 존재를 눈독 들일 줄은 몰랐습니다. ……아니, 이 짧은 기간에 아스타가 그렇게 많은 동전을 손에 넣을 것을 나는 예측하지 못했습니다."

밝은 달 아래 각자의 보금자리를 향해 발걸음을 옮기면서 가즈란 루티무가 느긋하게 웃어 보였다.

"아스타가 어느 정도의 힘을 갖고 있는지 안다고 생각했건만, 내 불명함이 부끄럽군요."

"내 힘이 아니라 기바 고기의 힘이에요. 나야말로 장사를 시작한 당초에는 기바 고기의 힘을 잘못 봤어요."

"……그 기바 고기의 힘과 아스타의 힘이 합쳐지면 분명히 숲가에 더 많은 풍요를 가져다줄 겁니다. 그날을 위해서라도 슨가의 포학은 이쯤에서 막아내야 합니다."

가즈란 루티무는 온화하면서도 힘찬 눈빛으로 나와 아이 파의 모습을 번갈아 보았다.

"아버지 단이나 돈다 루와도 의논을 거쳐야겠지만, 나는 다른 씨족들, 즉 민이나 레이, 마무 등에도 사정을 털어놓고 힘을 합쳐야 한다고 생각합니다. 함께 손을 잡고 이 고난을 이겨냅시다, 아이 파, 아스타."

"네. 우리야말로 잘 부탁합니다."

슨가의 존재는 위협적이지만 루와 루티무, 그리고 아이 파가 있는 한 슨가 따위에 굽히는 일은 없다── 그렇게 믿었다.

나 자신의 힘은 보잘것없어도 그들이라면 괜찮다.

나도 내게 주어진 일을 완수하자. 부당한 수법으로 우리 가게를 망치게 놔두지 않을 것이다.

내가 있던 세계와는 다른 그림을 그리는 별이 가득한 하늘을 올려다보며 나는 더 굳게 다짐했다.

4

"그럼 그렇게 알고 준비하도록 하죠······?"

이튿날── 파란 달의 3일이자 영업일 이레째.

약속대로 역참 마을에 찾아온 야밀 슨은 만족스러운 미소와 함께 돌아갔다.

"이걸로 미다도 구원받을 거야. 동생들에게도 어리석은 짓 못 하게 타이를 테니 걱정 말고······ 그날을 기대할게."

이쪽의 요구는 전부 수용되었다.

아궁이 당번을 거들어줄 역할로 루가의 여자들을 동행시키고 싶다는 요청에도, 되도록 슨가의 여자들도 도와주었으면 한다 는 요청에도 야밀 슨은 전혀 난색을 표하지 않았다.

이야기가 너무 순조롭게 결정되는 바람에 오히려 찜찜한 기분 도 없지 않았지만, 어쨌든 이것으로 당면의 우려는 사라졌다.

"좋아. 새로운 마음으로 장사에 집중하자고요. ······골칫덩이 도 가버렸으니 이제 이 녀석 판매에 집중할까요?"

아이 파는 뒤쪽 잡목림으로 물러났다. 나는 로테이션으로 『먀 무구이』쪽 포장마차로 돌아온 비나 루에게 웃어 보였다.

'이 녀석'이란 숲가의 백성이 낮 동안 먹는 기바의 육포를 말 한다.

맛보다 저장성을 중시한 식품이기 때문에 기호성은 매우 낮다. 사실대로 말하면 소금과 피코잎의 맛이 강하고 여간 질긴 것이 아니다. 나 같은 사람은 입속에서 불리지 않으면 씹지 못할 정도다.

그런데 이 역참 마을에서는 여행객들을 위한 육포도 판매되는 중이고, 그 육포도 기호성은 없는 것이나 마찬가지였다. 키뮤스는 다소 연한 대신 향신료의 풍미밖에 느껴지지 않고, 카론은 고급 소고기 육포 같은 맛이지만 기바 고기보다 훨씬 딱딱하다.

가벼운 끼니나 간식 판매에 그치지 않고 동전을 더 벌어들일 셈이냐며 반감을 살지도 모르지만── 약간의 충돌은 각오해야 한다. 안 그러면 이런 장사는 해 먹을 수가 없다. 역참 마을에 기바 고기의 가치를 인정시키기 위해서 모든 수단을 총동원할 생각이다.

참고로 육포 가격은 키뮤스보다 카론이 더 비싸기 때문에 그쪽에 맞추기로 했다. 약 200그램에 적동화 세 닢. 그것을 400에서 600그램쯤 되는 덩어리로 파는 것이 통례인 듯했다.

'이렇게 생각하면 고기랑 채소는 싼 편이구나. 적동화 한 닢을 100엔으로 환산하면 양파 같은 아리아가 한 개에 20엔, 양배추 같은 티노는 50엔, 카론 육포는 100그램에 150엔── 그에 비해 조리칼은 싸봤자 4,500엔, 쇠 냄비는 24,000엔이네.'

극단적으로 싼값은 아니지만 포목 제품이나 가죽 제품과 비교해도 식품이 더 싸게 느껴진다.

게다가 육포는 가공하는 데 품이 많이 들기 때문에 그 정도 가격으로 설정되어 있지만, 생고기는 더 저렴하다. 돌라 아저씨에게 물어봤더니 가정용으로 구입할 때도 약 100그램에 적동화한 닢도 안 한다고 한다. '고기는 채소보다 비싸다' 하고 전에 카무아 요슈가 말했지만, 적어도 내가 있던 세계보다는 제법 부담 없이 구입할 수 있는 금액인 모양이었다.

'그래서 기바가 식용육으로는 주목받지 못한 측면도 있겠구나. 그럼 최소한 기바 고기도 카론 고기와 똑같은 값을 매겨야겠는데.'

그런 생각을 하며 시식용 육포를 소도로 깎고 있는데 가죽 모자를 뒤집어쓴 시무인이 쓰윽 다가왔다.

모자 아래로 드러난 것은 은색의 긴 머리였다.

"어? 슈미랄, 웬일이에요?"

그는 이미 아침 일찍 『기바 버거』를 구입해주었기 때문이다.

슈미랄의 검은 눈동자가 내 손을 가만히 쳐다보고 있었다.

"……육포, 기바입니까?"

"네. 오늘부터 이것도 팔려고 하거든요. 시식해보실래요?"

나무 접시에 놓인 막 깎아낸 육포를 내밀자, 슈미랄은 고개를 끄덕이고 그것을 먹었다.

"……동전, 몇 닢입니까?"

"카론 육포와 같은 값으로 할 거거든요. 이 크기로 적동화 여섯 닢이에요."

"……지금, 얼마나 있습니까?"

"네? 음, 오늘은 이 덩어리를 열 개 정도 준비했어요."

400그램짜리 열 개이니 약 4킬로그램분의 고깃덩어리다.

육포를 휴대식량으로 취급할 때는 고객층이 대부분 여행객들 뿐이기 때문에 큰 판매는 바랄 수가 없다.

'언젠가는 저장성이 아니라 맛을 중시한 기바 고기 베이컨 같은 것도 도전해보고 싶은데.'

그런 생각을 하고 있는데 다시 슈미랄이 무표정으로 물어왔다.

"육포, 얼마나 갑니까?"

"제대로 보관하면 반년은 갈 거예요."

"그렇습니까?"

슈미랄은 망토 안쪽을 뒤지기 시작했다.

"전부 주십시오."

"네?"

"백동화, 여섯 닢 맞습니까?"

"자, 잠깐만요!《은 항아리》는 이번 달 말까지 역참 마을에 묵는다고 하지 않았나요? 육포를 대량으로 구입해서 대체 어쩌시려고요?"

"다른 마을, 팝니다."

뭘 그리 당황하느냐는 분위기로 슈미랄은 고개를 갸웃거렸다.

"제노스, 식량, 쌉니다. 우리, 식량 사서, 다른 마을, 팝니다."

되팔기구나.

과연. 조국에서 가져 온 상품뿐만 아니라 떠돌아다닌 마을이나 도시에서 특산물을 구입해서 가는 곳마다 되파는 것이다. 그런 식으로 장사를 이어오고 있는 모양이다.

　"기바 고기, 희귀합니다. 분명히, 다른 마을, 많이 팔립니다. 육포, 더 원합니다."

　"그렇군요…… 정확히 얼마나 필요하신데요?"

　슈미랄은 잠시 눈을 내리뜨고 생각에 잠겼다.

　"……가능하면, 백동화 60닢만큼, 원합니다."

　백동화 60닢만큼── 단순 계산으로 약 40킬로그램이다.

　루와 루티무에서는 여전히 고기가 남아도는 상황이니 걱정할 일도 아니다.

　"그럼《은 항아리》가 제노스를 떠나기 직전까지 한꺼번에 마련해드릴까요? 팔기 직전에 만들면 그때부터 반년은 꽉 차게 보존할 수 있거든요."

　슈미랄은 흡족한 듯 눈을 살짝 가늘게 떴다.

　"그 방법, 매우 도움이 됩니다. 고맙습니다."

　"아니에요, 오히려 제가 고마워해야 하는 걸요! 매일 간식까지 구입해주시는데 대단한 제안까지 해주셨잖아요."

　"《은 항아리》, 아스타, 매우 좋은 인연입니다. 동쪽 신 시무, 감사, 드립니다."

　그러더니 슈미랄은 내 옆을 쳐다봤다.

　비나 루는 모르는 척 길거리를 바라보고 있었다.

"……아스타, 비나 루, 불렀습니다. 당신, 이름, 비나 루입니까?"

"……그게 뭐 어쨌다는 거죠……?"

무척 성가시다는 듯 비나 루가 슈미랄을 흘끗 보았다.

슈미랄은 무표정인 채 고개를 가로 저었다.

"아니요. 아름다운 이름, 생각했을 뿐입니다. ……그럼, 실례하겠습니다."

슈미랄은 가죽 모자를 다시 뒤집어쓰고 자리를 떴다.

거만하리만치 담담하게 팔짱을 낀 비나 루를 향해 나는 작게 한숨을 쉬었다.

"으음, 뭔가 안타까운데요. ……슈미랄이라는 사람은 나한테 꽤 중요한 존재가 되어가고 있거든요."

"아스타한테는 그럴지 몰라도 나한테는 아닌걸…… 속내를 모르겠는 사람은 좋아지지가 않는다고 전에 말했잖아……?"

"글쎄요. 저분을 카무아처럼 정체 모를 양반과 똑같이 취급하는 건 너무 불쌍하다는 생각이 들어요."

"물론 저 남자와 그 사람은 전혀 다르지만, 역시 난 아스타처럼 감정을 숨기지 않는 사람이 더 매력적으로 느껴져……."

그렇게 말하면서 비나 루는 약간 걱정스럽게 뒤쪽을 훔쳐봤다.

아이 파는 여전히 5미터 정도 뒤쪽의 나무 그늘에서 쉬고 있었다.

오늘의 아이 파는 다소 기운이 없다.

"……그래서 나는 아이 파처럼 마음을 숨기는 사람도 좀 어려워……."

"흠. 그래도 그런 상대가 아주 가끔 솔직한 감정을 보여주면 얼마나 기쁜데요?"

"……그래서 아스타는 아이 파 같은 여자에게 매력을 느낀다는 거야……?"

"그, 그런 이야기가 아닌데요."

평화로운 대화를 즐기는 사이 거리도 점점 활기를 띠어갔다.

이제 슬슬 후반전이 시작된다―― 그렇게 생각한 순간 낯익은 모습 둘이 동시에 접근해 왔다.

"아스타 오빠, 두 개 주세요!"

"아스타, 두 개 부탁해."

주문하는 목소리까지 겹치고 말았다.

탈라와 유미였다.

머리 하나만큼 키 차이가 나는 황갈색 피부의 어린아이와 상아색 피부의 소녀가 어리둥절한 얼굴로 서로를 마주 보았다.

"아! 너 그때 그 아이구나!"

유미가 소리쳤는데도 탈라는 여전히 어리둥절한 표정이었다.

"그때가 언제인데?"

"아아, 하긴, 넌 기억 못하는구나. ……별거 아닌데, 너 아스타하고 제법 친한 것 같던데?"

"응! 아스타 오빠는 생명의 은인이니까!"

좀 과장된 표현이지만, 그러고 보니 탈라와는 도드 슨과, 유미와는 미다 슨과 쌍으로 만난 나였다. 어쩐지 기묘한 인연이라고 생각하면서 나는 화로를 세팅하고 아리아를 볶기로 했다.

"흐음. 제노스의 토박이 아이까지 손님으로 만들다니 대단한 솜씬데? 넌 요전번에 술 취한 아저씨들한테 기바 버거를 팔았지?"

여기서 '너'는 당연히 비나 루를 가리킨다.

비나 루는 우아한 몸짓으로 어깨를 으쓱했다.

"아니, 진짜 대단하다고 생각해. 포장마차도 이런 끄트머리에 있으면서, 웬만한 가게보다 훨씬 많이 벌어들이고 있지? 서쪽 백성도 제법 오고 있지 않아?"

"네, 덕분에요. 손님의 친구도 아까 둘이 와서 사주었어요."

"후훗. 여기저기 막 선전하고 다니거든. 젊은 녀석들 몇 명은 아마 그 소문을 듣고 찾아왔을걸?"

유미가 자랑스럽게 말하자 덩달아 "탈라도 친구들한테 많이 이야기했어!" 하고 탈라가 크게 외쳤다.

하지만 그렇게 큰소리친 직후에 풀 죽은 기색이었다.

"……그런데 다들 기바는 무섭다면서 먹어주질 않아. 그리고 아빠랑 엄마한테 혼난다면서…….."

"그건 어쩔 수 없어. 옛날부터 제노스에 살고 있는 사람일수록 기바를 먹을 마음이 웬만해서는 안 생기거든. 그 부분은 시간을 들여서 해결하는 수밖에 없을 거야."

기바 고기를 구우면서 나는 탈라를 위로해주었다.

그 순간 유미가 몸을 내밀었다.

"잠깐! 이 아이도 손님 아냐? 왜 나한테만 존댓말을 하는데? 불공평하잖아."

"네? 그건 나이 차도 있고…… 아, 그렇지, 탈라와는 가게를 열기 전부터 알고 지냈거든요. 그렇지, 탈라?"

"응!" 하고 탈라가 활기찬 표정을 되찾고 고개를 힘차게 끄덕였다.

"우와―! 납득이 안 가네."

유미는 불만스럽게 투덜거렸다.

"……그런데 말이야, 아스타. 너 포장마차를 낸 지 며칠 됐어?"

"네? 옆 포장마차는 이레째고 여기는 사흘째인데요."

"그렇구나. 그럼 그다음은? 설마 열흘만 하고 장사 접는 건 아니겠지?"

노점 구역 포장마차 사정에 훤하구나, 하고 생각하면서 나는 "네" 하고 고개를 끄덕였다.

"가능하다면야 장사는 오래오래 하고 싶지만요."

"그럼 다음 계약은 우리 가게랑 맺지 않을래?"

"네?"

"실은 우리 집도 《서풍정》이라는 여관을 운영하는데, 노점 구역 관리에도 관여하고 있어. 우리 집도 아빠는 좀 고집불통이지만 엄마는 기바 고기가 얼마나 맛있는지 벌써 알고 있거든. 그러니 평범한 거래처로 깍듯이 대해줄걸?"

너무나 뜻밖의 제안이었다.

"《키뮤스의 꼬리정》 아저씨는 숲가의 백성한테 원한이 있는 것 같고 대우도 나쁘지 않아? 너도 이왕이면 기분 좋게 장사하고 싶을 거 아냐?"

"자, 잠깐만요. 《키뮤스의 꼬리정》의 밀라노 마스가 숲가의 백성에게 원한을 품고 있다고요?"

"응. 잘 모르겠지만. 가족인지 친구인지를 숲가의 백성의 손에 잃었다던가── 그런데 결국 증거가 아무것도 없어서 전부 흐지부지하게 끝났다나 봐."

유미의 눈동자가 아주 조금 호전적인 빛을 띠었다.

"그런 소동이 가끔 일어나곤 하니까 다들 숲가의 백성을 신뢰하지 못하는 거지. 나도 만약 아스타와 그 괴물 같은 녀석의 대화나 행동을 지켜보지 않았더라면 이런 식으로 친하게 굴 마음은 들지 않았을 거야. ……그런데 그건 아스타도 말했다시피 시간을 들여서 어떻게든 해나가는 수밖에 없어."

"……그렇죠. 정말 그렇게 생각해요."

쏟아질 것만 같은 한숨을 삼키면서 나는 『먀무구이』 네 개를 완성했다.

"계약 건에 관해서는 밀라노 마스와 의논해볼게요. 그런데 난 밀라노 마스와 거리를 두고 싶지는 않거든요. 우선 밀라노 마스의 의향을 존중하는 식으로 해도 될까요?"

"응, 물론이지. 아스타가 하고 싶은 대로 하면 돼. 난 아스타의 맛있는 요리만 먹을 수 있다면 불만은 없으니까."

다시 천진한 미소를 되찾은 유미는 『먀무구이』를 받아 들었다. 탈라도 "와아" 하고 환성을 질렀다.

그러더니 이번에는 『기바 버거』 쪽 포장마차로 뛰어가는 탈라를 보고 유미는 눈을 휘둥그렇게 떴다.

"어? 너 또 사려고?"

"응! 먀무는 포목점이랑 냄비 가게 아저씨 몫이거든! 탈라랑 아빠는 기바 버거를 먹을 거야!"

"흐음. 쪼끄만 게 심부름도 잘하네."

그렇게 말하더니 유미는 탈라가 다 살 때까지 기다렸다가 함께 남쪽 거리로 돌아갔다.

피부색은 다르지만 어쩐지 나이 차가 많이 나는 자매처럼 보였다. 그런 두 사람의 뒷모습을 지켜보면서 앞으로 사흘이면 처음 열흘간의 영업은 끝나는구나, 하고 나는 어렴풋이 생각에 잠겼다.

하루에 20인분에서 30인분을 팔면 훌륭하다고── 생각했건만 실제로는 포장마차를 늘려서 150인분에 육박한 매출을 올려버린 우리 가게였다.

슨가의 협박도 당분간은 피하게 되었으니 우선 장사에 집중하자.

가장 회의까지는 앞으로 7일. 그때까지 이 가게의 실적을 쌓아가면 가장 회의에서도 숲가의 백성에게 밝은 미래를 시사하기가 수월할 터이다.

'절대로, 슨가가 멋대로 굴도록 내버려두지 않겠어.'

그런 생각을 가슴에 품으며 나는 기바 고기가 담긴 가죽 자루를 잡아당겼다.

5

그날은 145인분의 매출로 막을 내렸다.

몇십 분만 더 버텼으면 나머지 5인분도 팔아서 완판되었을 테지만. 루가와의 계약을 소홀히 할 수도 없는 노릇이라 해가 중천과 일몰의 중간 지점에 달한 시점에서 우리는 신속히 돌아갈 채비를 했다.

참고로 육포는 800그램이 팔렸다. 벌이는 적동화 12닢에 불과하지만 식재료비가 돌소금밖에 들지 않은 상품이기 때문에, 《은 항아리》를 예로 들 것도 없이 판매 방식에 따라서는 상당한 전력이 될 수도 있다.

이러저러해서 장사는 아무 일 없이 끝났지만. 다음번 계약에 대해 의논하고 싶었던 밀라노 마스는 주방에 틀어박혔고, 접수대에는 숲가의 백성을 무서워하는 딸밖에 없었기 때문에 이야기는 후일로 미루게 되었다.

카뮤아 요슈도 부재중이라 어제도 오늘도 그를 대신하여 가게를 찾아온 소년 레이토의 모습밖에 보지 못했다. 어쩐지 슨가와 관여하는 일이 많아질수록 카뮤아 요슈와 관여하는 일이 적어지는 듯한 느낌이 들었다.

돈다 루의 말을 명심하고 의식적으로 접촉을 피하는 걸까. 아니면 다른 의도가 있는 걸까. 그것도 아니면 어쩌다 보니 그렇게 된 걸까── 신이 아닌 나로서는 알 도리가 없다.

'하긴, 느닷없이 불쑥 나타나는 것보다는 낫지.'

그런 식으로 자신을 납득시키고 아이 파와 비나 루와 셋이서 귀로를 더듬었다.

우선 파가에 들러 필요한 물품을 챙겨야 한다. 구체적으로는 식량 창고에 있는 모든 식재료와 갈아입을 옷이나 숫돌, 가죽끈 등의 생활용품, 그리고 여태껏 모은 동전이다.

동전은 이미 백동화 60닢 이상에 달했다. 백동화가 백 닢이 되면 드디어 '은화'로 교환할 수 있다. 그때까지는 이 부피가 큰 동전을 보관하거나 갖고 다녀야 한다.

"……7일간이나 이 집을 떠나게 됐군."

텅 빈 식량 창고를 보면서 아이 파가 감정 없는 목소리로 중얼거렸다.

나에게는 두 번째 장기 외박이지만 아이 파에게는 당연히 첫 체험일 것이다.

쇠 냄비 속에 최대한 많은 짐을 눌러 담고, 들어가지 않은 짐은 아이 파가 끌판에 실어 운반했다. 얼핏 이사하는 기분으로 우리는 루의 촌락으로 향했다.

"아, 어서 와!"

칼을 맡기고 부엌으로 향하자 그곳에서는 리미 루와 레이나 루가 저녁 식사 준비를 하고 있었다.

"에헤헤. 정말 루의 촌락에서 살게 됐네!"

어제는 느긋하게 이야기하지 못했던 리미 루가 나와 아이 파에게 웃어 보였다.

"그러게. 가장 회의까지의 7일간 신세 좀 질게. ……오늘은 햄버그인가 봐?"

"응! 레이나 언니도 리미도 이제 아주 잘 만들어! 굉장히 맛있으니까 기대해!"

덩달아 나까지 미소를 짓게 하는 리미 루의 웃는 얼굴이다.

그 옆에서 아리아를 잘게 다지고 있던 레이나 루도 조심스럽게 웃었다.

"루가에 잘 왔어요. 아스타도 이쪽에서 일을 하는 거죠?"

"응. 난 구석에서 작업할게."

대답하면서 대량의 고기와 채소와 과실주를 작업대 위에 펼쳤다.

원래는 오늘부터 루가의 고기를 구입할 계획이었지만 상황이 이렇게 된 이상 우선 파가의 고기를 남김없이 사용하기로 했다.

하루에 27킬로그램 넘게 사용할 테니 모레쯤 되면 다 떨어질 것이다. 그다음에는 아이 파의 상처가 아물 때까지 루가에서 구입한 고기를 사용할 계획이다.

"그럼" 하고 산토쿠 식도를 집어 든 순간, "아스타" 하고 아이 파가 나를 불렀다.

"난 좀 피곤하다. 지바 할머니와 잠깐 이야기한 다음 저녁 식사 때까지 빈집에서 쉴 생각이야."

"알겠어. 괜찮아? 열은 안 나?"

"괜찮아."

비나 루도 이미 집으로 들어갔기 때문에 부엌에는 나와 리미 루와 레이나 루만 남게 되었다. 또 한 명의 아궁이 당번인 티토 민 할머니는 바깥 아궁이에서 포이탄을 굽고 있었다.

일몰까지는 앞으로 한 시간 반쯤 남았다. 어젯밤은 루가 식구들도 몹시 바빴기 때문에 그사이에 나도 작업을 끝마칠 수 있었지만, 원래는 이 시간에 시작해서 저녁밥 먹기 전에 끝날 만한 작업량이 아니다. 아마도 오늘은 저녁을 먹은 후에도 잠시 부엌을 빌리게 될 것이다.

우선 가장 품이 많이 드는 패티 작업을 하기 위해 나도 아리아를 잘게 썰기로 했다.

"아이 파, 왠지 기운이 없던데. 역시 팔이 아파서 그런가?"

다 썬 아리아를 쇠 냄비에 넣고 볶으면서 리미 루가 걱정스럽게 중얼거렸다.

"글쎄. 벌써 사흘째니까 그리 아프진 않을 것 같은데, 나도 뼈가 빠진 적은 없어서 잘 모르겠어."

"……오늘도 저녁 먹고 나서 회의 해?"

"아니. 오늘은 딱히 새로 이야기할 건 없을걸. 아, 오늘 야밀 슨하고 이야기한 내용은 루티무 쪽에도 연락이 갔을까?"

"네. 라라 일행이 집에 왔을 무렵에 아마 민 루티무가 부엌에 남아 있었거든요. 아마 그때 전달되었을 거예요."

"호오, 아마 민 루티무는 아직도 요리 연습을 하고 있구나."

나는 그렇게 대답하면서 레이나 루를 돌아보았다. 그런데 활짝 웃고 있는 그녀를 보고 나는 어리둥절하고 말았다.

"무, 무슨 일이야? 아마 민 루티무가 왜?"

"네? 뭐가 말이에요?"

이상하다는 듯 고개를 갸우뚱거리면서 역시 레이나 루는 방글방글 웃고 있다. 엄청나게 행복한 표정이다.

"레이나 언니, 왜 그렇게 방글방글 웃고 있어?"

리미 루가 지적하자, 레이나 루는 곧바로 미소를 싹 지우고 새빨갛게 얼굴을 붉혔다.

"내, 내가, 웃고 있었나요? 미안해요, 아무것도 아니에요. 그냥 오랜만에 아스타와 이야기하는 게 좋아서……."

오랜만이라 해도 사흘 만이었다.

그 사흘 전에도 헤어질 무렵에는 타고난 순수함을 슬쩍 보여 준 레이나 루였지만, 조금 전 웃는 얼굴은—— 정말 진심으로 행복해 보였다.

"그리고 가장 회의에 관한 것도 미아 레이 엄마한테서 들었어요. 아스타의 일을 도울 수 있어서 정말 기뻐요."

"좋겠다! 왜 리미한테는 도우라고 하지 않는 거야! 리미도 모두랑 같이 가고 싶었단 말이야."

"그건 안 돼. 슨가에는 난폭한 남자들이 많으니 돈다 아버지가 그걸 허락할 리 없잖아."

레이나 루는 방금 전과는 완전히 다른 진지한 눈빛으로 나를 봤다.

"아스타의 몸은 반드시 내가 지킬게요. 슨가가 무슨 짓을 꾸미든 아스타는 머리털 하나도 다치게 하지 않을 거예요."

"고, 고마워."

나는 오직 아리아를 잘게 썰 뿐이었다.

그러자 레이나 루는 다시 표정을 싹 바꿨다. 이번에는 어쩐 일인지 안타까워하는 표정이었다.

"그런데…… 슨가의 야밀 슨은 도대체 어떤 인물이에요? 비나 언니는 굉장히 수상하고 굉장히 아름답게 생긴 여자라고 말했거든요……."

"야밀 슨? 한마디로 말하면 기분 나쁜 여자였어. 엄청나게 솔직히 말하면 그 막냇동생보다 더 기분이 나빴을 정도야."

"그래요?" 하고 레이나 루는 다시 활짝 웃었다.

감정의 기복이 심하다고 느껴지는 건 내 기분 탓일까. 게다가 아이 파가 자리를 뜨자마자── 그런 느낌이 드는 것도.

'요전번처럼 감정을 숨기는 것도 가슴이 아프지만…… 꽤 극단적인 소녀구나.'

뭐, 레이나 루와는 엇갈리는 마음을 조금씩 맞춰나가는 수밖에 없을 것이다.

그 후에는 리미 루도 끼어들어 시답잖은 화제로 즐거워하다가 고기 토막을 절반쯤 남겼을 무렵에 제한 시간이 되고 말았다.

루가 사람들이 다 모인 거실로 가서 어젯밤과 마찬가지로 말석에 자리 잡았다. 오늘의 저녁 메뉴는 햄버그와 구운 포이탄, 아리아와 찻치를 넣고 끓인 기바 고기 수프, 그리고 내가 제공하는 1킬로그램의『마무구이』용 고기와 남은 타라파 소스였다.

햄버그도 수프도 흠잡을 데 없는 맛이었다. 루 본가 여자들의 솜씨는 나날이 착실히 향상되고 있었다.

"뭐야, 오늘은 겨우 요만큼밖에 안 남았어? 아스타?"

타라파 소스를 뿌린 고기가 놓인 나무 접시를 들여다보면서 루도 루가 불만스럽게 말했다.

"응, 어제의 절반쯤 되려나? 어중간한 양이라 미안하네."

"이것밖에 안 되면 다 같이 먹을 수가 없잖아. 어쩔 거야?"

"말이 많은 아이구나. 그럼 먹고 싶은 대로 먹으면 되지 않느냐? 그걸로 불평하는 사람은 너밖에 없으니 말이다."

유쾌하게 웃으면서 티토 민 할머니가 루도 루를 나무랐다.

어젯밤은 아무래도 긴장감을 부인할 수 없는 저녁 식사였지만, 야밀 슨이 우리 요구를 불평 한마디 없이 받아들인 덕분에 긴장감도 누그러든 것 같았다.

루도 루 이외의 남자들이 전혀 웃지 않는 것은 변함없는 기본 상태다. 특히 최근에는 지자 루가 조용한데 워낙 속내를 알 수 없는 양반이기도 해서 나로서는 상당한 걱정거리였다.

"그런데 아스타가 나눠준 고기를 타라파에 묻혔더니 보통 고기를 묻힌 것보다 더 맛있게 느껴져요. 맛이 조금만 더 연해도 좋을 것 같지만요."

그 지자 루의 반려자인 사티 레이 루도 온화하게 거들었다.

"그렇죠. 그건 과실주와 아리아와 먀무를 섞은 양념 국물에 재워두었던 고기거든요. 실라 루에게는 만드는 법을 전수했습니다만——."

거기서 나는 일찌감치 알려야 하는 사항이 있다는 것을 떠올리고 미아 레이 아주머니를 돌아봤다.

"죄송해요. 식사 중에 뭣하지만 식사 후엔 저도 작업할 게 남아 있어서요. 지금 말씀드려도 될까요? 미아 레이 루?"

"응? 뭐니?"

"이제 곧 가게를 낸 지 열흘이 되거든요. 그럼 하루만이라도 가게를 쉬고 가장 회의를 위한 조리 강습회를 열고 싶은데요, 어떨까요?"

"흐음? 그건 우리에게 요리 만드는 법을 가르쳐주겠다는 뜻이지?"

"네. 제가 포장마차에서 미다 슨에게 먹인 건『먀무구이』라는 요리거든요. 그걸 만드는 법을 다른 분들도 익혔으면 해서요. ……별로 어려운 요리는 아니지만, 장사를 하다 보면 시간 내기가 어렵거든요. 그래서 그날 전부 해치울까 해요."

"별로 상관은 없다만. 그런데 가장 회의에 나가서 요리할 여자들은 모두 일정을 비워둬야 한다는 거니?"

"저는 하루 종일 비워둘 테니 몇 명씩 교대로 해도 상관없어요. 루티무의 여자들에게도 연락해야 하고요."

그러고 나서 나는 돈다 루 쪽으로 몸을 돌렸다. 돈다 루는 수프 그릇에 담가둔 햄버그를 쓸어 넣듯이 호쾌하게 먹던 참이었다.

"그리고 그런 품과 시간도 생각해서 슨가에서 받은 대가는 아궁이 당번을 맡은 모든 사람들이 균등하게 나눠야 한다고 생각하는데요, 어떤가요?"

"……뭐?"

돈다 루는 시끄럽다는 듯 눈을 번뜩였다.

"슨가의 말도 안 되는 일을 받아들인 건 네놈이 아니냐?"

"그야 그렇지만요. 이건 루티무의 축하연과는 사정이 다르거든요. 게다가 루와 루티무의 여자들은 저 같은 사람을 지킨다는 숨은 일까지 이중으로 받아들여주었으니 그 정도 대가는 받을 만하다고 생각합니다."

"…………"

"그리고 표면적인 일만 해도 제법 만만치 않거든요. 예비지식이 전혀 없는 슨가 여자들에게 지도를 해야 하니까 미아 레이 루 일행도 저와 똑같은 고생을 부담하게 될 거예요. 그렇다면 대가는 더더욱 균등하게 나눠야겠지요."

돈다 루는 "멋대로 해"라고 말했다. 미아 레이 아주머니는 "좀 섭섭하구나" 하고 쓴웃음을 지었다.

"남 대하듯 하는 건 파가의 가풍이니? 어제도 말했지만 너희 는 루와 루티무의 소중한 벗이란다, 아스타."

"그렇게 말씀해주셔서 정말 기뻐요. 그리고 저 자신도 루와 루티무 사람들을 무척 소중한 존재로 여기고 있어요."

적잖이 쑥스러웠지만 나는 솔직히 내 심정을 표현하기로 했다.

"그래서 더더욱 소중한 사람들과는 빚 없는 관계를 유지하고 싶어요. 그리고—— 대등한 존재로 슨가 녀석들과 맞서고 싶거 든요. 좀 주제넘은 표현이지만, 숲가의 앞날을 걱정하는 동포로 서 말이에요."

"전혀 주제넘지 않단다" 하고 말해준 사람은 미아 레이 아주 머니 옆에 앉은 티토 민 할머니였다.

"넌 분명히 이국 태생일지 모르지만 슨가 사람보다 훨씬 훌륭한 숲가의 백성이란다. ……이번 일로 더 확실히 알게 되었구나."

"……고맙습니다, 티토 민 루."

내가 그렇게 대답한 순간, 리미 루가 "앗!" 하고 날카로운 비 명을 질렀다.

아이 파의 손에서 벗어난 수프 그릇이 아직 절반쯤 남아 있는 수프와 함께 통째로 바닥에 굴러떨어진 것이었다.

그대로 아이 파의 몸이 기우뚱 흔들리는 바람에 나는 황급히 어깨를 받쳐주었다.

"미안…… 소중한 음식을, 낭비하고 말았어……."

"아이 파! 너, 열이 펄펄 끓잖아!"

아이 파의 드러난 어깨에 닿기만 해도 알 정도로 고열이었다.

아이 파는 바닥을 오른손으로 짚고 괴로운 듯 눈살을 찌푸렸다.

"……지바 할머니 방에 침구를 내줄까?"

미아 레이 아주머니가 자리에서 일어났다.

아이 파는 "……괜찮다" 하고 쥐어짜듯 대답했다.

"롬잎을 가져왔으니 그걸 먹고 쉬면…… 바로 회복……."

나는 아이 파의 몸을 받치면서 미아 레이 아주머니를 돌아봤다.

"죄송해요. 저녁 식사 도중이지만 잠시 실례하겠습니다. 리미 루, 아이 파의 사냥꾼 옷에 롬잎이 들어 있을 거야. 그것 좀 꺼내줄래?"

"응!"

"아이 파, 걸을 수 있겠어?"

"……음" 하고 아이 파가 내 목에 오른팔을 둘렀다.

그 손목을 잡고 다른 손으로 아이 파의 허리를 받치면서 나는 가급적 천천히 일어섰다.

지바 할머니 곁에서 식사를 돕던 레이나 루가 참으로 복잡한 표정으로 우리 모습을 바라보고 있었다. 그러나 그런 것을 신경 쓸 상황이 아니었다.

"죄송해요. 아이 파를 눕히고 올게요."

"그게 좋겠구나. 리미, 롬잎을 짓이겨서 가져다주렴. ……아아, 아스타도 아직 식사 도중이었구나. 그럼 아이 파의 몫과 같이 가져다줄 테니 아스타도 아이 파 곁에 있어주려무나."

"네. 고맙습니다."

나는 아이 파를 부축하면서 함께 현관으로 향했다.

아이 파는 신발을 신을 수 있는 상태가 아니었기 때문에 나만 신발을 아무렇게나 신고 집 밖으로 나갔다.

거기서 일단 나는 아이 파를 땅바닥에 앉혔다.

아이 파는 더 이상 자력으로 걸을 힘이 남아 있지 않는 듯했다.

"괜찮아? 식사 전에는 그렇게 심해 보이지 않았는데."

말하면서 나는 어쩐지 발열의 원인을 알 것 같은 기분이 들었다.

아마 심적인 스트레스가 원인일 것이다.

어젯밤부터 아이 파가 어땠는지 두루두루 생각하면 반드시 아니라고는 할 수 없다.

그래서 나는 좀 성급해 보일 정도로 아이 파를 사람들의 시선으로부터 멀리 떼어놓으려고 한 것이다. 이렇게 약해진 모습을 남에게 보이는 것이야말로 아이 파가 가장 피하고 싶어 하리라는 생각이 들었기 때문이다.

"……한심하군."

아이 파가 힘없이 중얼거렸다.

"그렇지 않아."

나는 손바닥으로 이마의 땀을 닦아주었다.

"다친 몸으로 여러 가지를 너무 많이 생각한 탓에 분명히 열이 도져버린 거야. 정말로 머리 쓰는 일이 서툴구나, 넌."

아이 파는 내 가슴에 기대면서 불만스럽게 입술을 삐죽거렸다.

"됐으니까 임시 거처로 서둘러…… 리미 루에게도 꼴사나운 모습은 보이고 싶지 않아……."

"알았어. 그럼 조금만 참아줘."

나는 왼손을 아이 파의 등에 대고 오른손을 양 무릎 뒤에 끼워 넣었다.

그리고 마음속으로 '하나둘' 하는 소리를 내고 나서 천천히 일어섰다.

"끄응, 역시 만만치 않은데."

키 차이가 거의 없는 나와 아이 파였다. 근육과 뼈의 밀도를 생각하면 체중도 별 차이 없을 것이다. 이렇게 들어 올린 것만으로 팔과 다리가 후들후들 떨릴 지경이었다.

"……너, 뭐 하는 거지?"

내 어깨에 가누지 못하는 머리를 얹은 채 공주님 안기 자세로 아이 파를 안아 올렸다. 아이 파가 약간 풀어진 눈으로 나를 쳐다봤다.

"뭐 하긴, 빨리 임시 거처로 가라며? 그럼 이렇게 할 수밖에 없어.”

왼팔의 상처만 아니면 등에 업는 게 더 편하지만 루의 본가에서 빈집까지는 고작 10미터다. 그 정도는 버텨주었으면 한다.

무슨 일이 있어도 아이 파의 몸을 떨어뜨리지 않도록 나는 신중히 걸었다.

“……이러면 갈수록 내가 꼴사납잖아…….”

“꼴사납지 않아. 힘들 때 서로 돕는 게 가족이잖아. ……나도 네가 다른 남자한테 안기는 모습은 절대로 보고 싶지 않다고.”

벌써 온몸에 땀을 뻘뻘 흘리며 나는 달빛 아래를 걸었다.

매일 운반 작업을 하느라 몸이 단련되지 않았더라면 도중에 휴식이 필요했을지도 모른다.

“푹 쉬고 빨리 나아. 나한텐 네가 필요해, 아이 파. ……네가 곁에 있어줘서 내가 힘을 낼 수 있는 거야.”

“……글쎄, 어떨까…… 지금은 나보다 네가 더 숲가의 백성답게 성실히 살아가는 것 같은데……?”

“절대로 그렇지 않아.”

역시 그런 걸 고민하고 있었구나.

어젯밤부터 그런 느낌이 들기는 했다.

“숲가의 백성이고 뭐고 상관없이 넌 그저 남한테 의지하는 게 서툴러서 그래. 그리고 2년간 혼자서 훌륭하게 살아왔으니 전혀 부끄러워할 거 없어.”

“………….”

"나한텐 그런 강인함이 없었거든. 남한테 의지하거나 남이 나를 의지하는 게 당연한 나날이었어. ……오래 전에는 나도 가족을 잘 의지하지 못한다고 말하긴 했지만."

하지만 내가 하는 말에 모순은 없다고 생각한다. 강인하지 못하기 때문에 나는 '의존'과 '의지'를 잘 구분하지 못하는 사람이 되고 말았다.

그리고 또 아이 파는 나와 정반대의 이유에서—— 너무 강인한 탓에 남을 잘 의지하지 못하는 사람이 되었다고 생각한다.

나와 아이 파는 완전히 정반대인 동시에 어딘가 닮은 구석이 있을지도 모른다.

"틀림없이 나는 너처럼 살 수는 없을 거야. 너도 나처럼 살지는 못하겠지."

숨이 턱까지 차올랐지만, 그럼에도 나는 아이 파를 향해 웃을 수 있었다.

"그럼 서로 부족한 부분을 채우면서 살아가면 되잖아? 너와 그렇게 할 수만 있다면 난 정말 기쁠 거야."

"……열나니까 복잡한 말 하지 마……."

톡 하고 아이 파가 내 볼에 머리를 부딪쳤다.

그대로 뜨거운 이마를 꾹꾹 세게 눌러댔다.

"아야, 아파. ……뭐, 요컨대 너한테 도움이 돼서 감개무량하다는 뜻이야. 평소에 넌 내 힘 같은 거 필요로 하지 않으니까."

"……정말 멍청한 녀석이야, 넌……."

거의 제대로 된 의식도 없어 보이는 목소리로 아이 파가 중얼거렸다.

"……나야말로 네 존재가 필요하다…… 그러니, 앞으로도……."

마지막 말은 들리지 않았다.

그래서 나는 속내를 슬쩍 털어놓기로 했다.

"앞으로도 쭉 함께 있자, 아이 파."

제4장 ★★★ 열흘째 ~ 새로운 결의 ~

1

그리고 그날이 왔다.

파란 달 6일이자 역참 마을에서 영업한 지 열흘째다.

여드레째는 요리 138인분을 팔았다.

아흐레째는 142인분을 팔았다.

어제까지의 매출 합계는 적동화 1,652닢.

순이익은 적동화 천 닢하고도 11닢.

기바의 엄니와 뿔로 환산하면 약 84마리분이다. 슨가 녀석들이 동전에 파묻혀 살고 싶어 한다면 눈이 뒤집혀도 이상하지 않은 금액이다.

이 금액을 우리는 넷이서 벌어들였다. 불과 열흘 만에 기바 84마리분을. 털가죽을 무두질하려면 둘씩 짝을 지어야 하니, 열흘 동안 꼬박 무두질만 했다고 쳐도 42마리분이다. 그렇게 큰 동전을 얻은 것이다.

물론 사냥꾼의 힘이 있어야만 장사가 가능하기 때문에 그 수고도 잊어서는 안 되지만, 그렇더라도 대단한 숫자일 것이다. 반대로 말하면 숲가의 백성은 이만큼의 동전을 창출할 수 있는 기바 고기를 제 손으로 숲에 버려왔다는 뜻이다.

그런 의미에서는 아직도 부족하다.

기바 고기에는 더 높은 가치가 있다.

기바의 요리가 아니라, 기바 고기 자체를 동전으로 교환하게 된다면 그때는 진정으로 숲가에 풍요로운 삶을 가져다줄 수 있다.

그날을 위해 우리는 역참 마을에 싸움을 걸었다.

"좋은 아침이에요, 밀라노 마스."

비나 루와 라라 루와 실라 루── 그리고 이틀 만에 부활한 아이 파, 이렇게 다섯 명이서 《키뮤스의 꼬리정》에 들렀더니 벌써 건물 뒤쪽에서 밀라노 마스가 우리를 기다리고 있었다.

몸집은 그리 크지 않지만 살집이 좋은 황갈색 피부를 가진, 제노스의 토박이 백성인 아저씨다. 늘 못마땅한 표정을 짓고 있는 밀라노 마스는 그날도 못마땅한 듯 우리를 맞이해주었다.

"이제야 왔군. ……아까 위병들이 가게에 왔었다."

"네?"

"오늘은 시무인과 자갈인 녀석들이 다른 날보다 훨씬 많이 모였다고 하던데. 이런 간판을 내건 게 화근이 된 거 아냐?"

'이런 간판'이란 포장마차 간판 밑에 즉석에서 붙인 작은 판자 간판을 말한다. 나는 전혀 읽지 못하지만, 거기에는 '파란 달, 7일, 10일, 11일, 휴업'이라고 쓰여 있을 터였다.

예정대로 내일은 가장 회의를 위한 요리 강습회가 열리고, 10일은 가장 회의 당일이다. 그리고 재료 준비를 할 수 없기 때문에 그다음 날도 쉬기로 했다.

"그게, 그래도 예고 없이 쉬면 더 걱정이 되어서요. ……그렇게 많이 몰려들었나요?"

"몰라. 위병에게도 내버려두라고 말해두었다."

밀라노 마스는 그렇게 말하면서 거무스름한 색깔의 앞치마 주머니에 두꺼운 손가락을 찔러 넣었다. 거기에서 꺼낸 것은 여덟 닢의 적동화였다.

가게를 쉰다고 말했더니, 그렇다면『먀무구이』를 위해 계약한 자릿세와 포장마차 임대료도 일단 취소하고 날짜를 계산해서 동전을 돌려주겠다고 한 것이었다. 어차피 앞으로도 포장마차를 두 대로 운영한다면 두 대의 운영 날짜를 정확히 맞추는 편이 좋겠다는 것이다.

이것으로《키뮤스의 꼬리정》을 통한 계약도 일단 만료가 되었다.

그리고── 문제는 모레부터인데, 향후 계약에 관해서는 이 단계에 이르러서도 아직 답변을 받지 못했다.

"오늘 가게가 끝났을 때 정하겠다. 딱히 불편한 건 없을 텐데?"

"네. 저희는 전혀 상관없습니다만."

그런데 밀라노 마스의 속내를 전혀 알 수가 없어서 어쩐지 불안했다.

밀라노 마스는 "흥" 하고 콧방귀를 뀌고 우리 얼굴을 하나하나 노려보았다.

"썩 물러가. 또 소동이 일어나면 기바의 포장마차는 오늘로 마지막일 테지."

아주 쌀쌀맞은 모습이었다.

하는 수 없이 우리는 순순히 노점 구역으로 가기로 했다.

"마지막의 마지막까지 기분 나쁘게 하네. 숲가의 백성이 그렇게 싫으면 냉큼 손 떼면 되는 거 아냐?"

데굴데굴 포장마차를 밀면서 라라 루가 슬쩍 귓속말을 했다.

"응. ……그런데 밀라노 마스한테 뭔가 생각이 있다면 납득이 갈 때까지 충분히 생각했으면 좋겠어."

밀라노 마스는 가족 혹은 친구를 숲가의 백성의 손에 잃은 적이 있다고 유미가 말했다. 그 말이 사실이라면 밀라노 마스는 지금껏 어떤 심정으로 우리를 대했을까.

만약 은혜와 원수를 초월하여 숲가의 백성을 제대로 된 거래처로 봐줄 마음이 있다면 나는 앞으로도 《키뮤스의 꼬리정》과 장사를 계속하고 싶었다.

'뭐, 어쨌든 오늘을 버텨내야지.'

뭐가 어떻게 되든 우리가 할 수 있는 일은 변함이 없다. 하나의 전기(轉機)가 되는 열흘째인 오늘이지만 평소대로 열심히 일할 뿐이다.

다만 여느 때와 다른 점이 하나 있었다. 오늘은 『기바 버거』를 80인분 마련해온 것이다.

파가에서 루의 촌락으로 거점을 옮긴 까닭에 비나 루에게는 두 시간만큼의 여유가 생겼다. 그 시간을 이용해서 재료 준비 작업을 도움 받고 20인분의 추가분을 만들어낼 수 있었다.

가게를 쉬겠다고 고지한 날부터 휴업을 유감스러워하는 목소리가 아주 많이 들려왔기 때문에 휴일 전후로는 지금껏 팔린 것보다 훨씬 많이 팔릴지도 모른다. 그렇게 생각한 끝에 조치를 내린 것이다. 어떤 결과로 끝날지는 신만이 아신다.

그렇게 가도를 걸어가는데, "우와" 하고 라라 루가 우스꽝스러운 소리를 냈다.

고개를 들었더니 그 이유가 바로 보였다. 우리가 빌린 공간에 엄청난 인파가 몰려들어 북새통을 이룬 것이다.

시무인과 자갈인 손님들과, 구경꾼인지 손님인지 분간이 가지 않는 서쪽 백성들로 거리가 거의 막혀 있었다. 이래서는 위병들도 가만히 있을 수는 없었을 것이다.

"여. 어쩐지 오늘은 평소보다 더 인기가 많은데?"

뒤돌아보니 늘 있던 자리에서 돌라 아저씨가 웃고 있었다.

탈라도 방실방실 웃고 있었다.

"그래도 설마 아침 일찍 다 팔리지는 않겠지? 우리는 나중에 천천히 사러 갈게."

"네. 고맙습니다. ……그럼 타라파와 티노는 네 개씩, 아리아는 서른 개 주세요."

"그래. 적이 12닢이구나."

구입한 채소를 자루에 담고, 자, 출동이다.

"힘내, 아스타 오빠!"

탈라의 목소리에 배웅을 받으며 우리는 손님들 곁으로 향했다.

"죄송합니다, 오래 기다리셨습니다!"

내 목소리에 환성 같은 소리가 터져 나왔다가 이내 잠잠해졌다. 위병의 눈이 있었기에 자갈인 손님들이 자제해준 것이다.

최근에는 아침에도 그리 북적이지 않게 되었다. 기껏해야 이삼십 명쯤 되는 손님이 줄을 섰는데 오늘은 그 갑절에 해당하는 인원이 밀어닥친 듯 보였다. 내일은 휴업이라고 알렸을 뿐인데 참으로 영광스러운 이야기다.

"잠시만 기다려주세요. 바로 준비하겠습니다."

점화한 화로를 포장마차에 세팅하고 타라파 소스를 휘젓는 사람.

양념 국물에 담가둔 고기를 다른 가죽 자루로 옮기는 사람.

또 한 사람은 티노를 채 썰고, 아리아를 슬라이스 했다.

모두가 순서와 방법을 정확히 파악하고 있는 것이다.

"……왠지 가슴이 설레는데?"

라라 루가 신난다는 듯 웃으며 말했다.

"난 이 일이 재미있어. 집에서 털가죽 무두질하는 것보다 여기가 훨씬 좋아."

"그래? 다행이다."

"모레부터는 어떻게 될까? 역시 다른 사람과 교대하게 되려나?"

"글쎄. 계속 같은 사람이 와줘야 내가 더 편한데."

라라 루는 순간적으로 흐뭇해하더니 이내 걱정스러운 표정을 지었다.

"저기. 역시 레이나 언니하고 같이 일하기 싫다는 뜻이야?"

"……뭐?"

"레이나 언니는 아스타하고 엄청나게 같이 일하고 싶어 하잖아? 그런 게 역시 아스타한테 민폐인가?"

바다처럼 파란 라라 루의 눈동자가 나를 뚫어져라 쳐다봤다.

라라 루만큼 감수성이 풍부하고 통찰력도 뛰어나면 레이나 루와 내 마음을 꿰뚫어 보는 것은 문제도 아닌가 보다.

"그런 뜻으로 말한 건 아닌데. ……그래도 레이나 루에게 조심성 없이 다가가는 건 좋지 않다고 생각해."

"다가가지 않으면 해결되는 문제야?"

"……미안. 모르겠어. 문제를 뒤로 미루기만 하는 걸지도 몰라."

"나한테 사과할 필요는 없지. 어차피 될 대로 되는 거니까 아스타도 마음대로 행동하면 되지 않을까?"

마지막에는 라라 루답게 하얀 이를 드러내며 씩 웃어주었다.

나는 마음을 가다듬고 달궈진 쇠 냄비에 아리아를 넣었다.

"이제 곧 판매를 시작하겠습니다! 다섯 명씩 줄을 서주세요!"

맨 먼저 온 사람은 반장과 알다스를 포함한 건축업자 일원이었다.

"안녕하세요. 오늘은 아주 빨리 오셨네요?"

"그래. 오늘은 일하기 시작하면 오후까지 빠져나올 수가 없거 든. 그래서 부리나케 달려왔지. 내일 쉰다고 하니 더더욱 놓칠 수가 없어서 말이야."

너그럽게 웃는 알다스 옆에서 반장은 약간 못마땅한 표정이다.

"맞다. 결국 네가 가게를 쉬어서 이렇게 불편한 거 아니냐? 쉬 면 쉰만큼 벌이도 줄어들 거 아냐? 우리는 이번 달 말까지만 제 노스에 머무는데 도대체 왜 사흘이나 쉬는 거냐? ……파란 달은 더 이상 쉬지 마. 쉬고 싶으면 우리가 자갈로 돌아가고 나서 쉬 든가."

"하하하. 정말 죄송해요. ……이번 달은 가급적이면 더 이상 은 쉬지 않으려고 해요."

나는 대답하면서 고기 3킬로그램을 쇠 냄비에 집어넣었다.

과실주와 먀무의 냄새가 퍼져나가자 반장의 얼굴도 약간은 부 드러워졌다.

"으음. 군침이 절로 나는 냄새로군. ……그런데 내일이 쉬는 날이라니…… 이봐, 알다스, 우리 내일 아침에 대체 뭘 먹으면 좋지?"

"평소처럼 카론의 후와노말이라도 먹는 수밖에. 그것도 반장 이 즐겨 먹는 음식이잖아."

"카론 같은 건 저녁에 얼마든지 먹을 수 있잖아. 난 기바 고기 가 먹고 싶다고."

그러자 반장보다 머리 하나만큼 더 높은 위치에서 알다스가 히죽 웃었다.

"아차, 그렇지. ……저기 형씨, 나중에 나우디스라는 남자가 올지도 모르거든. 그때 잘 좀 대해줘."

"나우디스? 여러분의 친구분인가요?"

"친구는 아니고 오래된 단골 가게 사람이야. 그 양반도 이제 야 좀 움직일 마음이 들었나 봐."

당최 무슨 말인지 못 알아들었지만, 그걸 묻기 전에 『먀무구이』가 완성되었다.

"그럼 모레 또 오지. 괜히 아프거나 해서 더 쉬지 말라고."

"네, 매번 찾아와주셔서 감사합니다."

그다음부터는 계속 만들어내기 바빴다.

미리 만들어둔 15인분은 순식간에 다 팔려버렸다.

"죄송합니다! 잠시 기다려주세요!"

가장 북적였던 닷새째 아침보다 더 날개 돋친 듯 팔리고 있었다.

추가 15인분도 연이어 팔리더니 이어서 7인분쯤 팔린 다음에야 손님의 발길이 끊겼다.

『기바 버거』쪽은 어떤가 하고 봤더니 마침 이쪽으로 돌아선 실라 루와 눈이 마주쳤다.

"스무 개를 추가했지만 그것도 거의 다 나가고 다섯 개만 남았어요. 바로 추가분을 만드는 편이 나을까요?"

"으음, 좀 더 상황을 지켜보도록 하죠. 나머지가 세 개가 되면 그때부터 만들어도 돼요. ……아, 어서 오세요."

시무인 손님에게 1인분 팔았더니 『먀무구이』는 52인분, 『기바버거』는 45인분 남았다. 아직 서쪽 백성 손님은 거의 나타나지도 않았건만 너무 순조로운 출발이었다.

그래도 요 사흘간 서쪽 백성 손님도 조금씩 늘어났다. 어제는 30명 넘게 구입해주었다.

기바 고기 요리는 제노스에 착실히 침투하고 있었다. 이 사실을 내일이라도 가즈란 루티무에게 알려야 한다.

그런데── 그때 가죽 망토 차림의 집단이 찾아왔다. 물론 슈미랄이 이끄는 《은 항아리》였다.

"어서 오세요! 매번 감사합니다."

딱 열 명의 시무 백성이 여느 때와 같이 다섯 명씩 나뉘어 각각의 포장마차 앞에 줄을 섰다.

짝숫날에는 『먀무구이』를 먹기로 한 단장 슈미랄이 역시 평소처럼 모자를 벗고 예의 바르게 인사해주었다.

"내일, 쉬는 날, 유감입니다. 모레, 또 옵니다."

"네. 정말 감사합니다."

"……아스타, 물건 구입, 어떻습니까?"

"네. 가장과 이야기는 다 해놓았거든요. 일이 끝나면 그쪽 가게로 찾아가려고요."

우리는 어제까지 천 닢이 넘는 적동화를 벌어들였다. 백동화로 환산하면 백 닢, 드디어 은화로 교환할 수 있는 금액이다.

다만, 돈이란 응당 써야 하는 법. 동전을 저축해서 대단한 물건을 살 예정이 있는 것도 아니어서, 이제 슬슬 동전을 소비하는 쪽으로 돌아서도 되지 않을까 하고 내가 아이 파에게 의견을 내서 승낙을 받았다.

"기쁩니다. 일몰까지, 나, 가게, 있습니다."

슈미랄이 눈을 살짝 가늘게 떴다.

그것만으로 기뻐하는 표정으로 보인다. 요 며칠간 나는 완전히 슈미랄에게도 신뢰와 우애를 느끼게 되었다.

"그럼, 또."

"네, 이따 또 뵐게요."

이로써 『기바 버거』는 딱 40인분이 팔렸다.

다음 20인분의 추가 작업을 마치고 나면 휴식을 취해야겠다.

"……왠지 말이야, 동쪽 백성은 숲가의 백성이랑 비슷하네?"

"아, 역시 라라 루도 그렇게 생각해?"

"응. ……숲가의 백성은 말이지, 동쪽과 남쪽의 피가 섞여서 태어난 일족일지도 모른다고 아주 오래 전에 지바 할머니가 그러셨거든."

"어? 정말?"

"응. 지바 할머니도 자세한 건 모른다나 봐. 자갈과 시무가 전쟁하기 훨씬 전에 각각의 도시에서 쫓겨난 일족이 남쪽 숲에서 만났는데 그게 바로 숲가의 백성의 조상이라는…… 그런 전설이 있대."

"오! 굉장한데! ……그래서인가. 시무인도 자갈인도 왠지 모르게 친근한 사람이 많다는 느낌을 받았거든."

"그런가? 그럼 지바 할머니 일행은 남쪽 숲에서 쫓겨난 후에 서쪽 왕국이 아니라 동쪽 왕국에 살았으면 좋았을걸."

"으음. 그런데 동쪽 왕국은 언어가 다르잖아. 게다가 그 무렵에는 이미 남쪽과 동쪽이 적대국 관계가 되어버렸으니, 양 나라와 우호국인 서쪽 왕국을 의지할 수밖에 없었을 거야."

"아, 그렇구나. ……하긴, 이제 와서 무슨 말을 하든 우리 삶이 바뀌는 아니니까."

그렇게 대화하는 사이 『기바 버거』쪽 포장마차에서 패티가 다 구워진 모양이었다.

타라파 소스의 간 맞추기는 이미 실라 루에게 일임해두었다.

"좋아. 그럼 쉬었다 하자. ……마침 이쪽도 미리 구워놔야 할 분량의 고기가 다 구워진 참이니 우리 먼저 쉰다고 해야겠다."

"응!"

나는 『기바 버거』두 개, 라라 루는 『타라파 소스를 곁들인 먀무구이』를 각각 손에 들고 아이 파의 곁으로 다가갔다.

아이 파는 잠든 모양이었다. 그러나 우리가 2미터쯤 되는 곳까지 접근한 시점에 눈을 번쩍 뜨고 얼굴을 들었다.

"자고 있었구나. 미안. 간식 가져왔는데 먹을 수 있겠어?"

"응."

아이 파는 완전히 회복했다.

만약을 위해 어제와 그저께는 마을에 내려오지 않았지만 왼쪽 팔꿈치를 다친 지 오늘로 엿새째다. 내일 아침에는 고정된 팔꿈치를 풀 예정이라고 했다.

"숲에 들어가기에는 아직 시간이 필요하지만, 가장 회의까지는 웬만큼 회복되겠지"라는 것이 아이 파의 말이다.

가장 회의까지는 앞으로 나흘 남았다. 과연 왼팔을 매단 모습으로 슨가로 향할 수도 없는 노릇이라 정말 다행이라고 생각한다.

"아, 그러고 보니 가게가 끝나면 동전을 쓴다고 했지? 도대체 뭘 살 건데?"

라라 루가 양 볼 가득히 간식을 먹으면서 흥미진진하게 물었다.

"아, 그게, 실은 조리칼하고 철판을 사려고."

"……철판?"

"그래, 철판! 냄비 가게에 새 상품이 들어왔거든! 그게 쓰임새가 아주 다양하다니까!"

"……그뿐이야?"

"응. 난 그뿐인데."

신이 난 나와 반대로 라라 루는 몹시 따분한 표정을 짓고 있었다.

"……둘 다 요리 도구잖아."

"응. 그런데 그것만 사는데도 백동화 33닢이나 들어."

백동화가 백 닢 넘게 저축되면 절반은 남겨놓고 절반은 써버리자고 아이 파와 미리 합의해두었다. 그리고 시무산(産) 조리칼이 백동화 18닢이고, 자갈산 철판은 백동화 15닢. 합해서 33닢이다.

"아, 그 은발의 시무인이 자랑스럽게 보여준 칼을 사기로 했구나? 아스타, 엄청 갖고 싶어 하더라!"

"응! 맞아!"

"……그럼 아이 파는?"

나를 요리 바보로 판단하고 더 이상 물어볼 것도 없다는 듯 라라 루는 아이 파 쪽으로 시선을 옮겼다.

하지만 아이 파는 미니 사이즈 『기바 버거』를 조금씩 아껴 먹으며 "딱히, 아무것도"라는 대답뿐이었다.

"어? 아무것도 안 산다고?"

"음. 칼은 아직 충분히 사용할 수 있고, 약과 포목류도 부족하지 않다."

"그럼 연회복이나 장신구라도 사. 저번에는 죄다 지바 할머니가 갖고 있던 오래된 걸 빌렸잖아?"

"그런 건 앞으로 전혀 사용할 예정이 없어."

"아ㅡ, 그래도 지난번처럼 또 연회 아궁이를 맡게 되면 어쩌려고?"

"……그때는 그때 가서 생각할 일이다."

아이 파는 쌀쌀맞게 대답했다.

라라 루는 무척 불만스러운 표정을 지었다.

"뭐야. 신난 사람은 아스타밖에 없잖아."

"그러게. 이건 파가의 재산이니까 가장도 마음껏 써줬으면 좋겠는데. 오늘 벌이는 제외하더라도 아직 백동화 17닢이나 더 쓸 수 있다고?"

"쓰고 싶으면 마음껏 써. ……아니, 너도 요리 도구 말고는 살 생각이 없잖아? 헤프게 쓰라는 말은 아니지만 더 마음껏 쓰면 된다."

"흐음. 그럼 조리 기구 말고도 이것저것 살까?"

내가 그렇게 말하자 아이 파는 오히려 흡족한 표정으로 "멋대로 써" 하고 반복했다.

"알겠어. 그럼 그렇게 해야겠다."

"저기, 아스타……" 하고 라라 루가 약간 화난 눈초리로 나를 봤다.

그러나 내 표정에서 뭔가를 읽었는지 라라 루는 "……뭐, 됐다" 하고 중얼거리더니 남아 있던 간식을 입속에 홀랑 던져 넣었다.

2

각자 휴식을 취하는 동안에도 손님의 발길이 완전히 끊긴 것은 아니었다.

어느덧『기바 버거』는 34인분,『먀무구이』는 38인분이 남았다.

"오늘은 정말 잘 팔리네요. 이대로 가면 전부 팔릴 수도 있지 않을까요?"

휴식 후『먀무구이』를 맡을 순서가 된 실라 루가 밝게 웃었다.

"그러게요. 가게를 쉰 다음 날이 더 잘 팔릴 줄 알았는데. 만약을 위해『기바 버거』를 넉넉히 준비해 온 게 정답이었어요."

"오늘은 전부 다 해서 170인분이었죠? 그럼 모레는 도대체 몇인분을……."

그 순간 실라 루의 눈이 깜짝 놀란 듯 휘둥그레졌다.

황급히 시선을 돌린 나는 그곳에 나타난 모습을 보고 가슴을 쓸어내렸다.

"본가 사람들이네요. 마침 오늘이 장 보러 오는 날이라 또 장작 운반을 부탁했거든요. 실라 루한테는 말 안 했던가요?"

"아뇨…… 듣기는 했지만……."

그런데 뭘 그리 놀란 걸까. 길 저쪽에서 오고 있는 사람은 루 본가의 차남과 차녀와 막내딸이었다.

그들이 눈앞까지 다가오자 나도 실라 루가 놀란 이유를 알 것 같았다. 얼굴을 붕대로 둘둘 감고 지냈던 다루무 루가 오랜만에 맨얼굴을 드러내고 걸어온 것이다.

"오래 기다렸죠? 장작이에요."

레이나 루가 꽃처럼 웃으면서 등에 지고 있던 짐을 포장마차 옆에 내려놓았다.

"에헤헤. 마침 짬이 나서 나도 따라왔어."

리미 루가 레이나 루의 절반쯤 되는 크기의 자루를 방금 그 짐 위에 올려놓았다.

마지막으로 다루무 루가 말없이 자루 세 개쯤 되는 크기의 큰 짐을 아무렇게나 내려놨다.

다루무 루의 얼굴에는 끔찍한 흉터가 남아 있었다. 도대체 어떤 부상을 당한 것인지 나도 걱정은 하고 있었지만, 흉터로 보아 상당한 중상인 듯했다.

오른쪽 뺨의 코 옆에서 귀밑까지 이어지는 가로 한 줄의 큼직한 흉터였다. 어지간히 깊은 상처였던 모양이다. 그 상처는 아직 생생한 살색을 띠고 있으며 꿰맨 자국도 또렷이 남아 있다. 그렇지 않아도 흉악한 얼굴이 더 흉악해지고 박력도 50퍼센트는 증가했다.

그런데 또 그 흉악함은 불꽃 같은 눈빛과 대담한 표정에서 비롯된 것이고 원래는 꽤 미남이었기 때문에── 그걸 생각하면 몹시 딱해 보이기도 했다.

"……네놈은 뭘 그리 뚫어지게 쳐다보는 거지?"

이번에도 다루무 루의 늑대 같은 눈이 나를 노려보았다.

거기다 그는 욕설을 퍼부을 듯한 기색을 보였지만, 그 전에 실라 루가 "다루무 루" 하고 다소 절박한 목소리를 냈다.

"이제야 뵙게 되었습니다…… 이제 상처는 괜찮은지요?"

다루무 루가 시끄럽다는 듯 그쪽을 돌아보았다.

"……신 루의 집의 장녀로군. 내 상처가 뭐가 어떻다고?"

"부상을 당한 날부터 당신이 숲에 들어가지 못한다는 소식을 듣고 우리 가족은 몹시 가슴이 아팠습니다. ……신의 목숨을 구해주셔서 정말 감사합니다."

분가의 남자를 지키려다 부상을 입었다고 들었는데 그 사람이 신 루였던 모양이다.

다루무 루는 몹시 불쾌한지 얼굴을 찡그렸다.

"혈족을 지키는 건 당연한 일이다. 바보냐, 네놈은?"

"아무리 당연해도 당신의 도움이 없었다면 우리는 가장을 잃었을 겁니다. 부디 감사의 인사를 하게 해주세요."

"쳇" 하고 혀를 차더니 다루무 루가 시선을 돌렸다.

그 눈이 뒤쪽의 아이 파를 발견하더니 쓱 하고 가늘어졌다.

"……레이나, 잠깐 기다리고 있어."

"어?"

놀라서 눈을 동그랗게 뜬 레이나 루를 그 자리에 남기고 다루무 루는 포장마차를 돌아서 아이 파 쪽으로 다가갔다.

이봐 이봐, 무슨 용건인데? 하고 나도 모르게 발을 내디딜 뻔했지만, 그때 시무인 손님이 찾아왔다.

"기바?"

"아, 네, 기바 요리예요. 이쪽에서 맛 한번 보고 가세요."

레이나 루와 리미 루는 포장마차에서 자연스럽게 물러나더니 기바 고기를 시식하는 시무인의 모습을 신기한 듯 관찰했다.

"저쪽 포장마차에서 파는 것도 기바 요린데요, 이쪽은 먀무와 과실주로 양념한 고기구이고, 저쪽은 타라파를 쓴 약간 특별한 고기 요리입니다."

손님은 고개를 끄덕이고 『기바 버거』 쪽 포장마차에도 다가갔다.

"굉장해! 정말 역참 마을 사람이 기바를 먹네! 서쪽 백성이 아니라 동쪽 백성이었지만!"

"요 녀석, 목소리가 너무 크잖아, 리미. ……미안해요, 일하는 데 방해되죠? 우리 일은 끝났으니 그만 실례할게요."

"뭐엇! 리미도 아이 파랑 이야기하며 가고 싶단 말이야."

"어제도 그저께도 실컷 이야기했잖아. ……그럼 아예 장을 다 볼 때까지 아이 파 곁에 있을래? 끝나면 데리러 올게."

"응! 고마워, 레이나 언니!"

레이나 루는 나를 돌아보더니 매우 흡족한 표정으로 웃었다.

"미안해요. 그럼 리미를 잘 부탁해요. 일하는 데 방해하면 사양 말고 혼내주세요."

"으, 응, 알겠어."

날을 거듭할수록 레이나 루는 자주 웃게 되었다.

그것을 순순히 기뻐해도 되는지도 잘 알지 못하는 처지의 나였다.

그때 "오래 기다리게 했군" 하고 다루무 루가 돌아왔다.

황급히 뒤쪽을 돌아보니 아이 파는 아무 일도 없었다는 듯 나무 그늘에 앉아 있었다.

"그럼 다시 올게요" 하고 차녀와 차남이 떠났다.

당연하게도 나는 몹시 조바심이 났다.

게다가 아까 그 손님이 되돌아와 동전을 내밀어주었기에 역시 자리에서 움직일 수도 없는 노릇이었다.

"고맙습니다! 잠시 기다려주세요!"

일에 집중! 하고 다짐하면서 나는 구운 포이탄을 집어 들었다.

그 순간 귀에 들릴락 말락 할 정도로 작게 읊조리는 목소리가 슬며시 들려왔다.

"⋯⋯다루무 루는 대체 아이 파에게 무슨 용건이었을까⋯⋯?"

"앗?"

그쪽을 보니 실라 루가 한없이 풀 죽은 분위기로 고개를 푹 숙이고 있었다.

설마── 혹시 그런 거 아냐?

아니, 아니, 뭐든지 그런 방향으로 결부하는 건 좋지 않다.

그래도 나는 잽싸게 『먀무구이』를 완성해서 손님에게 건넨 다음, 옆에 있는 소녀를 부르기로 했다.

"리미 루, 미안한데 아이 파 좀 불러와줄래?"

"응? 알겠어!"

리미 루가 적갈색 머리를 휘날리며 쪼르르 달려갔다.

그러자 이번에는 서쪽 백성 손님이 찾아왔다. 약간 겁먹은 느낌의 상아색 피부를 지닌 젊은이들이었다.

"저, 저기, 두 개 주세요."

"고맙습니다. 잠시만 기다려주세요."

내 기억이 틀리지 않다면 이들은 지난번에 공조 토토스의 등장으로 나와 함께 비명으로 화음을 이룬 젊은이들이었다. 어떻게 하다 보니 이 젊은이들도 이틀에 한 번은 사러 와주게 되었다.

아직 해가 중천에 걸리려면 시간이 어느 정도 남아 있건만, 정말 너무 순조로운 팔림새다.

그 두 사람의 주문을 처리한 참에 리미 루가 아이 파를 데려와주었다.

"무슨 일이지? 채소 심부름인가?"

"아니, 그건 아직 괜찮은데…… 저 말이야, 다루무 루가 너한테 무슨 용건이래?"

아이 파는 매우 의아하다는 듯이 고개를 갸웃거리더니 "몰라" 하고 대답했다.

"모른다니, 뭔가 대화하고 있었잖아?"

"대화랄 것도 없어. 저 혼자 재잘재잘하더니 냉큼 가버리더군, 그 차남 녀석."

"……뭐라고 했는지 물어도 돼?"

아이 파는 반대 방향으로 고개를 갸웃했다.

"뭐라고 했더라…… 자기는 내일부터 숲에 들어간다거나 숲에 들어가지 못하는 사냥꾼은 쓸모가 없다거나 분명히 그런 말을 지껄인 것 같은데. 요컨대 숲에 들어가지 못하는 내 처지를 비

웃고 싶었던 거겠지."

"아하하. 왠지 조그만 어린아이 같네, 다루무 오빠는."

아무래도 다루무 루의 박력은 루와 파의 여자에게는 통하지 않는 모양이다.

어쩌면 한 달 전 그날 밤처럼 몹시 불온하고 오만한 느낌으로 아이 파를 우롱했는지도 모르지만, 이야기만 들어서는 흐뭇한 느낌도 분명히 있다.

그리고── '다루무 루는 아이 파와의 혼인을 포기하지 않았다'라는 비나 루의 말까지 감안하면, 서투른 남자아이가 좋아하는 여자에게 온 힘을 다해 작업을 걸었다는 생각도 든다.

결과적으로 나와 실라 루의 표정이 밝아질 일은 없었다.

"……이제 곧 후반전이에요. 열심히 일합시다, 실라 루."

"……네. 물론이죠."

실라 루는 마음을 다잡고 기운을 내려는지 고개를 힘차게 끄덕였다.

그때 새로운 손님이 등장했다. 단골손님인 탈라였다.

"아스타 오빠, 세 개 주세요!"

"아, 오늘도 고맙구나! 탈라는 정말 매일 와주는구나."

"맛있으니까 매일 먹고 싶은걸! 내일은 쉬는 날이라니 아쉽다."

그 짙은 갈색 눈동자가 리미 루를 포착했다.

"와. 숲가의 백성인 여자아이다!"

리미 루는 어리둥절한 모습으로 탈라를 쳐다봤다.

탈라는 머뭇머뭇하며 "……처음 뵙겠습니다" 하고 머리를 숙였다.

순식간에 리미 루는 활짝 웃으면서 "처음 뵙겠습니다!" 하고 활기차게 대답했다.

그러자 탈라의 얼굴에도 평소처럼 천진난만한 웃음이 번졌다.

"숲가의 백성은 어른들만 마을에 내려오는 줄 알았어! 아, 내 이름은 탈라야."

"리미는 리미 루야! 리미는 말이지, 아직 조그매서 무거운 짐을 못 드니까 마을에 갈 때 자꾸만 안 데려가려고 하더라고."

"그렇구나. 숲가의 백성은 힘이 세니까! 포이탄을 2백 개나 짊어지더라. 굉장해."

글로 다 표현할 수 없을 만큼 정다운 세계가 형성될 분위기였다.

리미 루 옆에 서 있는 아이 파는 뭐라 말할 수 없는 표정으로 눈을 이리저리 굴리고 있다.

하지만 나는 탈라를 위해 새 고기를 구워야 했기에 가장에게 도움의 손길을 보낼 수가 없었다.

힘내, 아이 파! 하고 마음속으로나마 응원했다.

"리미 루는 몇 살이야? 탈라는 여덟 살인데."

"리미도 여덟 살이야! 동갑이네."

"동갑이네."

"탈라는 제노스의 백성인데도 숲가의 백성이 무섭지 않아?"

"음…… 무서운 사람은 무서운데, 아스타 오빠랑 같이 있는 사람은 안 무서워! 그러고 보니 아까는 무섭게 생긴 남자가 걸어가던데."

"아하하. 그 사람은 아마 다루무 오빠일걸! 리미의 오빠야."

"앗! 정말?! 미안해!"

"아니야. 다루무 오빠는 숲가에서도 다른 집 사람들이 자꾸 무서워하거든. 실은 전혀 무섭지 않은데."

나이뿐만 아니라 키와 몸집, 머리 길이, 그리고 사랑스러움까지 닮은 두 소녀였다. 어쩐지 보기만 해도 마음이 편안해졌다.

"저쪽 포장마차에 있는 사람은 둘 다 리미 루의 언니들이야. 그리고 오래 전에 탈라가 고기만두를 먹게 해준 루도 루도 리미의 오빠란다."

내가 끼어들어 설명하자 탈라는 "굉장해!" 하고 환성을 질렀다.

"언니 오빠가 아주 많구나! 탈라도 오빠가 둘 있는데 계속 집에서 일해."

"그렇구나. 일은 중요한 거니까."

"맞아."

도와줘, 하고 마침내 아이 파가 눈빛으로 도움을 청했다.

재주가 없는 가족으로서 가능한 것은 완성된 『먀무구이』를 탈라의 코앞에 내미는 정도였다.

"오래 기다렸지? 세 개에 적 여섯 닢이야."

"고마워! 자, 동전이야!"

"매번 고맙구나! 오늘은 두 개씩 사지 않는 거지?"

"응! 아빠가 『마무구이』고, 탈라는 『기바 버거』야! 그걸 반으로 나누면 둘 다 맛볼 수 있다고 아빠가 생각해냈어."

에헴 하고 가슴을 젖히는 탈라였다.

그 진실에 이르기까지 7일이나 걸렸다고 생각하니 미소가 절로 나왔다.

"이만 갈게, 아스타 오빠! ……리미 루도 또 만나면 이야기하자?"

"응! 잘 가!"

이리하여 어린 소녀들의 만남은 이루어진 것이었다.

아이 파가 숨을 깊이 몰아쉬고 리미 루의 폭신폭신한 머리에 오른손을 얹었다.

"리미 루, 좀 피곤하다. 저쪽에서 쉬어도 될까?"

"응! 레이나 언니 일행이 돌아올 때까지 아이 파랑 수다 떨어야지!"

그제야 아무도 없는 시간이 찾아왔다.

어쩐지 정말 분주한 하루다.

뭐, 열흘간의 마무리로는 어울릴지도 모르지만…… 이런 생각을 하고 있자니 이번에는 유미가 찾아왔다. 오늘은 또 제노스의 소녀들을 데리고 나타났다.

"여, 오늘도 장사가 잘 되나 보네? 아스타."

"어서 오세요! 매번 고맙습니다."

"안타깝지만 틀렸습니다. 오늘은 다들 기바 버거야."

그러시군요.

딱히 안타깝지는 않지만.

"아, 미안한데 내 것도 주문해줄래?" 하고 유미가 친구에게 일러두고 나서 포장마차 옆쪽으로 쓱 들어왔다.

"있지, 아스타, 지난번 그 이야기는 어떻게 됐어?"

"아, 모레부터 계약하자는 거 말이죠? 실은 밀라노 마스가 오늘 일이 끝날 때까지 답변을 기다려달라고 했거든요."

"뭐가 그래? 왜 그렇게까지 기다려야 하는데? 좋으면 좋다, 안 되면 안 된다, 별로 고민할 것도 없는 이야기잖아."

유미는 엉뚱한 방향으로 시선을 날렸다.

"어쩐지 불길한 예감이 드네. 그런데 저 사람은 도대체 뭣 때문에 우두커니 서 있는 건데?"

"네?"

유미의 시선을 좇았더니 놀랍게도 그 밀라노 마스가 길가에 버티고 서 있었다.

"어라…… 전혀 몰랐네. 대체 언제부터 저기 있었던 거지?"

그러자 실라 루가 조심스럽게 입을 열었다.

"아스타, 여관의 저분이라면 레이나 루 일행이 오기 전부터 계속 저 자리에서 우리를 지켜보고 있었어요."

"그래요? 으음, 무슨 일이지?"

"이해가 안 가네. 어차피 자릿세는 돌의 도시 녀석들이 몽땅 가져갈 테니, 노점 구역 관할 책임자는 기껏해야 포장마차 임대료 정도밖에 못 벌거든. 그 벌이가 아까우면 계약을 또 맺기만 하면 되니까 고민할 것도 없는데 이상하네."

그러는 사이 『기바 버거』가 완성되어 친구 중 한 명이 유미에게 그것을 건네러 왔다.

"아, 고마워. 난 이 사람하고 할 이야기가 있으니까 저쪽에서 먹고 있어."

그러나 공교롭게도 마침 새로운 손님이 찾아왔다.

남쪽 백성——일까?

아니, 다부진 체형과 용맹스러운 얼굴은 자갈인을 닮았지만 피부는 짙은 상아색이었다.

"호홋. 이게 바로 기바 고기 요리인가 보군요."

얼굴은 위엄 있게 생겼지만 태도는 부드러운 장년의 남성이었다.

머리와 수염은 갈색이고 눈동자는 밝은 녹색이었다. 그 역시 남쪽 백성에게서 흔히 보이는 조합이며 키도 유미와 비슷했다.

"흠흠. 여기서 맛을 봐도 된다고 하던데요?"

"네. 드셔보세요."

그 남성은 그리기 이쑤시개로 고깃점을 능숙하게 찍더니 이리저리 뜯어보고 나서 커다란 입속에 집어넣었다.

"……흠흠."

"저쪽 포장마차도 기바 고기 요리거든요. 맛을 비교해보시는 건 어떨까요?"

"호오호오."

약간 우스꽝스러운 거동으로 겅둥겅둥 『기바 버거』 쪽 포장마차로 향했다. 그 뒷모습을 지켜보면서 유미는 뭔가 심각한 표정을 지었다.

"저 사람── 누구였더라?"

"네? 아는 사람인가요?"

"아니. 그런데 왠지 낯이 익단 말이야……."

유미는 『기바 버거』를 베어 먹으면서 "으음" 하고 생각에 잠겼다. 그사이 그 인물은 다시 겅둥거리며 돌아왔다.

"저쪽 요리는 신기한 맛이 나더군요. 나는 이쪽 요리를 먹기로 하지요."

"감사합니다. 값은 적동화 두 닢입니다."

"흠. 이 정도 양에 두 닢은 저렴하군요."

그 남성이 고개를 끄덕이면서 동전을 내밀었다.

고기와 아리아를 다시 데우고 나서 나는 상품을 건넸다.

"흠흠" 하고 다시 겉을 확인한 다음에야 그 인물은 『먀무구이』를 먹기 시작했다.

"……호오호오."

전혀 가려는 기색이 없기에 나는 붙임성 있게 "어떠세요?" 하고 물어봤다.

"상당히 맛있군요. 이게 기바 고기라니 놀랍다는 말밖에 나오지 않아요. 어째서 기바 고기 요리가 그렇게 인기가 많을까, 혀를 마비시키는 약이라도 섞은 게 아닐까 하고 의심도 했지만, 이건 정말 맛있군요."

"감사합니다."

"게다가 양념 또한 훌륭하군요. 과실주의 단맛과 먀무의 매운맛이 절묘한 배합을 이루고 있어요. 이 양념은 어디의 누가?"

"우리 가게 양념은 제가 담당하고 있습니다."

"호오호오. 젊은 양반이 솜씨가 좋군요. ……한데 이 후와노는 약간 특이한 식감이 나는군요. 생지가 쫄깃하면서도 씹는 맛이 아주 부드러워요."

"아, 그건 후와노가 아니라 포이탄이에요."

"헛?", "뭐" 하고 그 인물뿐만 아니라 유미의 눈까지 동그랗게 되었다.

"포이탄은 여행객이 먹는 그 포이탄 말이야? 아니지? 그건 걸쭉한 흙탕물 같은 음식이잖아?"

"아, 그러니까 이건 그 포이탄을 졸였다가 말렸다가 해서 만든 생지거든요."

그러고 보니 카뮤아 요슈도 기바 고기에 못지않게 이 포이탄의 가공에 대해서도 놀랐던 것 같다.

"흐음?"

그 인물은 먹던 『먀무구이』를 한결 찬찬히 뜯어보기 시작했다.

"듣고 보니 이 색깔은 포이탄과 달라 보이지는 않지만…… 정말로? 농담이 아니라?"

"네. 기고도 아주 조금 섞기는 했지만요."

어쩌면 기바 고기와는 또 다른 의미에서 낮게 평가되는 포이탄의 이름은 말하지 않는 편이 나았을까.

"……포이탄은 매우 저렴한 식재료죠?"

"네. 제가 후와노 값을 몰라서 비교할 순 없지만요."

"후와노라면 적동화 한 닢으로 이 요리를 세 개 정도 만들 수 있겠군요."

"그렇군요. 포이탄이라면 다섯 개 정도고요."

"……흐음!" 하고 신음하면서 그 인물은 나머지 『먀무구이』를 입속에 밀어 넣었다.

그와 동시에 유미가 "앗!" 하고 소리를 질렀다.

"생각났다! 당신, 어떤 여관의 주인이지? 어디서 봤나 싶었더니 여관 모임에서 본 거였어!"

"호오호오? 여태 몰랐나 보군요? 당신은 《서풍정》의 딸이죠? 나는 《남쪽의 대수정》의 주인 나우디스라고 합니다."

그 이름은 들은 기억이 있다.

"아아, 그럼 당신이 건축상 알다스라는 분의 지인이군요?"

"예예. 그분들은 해마다 우리 여관을 이용해주고 있거든요. 보시다시피 나도 남쪽 피가 흐르고 있어서 자갈에서 온 손님이 특히 잘 이용해주고 있지요."

어쩐지, 서쪽과 남쪽의 혼혈이었구나.

하긴, 적대국인 북쪽과 서쪽, 동쪽과 남쪽의 혼혈이 아니면 박해당할 일도 없다고 카뮤아 요슈가 말했다.

"이 포장마차의 요리가 아주 맛있다고 우리 여관에서 대단한 화제가 되고 있거든요. 확실히 이건 훌륭한 요리로군요. 감동했습니다. 경의를 표하지요."

"고, 고맙습니다."

"……그래서 뭐야? 혹시 그쪽 가게에서 계약 맺고 포장마차를 내자는 그런 이야기야?"

약간 달갑지 않다는 듯 유미가 끼어들자 나우디스는 "호오호오" 하고 두꺼운 목을 갸우뚱했다.

"이쪽 포장마차는 《키뮤스의 꼬리정》의 물건이지요? 딱히 어느 관할 책임자와 계약을 하든 큰 차이는 없어요. 나는 다만 이쪽 주인에게 상의할 게 있어서 찾아왔답니다."

"상의요?"

"예. ……괜찮으면 우리 가게에서도 당신의 요리를 취급하게 해줄 순 없나요?"

매우 온유한 태도로 나우디스는 그렇게 말했다.

3

"그게 대체── 무슨 뜻인가요?"

"말 그대로의 뜻이지요. 우리 여관의 저녁 식사로 당신의 요리를 취급하고 싶어요. 성 밑 마을처럼 요리사로 영입하기는 어렵지만, 당신이 만든 요리만 사들여서 내 여관의 식단에 추가할 수는 없을까 하고── 어이쿠, 실례."

어느새 시무인 손님이 와서 나우디스 뒤에 조용히 서 있었다.

"어서 오세요. 하나 드리면 될까요?"

그러자 그 시무인 뒤에서 쌍둥이처럼 닮은 시무인이 쓰윽 나타나더니 좌우에서 동전을 내밀었다.

"두 개네요. 감사합니다."

나우디스는 미안하다는 표정으로 갈색 수염을 쓰다듬기 시작했다.

"이제 곧 해가 중천에 걸리겠군요. 더 이른 시간에 왔으면 좋았겠지만 나도 아침에 할 일이 있었거든요."

"아뇨, 무슨 말씀을요. ……그럼 잠깐 기다려주실 수 있나요? 예비 고기를 구워놓으면 저도 잠깐은 자리를 비울 수 있거든요."

『먀무구이』를 만들어내면서 내가 그렇게 말하자 나우디스는 "예예, 물론이죠" 하고 대답하면서 포장마차 옆으로 물러나주었다.

같은 자리로 옮기면서 유미가 그 모습을 수상쩍다는 듯 쏘아봤다.

"저기, 아스타의 요리를 취급하고 싶다니 무슨 뜻이야? 요리만 사들여서 그걸 저녁 시간에 판다는 거야?"

"맞아요. 자갈 백성들이 여기 요리를 매우 호평하고 있거든

273

요. 손님들 모두 기바가 먹고 싶다, 기바를 달라, 이렇게들 불평을 하면서 여관의 저녁 식사를 아주 불만스럽게 깨작거리고 있다니까요. 여관 주인으로서 여간 창피한 게 아니랍니다."

"그런데 주인장의 여관에서도 이익을 내려면 요리 가격이 올라가잖아. 그걸 누가 먹으려 하겠어?"

"글쎄, 어떨까요. 확실한 이익을 내려면 당연히 가격은 쭉 올라가겠지만요. 다른 요리보다 약간 비싸게 받는 정도라면 어느 정도의 판매는 기대할 수 있지 않겠어요?"

"그러니까, 그 정도로는 여관의 이익이 안 된다고 말하고 있잖아."

"확실히 요리에서 얻어지는 이익은 확 내려가겠지요. 그래도 여관 손님이 늘어나면 결과적으로 이익은 늘어나지요."

고기를 구우면서 곁눈질로 훔쳐보니 나우디스는 역시 위엄 있는 얼굴에 부드러운 표정을 띠고 유미와 상대하고 있었다.

남쪽 백성의 우락부락한 느낌과 서쪽 백성의 가는 선이 꽤 복잡하게 얽힌 성품으로 보였다.

"예를 들어 기바 요리는 적 다섯 닢, 카론 요리는 네 닢, 키뮤스 요리는 세 닢, 이렇게 값을 설정하면 비싼 값을 지불하고서라도 먹고 싶어 하는 손님에게만 기바 요리가 팔리겠죠. 그리고 카론과 키뮤스 요리도 나름대로 잘 팔린다면 이익이 극단적으로 떨어질 일도 없겠고요."

"흐음…… 일단 제대로 생각하고 있구나."

"고심하는 바람에 결단하는 데 며칠씩 걸렸거든요. 나는 자갈 손님으로부터 여기 요리의 소문을 들은 그날 밤부터 내내 고민했답니다."

거기까지 들었을 무렵 드디어 고기가 다 구워졌다.

"죄송해요. 금방 돌아올 테니 잠시 부탁드릴게요."

나는 실라 루에게 말을 남기고 나우디스 앞에 섰다.

"오래 기다리셨죠? ……거기 유미 님이 여러모로 이야기해준 덕분에 저도 생각을 어느 정도 정리할 수 있었어요."

"님이라니, 그렇게 부르지 마. 오글거려."

"죄송해요. ……저, 실은 저도 장사 밑 준비와 집안일이 있어서 저녁 전에는 집에 가야 하거든요. 저는 필요 없고 요리만 드리면 된다는 이야기죠?"

"예예. 가능하면 옆 포장마차에서 파는 요리처럼 데우기만 해서 제공할 수 있는 요리가 좋겠군요. 그걸 간식이 아닌 저녁 식사 양으로── 우선 30인분에서 50인분쯤 마련해주시면 충분하겠어요."

"과연. 저녁 식사라면 좀 더 든든히 먹었다는 느낌이 필요하겠네요. ……그 1인분의 분량은 어느 정도이며 그걸 얼마에 매입해줄 수 있나요?"

"가만있자. 양은 여기 요리의 1.5배쯤이고 그걸 적 세 닢── 보다 조금 싸게 팔아주면 좋겠군요. 10인분에 적 25닢 정도가 적정하지 않을까 생각합니다만, 어떤가요?"

머릿속에서 대충 계산해도 적어도 우리가 적자를 보는 일은 없을 것 같았다.

그렇다면 '기바 고기의 맛있음을 널리 알린다'라는 당초의 뜻을 관철하기 위해서라도 이 제안은 바라던 바였다.

거기서 나는 한 발 더 나아가보기로 했다.

"……실례지만 카론 고기 자체의 매입가를 알려주실 수 있나요?"

"카론 고기 말이죠? 내 가게에서는 1인분에 딱 적 한 닢입니다."

"네? 그럼 여기 요리의 1.5배 양에 해당하는 고기의 값이겠네요?"

"예예. 그렇군요."

이건 계산이 필요하다.

우리 가게에서 사용하는 고기는 약 180그램.

그 1.5배면 약 270그램.

그리고 적 한 닢이면…… 100그램에 0.37 적동화, 이런 계산이 된다. 전에 돌라 아저씨에게 물어봤을 때 가정용으로 구입하는 카론의 생고기는 100그램에 적동화 한 닢도 안 한다고 했지만, 계산 편의상 100그램에 적동화 한 닢으로 가정해보자. 업자 가격이면 일반 가정의 절반 이하로 매입할 수 있는 것이다.

열흘째에 마침내 구체적인 숫자가 보였다.

"그렇군요…… 요리를 파는 것 자체는 긍정적으로 생각하고 싶지만, 다만 포이탄만큼은 가공하는 데 품이 많이 들거든요.

그러니 지금껏 여관에서 하던 대로 후와노라는 식재료를 사용하는 편이 나을 거예요. 그럼 포장마차 장사가 끝난 후에 50인분의 요리를 만들 수 있을 겁니다."

"호오호오. 그럼 매입가도 달라지겠군요."

"네. 매입가에서 후와노의 원가를 빼도 괜찮습니다. 아까 후와노를 쓰면 적동화 한 닢으로 이 요리를 3인분쯤 만들 수 있다고 하셨죠? 간식의 양일 때 3인분이면 저녁 식사 양일 때는 2인분이 되겠네요."

포이탄이 후와노보다 더 저렴한 만큼 우리 쪽이 약간 손해를 보게 되지만, 포이탄의 가공은 품이 많이 들기 때문에 그걸 감안하면 불리한 이야기는 아니라고 생각한다.

"그런데 저도 다음 달이나 다다음 달은 아직 일정이 잡히지 않은 상태이고, 어쩌면 다른 여관이나 식당에서도 같은 제안이 들어올 가능성이 있을지도 모르거든요."

"예예. 충분히 가능성이 있죠. 남쪽 백성이 늘 숙박하는 곳이 내 여관만 있는 것도 아니고, 비슷한 인원의 동쪽 백성이 늘 숙박하는 여관도 존재하니까요."

전혀 초조해하지도 않고 여유로운 태도로 나우디스는 고개를 크게 끄덕였다.

"그리고 내 가게에서 기바 고기 요리를 내놓으면 다른 여관들이 전부 흉내를 내려 할지도 모르죠. ……아니, 조만간 그런 상황이 찾아오겠군요."

"그런가요? 굉장히 영광스러운 이야기지만── 그래도 한정된 시간 안에 제가 그 전부에 응하는 건 불가능할 테지만요."

"······그렇겠군요" 하고 나우디스는 눈을 약간 가늘게 떴다.

그걸 이유로 내가 요리 가격을 인상하려 한다고 생각할지도 모른다.

그런데 나는 전혀 다른 것을 생각하고 있었다.

"만약 그런 사태가 일어날 경우에 저는 요리가 아닌 기바 고기만 매입해주실 수는 없는지 협상에 나서려 할 겁니다."

"앗?!" 하고 소리를 지른 사람은 나우디스가 아닌 유미 쪽이었다.

"그러니 《남쪽의 대수정》에서도 훗날에는 고기만 매입해서 직접 조리하는 길도 고려하는 편이 좋지 않을까요? 그렇게 하면 기바 요리에서도 다른 요리와 비슷한 금액의 이익을 올릴 수도 있고······."

"잠깐만! 그렇게 여기저기서 기바 요리를 팔게 되면 아스타네 가게의 매출이 떨어지잖아?!"

상당히 당황한 모습으로 유미가 내 팔에 달려들었다.

"무조건 요리만 파는 편이 이득이라니까! ······아니면 고기 자체를 파는 편이 아스타한테는 더 쏠쏠한 장사인 거야?"

그렇지 않다.

파가는 이미 어제 시점에서 기바 고기를 모조리 사용했고, 마침 오늘부터 루가의 고기를 매입하기 시작한 참이었다. 파가만의 이익을 중시한다면 당연히 내가 만든 요리만 계속 파는 편이 이득이다.

하지만 우리는 그런 목적으로 이 장사를 시작한 게 아니다.

따라서 나는 유미에게 방긋 웃어 보이기로 했다.

"설명하기 좀 어렵지만, 나한테는 그 편이 바람직한 길이거든요."

"그래? ……그럼 상관없지만……."

유미는 여전히 납득이 가지 않는다는 표정으로 내 팔을 놓고 물러났다.

나우디스는 "흠흠" 하고 턱수염을 쓰다듬고 있었다.

"대단히 흥미로운 이야기지만 우선 당신의 요리를 팔아준다면 그것으로 만족합니다. 그 후의 일은 나중에 생각해보도록 하죠."

"네. 고맙습니다. ……그럼 구체적인 협의는 장사가 끝나고 해도 될까요? 이제 해도 중천에 걸릴 무렵이거든요."

"그렇군요. 나도 슬슬 여관으로 가봐야 합니다. ……그럼 일단 《키뮤스의 꼬리정》의 주인장에게도 이야기는 전해놓겠습니다. 무슨 오해라도 생기면 좋지 않으니까요."

그러더니 나우디스는 거둥거리며 떠났다.

그 뒷모습을 지켜보면서 유미는 "칫" 하고 혀를 찼다.

"여관 식당에서 기바 고기 요리를 팔다니…… 우리 집도 따라 하고 싶지만 남쪽이나 동쪽 손님이 거의 없어서 말이야. 서쪽 백성 손님은 웬만해서는 기바 요리는 주문하지 않을 것 같고."

"그렇겠죠. 지금은."

지금은 어쩔 수 없다.

고작 열흘 만에 서쪽 백성의 차별 감정을 뿌리째 뽑는 것이 가능할 리 없었다.

하지만 남쪽과 동쪽 백성의 마음을 사로잡는 것은 가능했다.

최종 목적을 위한 가교도 설치했다.

우선 《남쪽의 대수정》을 상대로 성공을 거두느냐 마느냐.

"아―아. 이러면 만약 《키뮤스의 꼬리정》과의 계약이 오늘로 끝나도 우리 가게가 나설 기회는 없겠네. ……뭐, 어느 관할 책임자에게 동전을 지불하든 네 요리 맛이 변하는 건 아니니 상관없지만."

마지막에는 평소의 낙천적인 미소를 띠고 유미가 내 팔을 냅다 때렸다.

"그럼! 친구들도 기다리기 지쳤을 테니 난 이만 갈게. 또 모레부터 기대할게."

"네, 고맙습니다" 하고 유미에게 인사를 하고 나는 드디어 포장마차로 돌아올 수 있었다.

혼자 『먀무구이』 포장마차를 맡아주고 있던 실라 루가 더없이 온화한 미소로 맞아주었다.

"어서 와요. ……이쪽 요리는 이제 26인분 남았어요."

"네? 꽤 많이 팔렸네요."

"이쪽은 24인분 남았어……" 하고 『기바 버거』 쪽에서도 비나 루가 알려주었다.

"합하면 딱 50개네요. ……얼마 안 있으면 다 팔리겠는데요."

그 말이 끝나기가 무섭게 또 손님이 찾아왔다.

황갈색 피부의 불량스러워 보이는 삼인방이었다.

"어서 오세요. 세 개 맞죠?" 하고 나는 웃는 얼굴로 맞이했다.

이 손님들도 본 기억이 있다. 며칠 전『기바 버거』포장마차에 트집을 잡으러 왔다가 비나 루 일행이 잘 구슬려서 상품을 구입하게 된 사람들이다.

시작은 그런 느낌이었건만 지금은 완전히 단골손님이 되었다.

"흥…… 오늘도 장사가 잘 되는 모양이네, 형씨."

"네, 덕분에요."

"나 참, 내가 동전을 내고 기바 고기를 먹게 되다니, 도대체 어디에서 발을 잘못 들였는지, 원."

오늘은 술을 먹지 않았는지 말투는 거칠지만 표정은 온화한 느낌이었다.

"오래 기다리셨습니다" 하고 실라 루가 상품을 내밀었다. 그것을 받아 든 한 명이 눈살을 찌푸리며 내 쪽으로 얼굴을 가까이 댔다.

"그건 그렇고, 숲가의 백성은 미인이 많네. 기바 고기가 이렇게 맛있고 여자도 이렇게 미인 일색이면, 숲가에 정착해야겠다는 별난 생각을 하는 녀석이 있어도 이상하지 않겠어."

"아하하. 딱히 그런 건 아니지만요."

"그런 게 아니라면 어떤 건데? 어차피 이중에 네 여자도 섞여 있을 거 아냐?"

"아뇨, 당치도 않습니다! 저 같은 애송이가 그런 발칙한 짓을 어떻게 하겠어요?"

흘끗 실라 루를 봤지만 그녀는 공손한 무표정으로 손님의 허튼소리를 흘려듣기만 할 뿐이었다.

세 명의 손님들이 『먀무구이』를 손에 들고 떠났다. 나는 "휴우" 하고 나지도 않은 땀을 닦았다.

"참 유쾌한 손님들이네요. 미안해요, 실라 루."

"아스타가 사과할 일은 아니에요. ……그런데 날 아스타의 색시로 착각하는 분이 많은가 보더라고요."

"네? 그, 그래요?"

"네. 하루에도 몇 번씩 그런 말을 듣거든요. 나처럼 변변치 못한 여자가 아스타의 색시라니, 마을 사람들은 참 이상한 생각을 다 하네요."

"아니, 변변치 못한 쪽은 난데요! 실라 루처럼 멋진 여자가 내 색시라니…… 으아악!"

느닷없이 톡 하고 내 어깨를 두드리는 손에 나는 놀라서 비명을 지르고 말았다.

뒤돌아보니 오른팔로 아리아 몇 개를 품에 안은 아이 파가 얼굴을 찡그리고 서 있다.

"갑자기 소리 지르지 마. 놀라잖아."

"노, 노, 놀란 건 나라고! 인기척을 죽이고 뒤에서 접근하지 좀 말라고 했잖아!"

"그럼 일부러 발소리를 내며 걸어야 한다는 건가? 실없는 소리 좀 그만해."

실라 루는 특별히 동요한 기색도 없이 아이 파로부터 아리아를 받아 들었다.

"고맙습니다. ……아까는 아스타가 바빠 보였거든요. 늦기 전에 사야 할 것 같아서 마지막 채소 구입을 아이 파에게 부탁했어요."

"시, 신경 써줘서 고마워요. ……어라? 리미 루는 벌써 갔나?"

"한참 전에 루의 차녀 일행이 데리러 왔어. 네가 포장마차를 비우고 이야기에 열중하는 사이에."

말하면서 아이 파는 나와 실라 루를 가만히 번갈아 봤다.

"왜, 왜 그래? 아이 파."

"아니…… 이렇게 다시 보니 아내와 남편 사이로 안 보이는 것도 아니구나 싶어서."

역시 다 듣고 있었어!

나는 뭐라고 대꾸해줄지 머리를 굴렸지만 그보다 먼저 실라 루가 "당치도 않아요" 하고 웃었다.

"아스타가 날 색시로 선택하는 일은 절대로 없을 거예요. ……그리고 나도 아스타에게 깊은 신뢰와 존경의 마음을 품고는 있지만, 남편으로 선택하는 일은 있을 수 없다고 생각하고요."

"……그렇군" 하고 내뱉더니 아이 파는 발길을 획 돌렸다.

아이 파가 다시 나무 그늘에 자리 잡기를 기다렸다가 실라 루가 미안하다는 듯 귀엣말을 했다.

"미안해요. 아스타에게 매우 실례되는 말을 하고 말았어요. ……그래도 아이 파에게는 내 생각을 확실히 전달해야 한다고 생각했거든요."

"네, 그 판단은 백 번 옳다고 생각해요. ……그리고 나도 실라 루에게는 깊은 신뢰와 존경의 마음을 품고 있어요."

실라 루는 매우 기쁘게 웃고 나서 신속하게 정면으로 돌아섰다. 또 손님이 다가오고 있었던 것이다.

드디어 해가 중천에 걸렸다. 여느 때보다 오가는 사람이 더 많다.

그리고 역시 서쪽 백성 손님이 차츰 많아지는 기분이 들었다.

"실라 루, 기바 버거가 두 개밖에 안 남았어…… 교대해주겠어……?"

"네" 하고 실라 루가 『기바 버거』 쪽으로 이동하는 동시에 비나 루가 왔다.

80인분을 마련해 온 『기바 버거』도 마침내 마지막 20인분에 돌입하는 것이다. 이쪽 『먀무구이』도 23인분밖에 남지 않았다.

"오랜만에 완판되겠네…… 역시 팔다 남은 것보다는 싹 다 팔리는 편이 흐뭇하지……?"

비나 루의 말에 응답하듯이 손님의 발길이 끊이지 않았다.

마지막 날인 오늘은 열흘 중 가장 빠른 속도로 판매되고 있었다.

상품이 잇달아 판매되고 해가 중천에 뜬 지 한 시간쯤 지났을 무렵에는 『먀무구이』도 3인분밖에 남지 않았다.

"우와, 오늘은 이쪽이 먼저 다 팔리겠는데요?" 하고 내가 기쁨의 비명을 질렀을 때 그 인물이 다가왔다.

밀라노 마스였다.

"아, 어서 오세요."

영업시간 내에 밀라노 마스가 포장마차에 다가온 것은 이번이 처음이었다.

밀라노 마스는 나무 접시에 남아 있던 고기를 보고 "흥" 하고 콧방귀를 뀌었다.

"그걸 다 팔면 이제 끝인가? 오늘은 대체 몇 인분이나 준비해 왔지?"

"이쪽은 평소대로 90인분이고, 저쪽 포장마차는 80인분으로 해봤어요."

"합계 170인분이라. 나 참, 어이없는 숫자로군."

밀라노 마스는 그렇게 말하면서 동전을 내밀었다.

적동화 두 닢이다.

"네? 요리를 사주시는 건가요?"

"그래."

"고맙습니다. ……저, 여기 작은 나무 접시에 있는 걸로 맛을 볼 수도……."

"시끄러운 녀석이군. 동전을 냈으니 냉큼 팔아. 시식 같은 건 필요 없다."

여느 때처럼 못마땅한 목소리로 말하더니 "어차피 이걸로 마지막이니까" 하고 덧붙였다.

"마지막이라니 그게 무슨——."

그 순간 서쪽 백성 남녀 한 쌍이 다가왔다.

"내가 뭐랬어? 이거라니까. 간판에 기바라고 쓰여 있지? 이게 그 소문이 자자한 기바 고기 요리라고."

"꺄악, 징그러워…… 저기, 역시 그만두자……."

"나도 처음엔 그렇게 생각했는데! 이게 신기하게도 엄청나게 맛있단 말이지!"

그러더니 제법 젊어 보이는 그 청년이 약간 삐딱한 느낌으로 적동화 네 닢을 내밀었다.

"이봐, 두 개."

"네, 고맙습니다."

밀라노 마스의 것과 합하면 이것으로 딱 완판되었다.

내가 완성해낸 세 개의 상품이 비나 루의 손을 거쳐 밀라노 마스와 젊은 손님들의 손에 넘어갔다.

밀라노 마스는 아무 말 없이 떠들썩한 남쪽 방향으로 걸어 갔다.

"⋯⋯비나 루, 불 처리 부탁할게요."

나는 그 말만 남기고 밀라노 마스를 따라갔다.

"밀라노 마스, 잠깐만요!"

밀라노 마스는 멈추지 않았다.

그렇다고 일부러 빠르게 걷는 것도 아니어서 『기바 버거』 포장마차를 조금 지났을 무렵에는 따라잡을 수가 있었다.

"저기, 이걸로 마지막이라니 무슨 뜻이에요?"

밀라노 마스는 걸음을 멈추지 않은 채 『먀무구이』를 먹고 있었다. 그 표정도 평소와 다름없었다.

"⋯⋯자네가 왜 안색이 바뀌는 거지? 모레부터는 《서풍정》과 계약할 거 아닌가?"

"아⋯⋯ 아니, 그래도 그 건에 대해서는⋯⋯."

"아니면 아예 《남쪽의 대수정》으로 옮기려나? 어차피 어디와 계약하든 아무것도 달라지는 건 없다. 포장마차 임대료라 해봐야 딸 용돈 정도밖에 안 되니까. 구구하게 지껄이지 말고 자네를 귀하게 대해줄 만한 가게와 계약하면 되잖아."

밀라노 마스는 길섶으로 가더니 거기서 멈췄다.

나보다 약간 낮은 위치에서 못마땅한 눈빛이 날아들었다.

"나는 숲가의 백성이 싫다. 내 딸도 자네들을 몹시 무서워하고 있지. 자네들을 붙잡아야 할 이유 따위 나한테는 하나도 없단 말이다."

"그건⋯⋯ 밀라노 마스에게도 그 편이 좋다는 뜻이라면 물론 당연히 그래야겠지만······."

하지만 그렇다면 어째서 그저께 시점에 그 뜻을 알려주지 않은 걸까.

그리고── 왜 저렇게 심각한 얼굴을 하면서 기바 고기 요리를 먹고 있었을까.

"······아무리 용돈벌이밖에 안 되는 수준이라도 포장마차를 빌려주면 백동화 한 닢이다. 그런 벌이를 빤히 알면서도 다른 가게에 넘겨버리는 건 장사하는 입장에서 잘못된 판단이지. 숲가의 백성이 밉더라도 그런 것 때문에 내가 손해를 입다니 어리석은 짓이다. ······그런 생각도 들었기 때문에 납득이 갈 때까지 고민했던 것뿐이야."

"그럼── 납득이 갈 때까지 고민한 끝에 다른 가게에 계약을 양보할 마음이 들었다는 거네요?"

매우 안타까운 이야기였지만 가장 존중해야 할 것은 밀라노 마스의 의향이리라.

하지만 밀라노 마스는 먹고 있던 『먀무구이』에 시선을 떨어뜨리면서 "딱히 그런 것도 아니다" 하고 내뱉었다.

"네에? 그럼 무슨 이유인데요?"

"장사꾼으로서는 계약해야 한다고 생각한다. 한데 서로 불쾌한 경험을 하면서까지 매달려야 할 의미는 없다고 생각했을 뿐이야. ······어차피 나와 딸이 숲가의 백성을 용서할 날은 영원히 오지 않을 테니."

밀라노 마스는 눈을 내리뜬 채 조용히 중얼거렸다.

"내 절친한 친구가 숲가의 백성에게 죽임을 당했다. 그리고 그 일을 계기로 내 아내도 죽어버렸지. 벌써 십 년 전의 이야기로군. ⋯⋯그래서 나는 숲가의 백성들은 죄다 죽어버렸으면 좋겠다고 생각해. 농장의 피해 같은 건 내 알 바 아니지. 사냥꾼 따위는 뒈져버리라지."

"하지만 그건──."

"그래도 극악한 짓을 저지른 사람이 제대로 심판을 받는다면 나도 계속 불평하지 않아. 한데 영주가 숲가의 백성을 감싸고돌아서 아주 제멋대로지. 내 친구는 벼랑에서 떨어져 죽었는데 그 손에는 기바의 뿔과 엄니의 목걸이가 쥐여 있었다. 그런데도 숲가의 백성은 심판을 받지 않았어."

나는 가만히 주먹을 쥐었다.

증거도 아무것도 없어서 전부 흐지부지하게 끝난 것 같다고 유미는 말했지만── 증거가 있었다니. 게다가 숲가의 백성에게 수사의 손길도 미치지 않았다니.

격한 감정에 사로잡힌 내 눈앞에서 오히려 밀라노 마스는 평소보다 더 침착했다. 그 갈색 눈동자에 어렴풋이 깃든 것은 분노가 아닌 슬픔의 빛으로 보였다.

"그렇게 내 아내는 심적인 피로로 앓아누운 채 어이없게 죽어버렸지. ⋯⋯죽은 남자는 내 친구이자 아내한테는 부모 대신 자신을 길러준 소중한 오빠였거든. 그러니 틀림없이 나와 딸은 평생 숲가의 백성을 원망하겠지."

"그래도…… 그건……."

숲가의 백성은 여행객을 습격하고 농작물을 빼앗고 여자를 납치한다고 일전에 돌라 아저씨도 말했다. 아이 파도 그것을 부정하려 하지는 않았다. 그런 인간이 숲가의 촌락에 존재하는 것은 사실이다.

'그것도 전부 슨가의 짓인가……?'

모르겠다.

다만 슨가와 루가 사이에 불화가 일어나게 된 결정적 요인은 20년 전―― 선대 가장의 대였을 터이다. 그 무렵 슨가는 루가와 혼사가 정해진 처녀를 납치했을 뿐만 아니라 그 처녀가 스스로 목숨을 끊는 지경까지 몰고 갔다. 그때부터 이미 슨가는 부패한 상태였다.

"하지만 그럼에도……" 하고 말하려다가 나는 입을 다물었다.

하지만 그럼에도 숲가의 백성 모두가 그렇게 극악한 인간만 있는 것은 아니다. 아이 파와 루가와 루티무가 사람들이 그런 녀석들과 혼동되는 것을 나는 도저히 견딜 수가 없었다.

그리고―― 단 한 번 만났을 뿐인 연약한 여자의 모습이 뇌리에 되살아났다.

사리스 란 포우라는 이름을 가진, 갓난아기를 안은 여자의 모습이다.

필요한 만큼의 기바를 사냥할 힘이 없는 작은 씨족 사람들은 굶어 죽는 일조차 있다고 한다. 아이 파가 몰래 털가죽을 나눠 주지 않았더라면 갓난아기에게 젖을 주지도 못했을 거라고 사리스 란 포우도 말했다.

숲에는 식용으로 적합한 과일이 주렁주렁 열렸는데도 기바를 굶주리게 하지 않기 위해 스스로 굶주리는—— 제노스 영주와의 맹약을 지키고 사냥꾼의 긍지를 위해 목숨을 버리는 숲가의 백성도 존재한다.

그런 장렬한 자기희생 위에 제노스의 번영이 이루어진 것이다. 그런데도 제노스 백성의 가슴속에 소용돌이치는 것은 원망과 공포와 경멸의 감정이다.

이런 어처구니없는 이야기가 또 있을까?

극악한 짓을 저지르는 일부 사람들과 그것을 감싸고도는 일부 사람들은 무엇 하나 힘겨운 일 없이 지낸다. 숲가에서도, 역참 마을에서도 시정 사람들만이 고난의 삶을 강제로 짊어지고 있다.

더 확실히 말하면—— 제노스의 지배 계층과 족장 집안인 슨가만이 서로 도우며 이익을 챙기고 그 외의 사람들이 그만큼의 고난과 불행을 짊어지는 구도가 아닌가.

"그럼에도, 뭐? 숲가의 백성 모두가 극악하지는 않다고 말하고 싶은가? 자네는?"

밀라노 마스가 낮게 내뱉었다.

"그건 잘 알고 있다. 숲가에서 산다는 5백 명의 백성이 전원 그런 극악한 인간이라면 매일같이 사람이 죽어나가겠지. 그건 누구나 다 알고 있다. ──안 그랬으면 처음부터 자네를 거래처로 인정하지 않았겠지."

그렇게 말하고 밀라노 마스는 『먀무구이』의 마지막 한 입을 입 속에 집어넣었다.

"그리고 역참 마을 사람도 바보는 아니다. 자네들이 극악한 인간이었다면 아무도 요리를 사 먹지 않았겠지. ……그러니 딱히 자네들을 붙잡을 생각이 없는 대신 쫓아낼 생각도 없다. 그래도 《남쪽의 대수정》이나 《서풍정》 같은 곳이 자네들을 귀히 대해주겠다고 하면, 자네들이야말로 내 가게에 남을 이유가 전혀 없는 것 아닌가?"

"아뇨…… 쫓아낼 생각이 없다고 하셨으니 저는 모레부터도 《키뮤스의 꼬리정》의 신세를 지고 싶습니다."

"뭐라고?" 밀라노 마스는 깜짝 놀란 듯 눈을 크게 떴다.

"왜지? 그렇게 해도 자네한테는 아무런 득도 없을 텐데?"

"왜냐고 물으시면 뭐라고 답해야 할지 모르겠지만…… 밀라노 마스가 내 요리를 먹어줘서 정말 기뻤기 때문이라고 하면 답이 될까요?"

더군다나 밀라노 마스는 자신의 마음을 정하는 데 사흘이나 고민했다.

고민한 끝에 붙잡을 생각도 없거니와 쫓아낼 생각도 없다는 결론을 내린 것이라면── 내 입장에서 《키뮤스의 꼬리정》을 떠

날 이유는 어디에도 없다.

"저 같은 풋내기가 점주라서 여러모로 부족한 점도 많겠지만 최선을 다할 테니 부디 모레 이후에도 잘 부탁드립니다."

나는 머릿수건을 벗어던지고 머리를 숙여 보였다.

"……당최 영문을 모르겠는 애송이로군, 정말."

밀라노 마스는 한숨 섞인 목소리로 말했다.

"나한테 머리까지 숙일 필요는 없는데. 동전을 내고 불쾌한 경험을 하고 싶다면 멋대로 해."

"네! 감사합니다!"

내가 고개를 들자 밀라노 마스는 벌써 등을 돌리고 걸어가기 시작했다.

나는 머릿수건을 다시 두르고 서둘러 포장마차로 돌아갔다.

하지만 역시 내 가슴에는 심상치 않은 감정이 여전히 소용돌이치고 있었다.

'10년 전이라고 했으니 아직 젊은 디가 슨이나 야밀 슨과는 상관이 없겠구나. 그래도 역시 슨가 사람이 범인일까?'

진상은 알 수 없다.

그러나 그런 죄인을 내버려둔 채 제노스 사람들과 숲가의 백성들 사이의 골을 메우기는 불가능하지 않을까.

가령 우리 장사가 역참 마을과 숲가의 가교가 되어 과반수의 사람들이 기바 고기를 거리낌 없이 먹게 된다 할지라도—— 실제로 피해를 입은 사람들, 밀라노 마스 같은 입장에 있는 사람들의 원통함이 해소되지는 않을 것이다.

죄인은 심판을 받아야 한다. 그런 당연한 일이 당연한 일로써 집행되지 않는 한, 진정한 의미에서의 상호 이해는 불가능하다.

'그럼 역시 도대체 어떻게 하면——.'

해답 없는 번민을 끌어안은 채 포장마차로 돌아갔다.

돌아갔더니—— 금갈색 머리의 껑충한 남자가 『기바 버거』 포장마차 앞에 서 있었다.

"여, 오늘은 오랜만에 얼굴을 내밀었네."

카뮤아 요슈였다.

그 옆에는 황갈색 머리의 소년도 빠짐없이 따라온 상태였다.

"정말 오랜만이에요, 카뮤아 요슈. 건강해 보여 다행이에요."

가볍게 머리를 숙이고 나서 나는 포장마차 안쪽으로 돌아 들어갔다.

라라 루가 해죽 웃었다.

"이 아저씨 일행이 마지막이야. 기바 버거도 이걸로 끝!"

아직 해가 중천에 뜬 지 한 시간 남짓밖에 지나지 않았는데, 170인분의 요리는 이것으로 완판되었다.

4

열흘간의 싸움이 끝났다.

그러나 탈진해 있을 틈은 없다.

포장마차 철수 작업과 모레부터의 장사를 위한 식재료 보충, 그리고 《남쪽의 대수정》과의 협의까지 마치고 숲가로 무사히 돌아가는 것까지가 일이다.

"오늘은 요리를 170인분이나 팔아치웠다지? 거참, 대단하군. 그것도 숲가의 백성이 기바 고기 요리로! ……이건 역사에 남을 위업이라고 평가해도 과언이 아닐 테지."

뒷정리에 쫓기는 우리를 바라보면서 카뮤아 요슈는 웬일로 그 자리에 남아 있었다.

이참에 볼일을 해치울까 싶어 나는 나무 그늘의 아이 파를 불렀다.

말없이 내 옆에 선 아이 파를 보고 카뮤아 요슈는 "여" 하고 빙그레 웃었다.

"오늘도 마을에 내려와 있었군, 아이 파! 레이토에게 듣고 나서 계속 만나러 오고 싶었네만, 최근에 일이 어찌나 바쁘던지 꼼짝할 수가 없었거든."

"……내 쪽에서는 특별히 용건도 없지만."

차갑게 내뱉는 아이 파의 모습을 위아래로 훑어보면서 카뮤아 요슈는 "건강해 보여 다행이네" 하고 말했다.

아이 파는 여전히 망토로 왼팔의 부상을 감추고 있었지만, 뭐, 이 남자의 눈을 속이기란 불가능할 것이다.

"아이 파, 동전을."

"음."

그럼에도 아이 파는 망토가 벌어지지 않도록 조심하면서 품에서 묵직한 헝겊 주머니를 꺼냈다.

우리 가게에서 어제까지 벌어들인 매출이다.

그것을 아이 파로부터 받아 들면서 나는 계산했다.

"음, 그러니까 오늘 간식은 완판이고 육포는 4인분 팔렸으니까…… 열두 닢과 아홉 닢인가."

백동화 열두 닢과 적동화 아홉 닢. 그것을 다른 주머니에 옮겨 담아서 나는 카뮤아 요슈의 가슴팍에 내밀었다.

"……음?"

카뮤아 요슈는 길쭉한 얼굴을 비스듬히 기울였다.

"당신에게 드리는 사례금이에요. 요 열흘간의 순이익이 백동화 129닢이고 그 1할을 드리는 겁니다."

"자, 잠깐 기다리게. 사례금이 뭐지? 나는 자네들한테서 이런 동전을 받을 까닭이 없네만?"

나야말로 어처구니가 없었다.

"무슨 말씀이세요? 매출에서 제 경비를 뺀 순이익의 1할, 그게 당신한테 줘야 할 사례금이잖아요? 설마 잊은 건 아니겠죠?"

"잊었는데. 아니, 정말 그런 말을 한 기억이 없는걸!"

약간 당황해하는 카뮤아 요슈를 올려다보면서 소년 레이토가 키득키득 웃었다.

"전 확실히 기억해요. 그 금액을 정한 사람은 분명히 카뮤아입니다. 하긴, 본인은 농담으로 한 말이겠지만요."

"뭐? 정말? 난감하군. 전혀 기억에 없는데⋯⋯ 아무튼 그게 사실이라 하더라도 레이토의 말대로 농담이었네. 그건 원래대로 주머니 속으로 돌려놓게나, 아스타."

"그럴 순 없어요. 당신의 제안이 없었더라면 우리가 이만한 동전을 얻는 일은 처음부터 없었을 테니까요. 이건 정당한 보수예요. 부디 받아주세요."

"아니, 그래도⋯⋯."

"받아주지 않으면 곤란해요. 당신과는 빚 없는 관계를 유지하고 싶거든요."

그렇게 말하고 나는 헝겊 주머니를 더 쭉 내밀었다.

"당신이 존경할 만한 친구가 되든 용서할 수 없는 배신자가 되든, 어쨌거나 우리는 줄 것도 받을 것도 만들고 싶지 않아요. 부디 우리의 마음을 헤아려주세요."

카뮤아 요슈는 땅이 꺼져라 한숨을 쉬더니 나와 아이 파의 모습을 번갈아 보면서 정말이지 마지못해하며 홀쭉한 팔을 뻗어왔다.

"알겠네. 대등한 친구로서의 자격을 얻기 위한 통과의례라고 생각하고 이 동전을 받아두지. ⋯⋯아이고, 아까워라. 나한테 동전을 줘도 어차피 몽땅 허튼 데 써버릴 텐데."

"그렇게 생각하면 자중하세요" 하고 물론 소년 레이토가 말했다.

"하지만! 이런 건 이제 다시는 주지 말게나, 아스타와 아이 파! 나한테 주는 사례금 같은 건 이번 한 번이면 족하다네! 앞으로의 매출은 모조리 파가의 재산으로 소중히 다루어주게나."

"알겠습니다. 고맙습니다."

나는 순순히 머리를 숙이고 아이 파도 눈짓으로 인사를 했다.

"이것 참, 큰일이군. ……그럼 나는 여관으로 돌아가겠네. 내일이 쉬는 날이면 다음에는 모레 이후에나 만날 수 있겠군."

"그렇죠. 가게에 또 와주세요. 기다리고 있겠습니다."

"응, 나야말로 또 아스타의 요리를 먹을 날을 기대하고 있겠네. ……아, 그렇지, 마지막으로 하나만 묻고 싶은데."

"네?"

"지금 내가 도와줄 만한 성가신 일 같은 건 일어나지 않았나?"

나는 말없이 카뮤아 요슈의 큰 키를 올려다보았다.

아마 아이 파도 그렇게 하고 있을 것이다.

카뮤아 요슈는 눈을 가늘게 뜨고 웃고 있었다. 갓난아이 같기도 하고 노인 같기도 한 신기한 색깔의 보랏빛 눈동자를 가늘게 뜨고.

'……아직은 아닌가' 하고 나는 마음속에서 휘몰아치는 감정을 억눌렀다.

이 단계에서 카뮤아 요슈를 의지할 수는 없다.

제노스의 영주와도 관련이 있는 이 남자를 모든 것이 불확정한 상태에서 끌어들이면── 그야말로 숲가와 제노스의 관계가 치명적인 상황까지 붕괴될지도 모른다.

그래서 나는 카뮤아 요슈에게도 지지 않을 만큼 시치미를 뗀 표정으로 고개를 저었다.

"……지금 그런 사태는 닥치지 않은 것 같아요."

그러자 카뮤아 요슈는 즐겁다는 듯 다시 빙그레 웃었다.

"그거 다행이군. 그럼 또 모레 오겠네! 루가의 아름다운 여자들도 수고 많았어요!"

카뮤아 요슈와 소년 레이토의 모습이 인파 너머로 사라지고, 나는 한숨을 내쉬었다.

그러자 뒤에서 라라 루가 "어이" 하고 불렀다.

"이야기 끝났어? 뒷정리는 벌써 끝났는데."

"아, 미안, 미안! ……라라 루, 비나 루, 실라 루, 오늘 정말 수고 많았어요. 그리고 오늘뿐만 아니라 여러분 덕분에 열흘 동안 잘 버텨낼 수 있었어요."

내가 그렇게 말하자 세 사람은 저마다 구김 없는 미소를 머금어주었다.

"뭘 그리 딱딱하게 굴어? 내일은 쉬는 날이지만 오늘로 일이 다 끝난 건 아니잖아?"

"……모레부터도 아스타와 함께 일하고 싶어……."

"정말로요. 나도 진심으로 그랬으면 좋겠어요."

내가 미숙한 나머지 이래저래 어수선한 열흘이었지만 모두 정말 즐거운 표정으로 웃어주고 있었다.

열흘 동안 천 인분이 넘는 요리를 팔았다. 총매출은 적동화 2천 닢 이상. 모든 제 경비와 카뮤아 요슈에 대한 보수를 뺀 순이익은 적동화 약 1,169닢. 기바의 뿔과 엄니로 환산하면 약 97마리 분이다.

서쪽 백성 손님도 웬만큼 확보할 수 있었다.

포장마차뿐만 아니라 여관에서 요리를 파는 것도 가능하다.

이제 슨가만 어떻게든 하면── 목적에 착실히 다가갈 수 있을 것이다.

"……아스타, 무슨 일이지?"

아이 파가 약간 화난 얼굴로 다가왔다.

"고민이 있으면 감추지 말고 털어놔."

"물론 그래야지. ……그런데 간단한 이야기가 아니라서. 밤에 천천히 들어줄래?"

아이 파는 잠시 말없이 내 얼굴을 쳐다봤지만 이윽고 "알겠어" 하고 중얼거리고는 뒤로 물러났다.

"그럼 이제 갑시다!"

두 대의 포장마차를 밀면서 돌의 가도를 향해 걸음을 내디뎠다.

가도의 북적임은 지금이 한창이다.

낯익은 사람들이 "수고" 하고 말을 걸어주었다.

여전히 공포와 혐오의 눈빛을 보내오는 사람들도 있다.

흠칫 놀라 그 자리에 멈춰선 사람들은 오늘 제노스에 도착한 여행객들일 것이다.

그런 광경을 즐기면서 우리는 천천히 귀로를 더듬었다.

"여, 벌써 끝난 건가? 오늘은 오랜만에 일찍 닫았군?"

지나는 길에 돌라 아저씨가 웃으며 말했다.

탈라도 옆에서 방글방글 웃고 있다.

아침과 완전히 똑같은 정경이다.

생각해보면—— 이 두 사람이야말로 우리 가게의 손님 1호다. 그러고 나서《은 항아리》일원이 손님이 되고, 반장과 알다스 일행과 만나고, 슈미랄과 만나고, 유미와 만나고, 나우디스와 만나고, 오늘이라는 날을 맞을 수 있었다.

그 생각을 가슴속에 간직하면서 나는 두 사람에게 웃음으로 답했다.

"네, 오늘은 대성황이었거든요. 모레 장사 때 필요한 채소는 나중에 또 사러 갈게요."

"그래, 기다릴게."

아직 고작 열흘밖에 지나지 않았지만 이것이 지금의 내 일상이다.

아무도 내 일상을 망가뜨리지 않았으면 좋겠다.

포장마차를 앞으로 계속 밀고 나가는데, 이윽고 라라 루가 "아, 맞다" 하고 소리쳤다.

"아스타는 채소 말고도 살 게 있었지? 포장마차는 우리가 반납할 테니까 지금 갔다 오지 그래?"

"어?"

뒤돌아보니 라라 루는 엄청나게 건방진 얼굴로 웃고 있었다.

요 조끄만 녀석이, 하고 생각하면서 나는 "그래야겠다" 하고 대답했다.

"그런 다음에는 《남쪽의 대수정》이라는 가게에도 들러야 하니까, 개인적인 볼일 먼저 해치워야겠다."

"응. 그럼 아이 파, 아스타 잘 부탁해."

나와 아이 파는 멈추고 포장마차 두 대는 그대로 인파 너머로 사라졌다.

"……조리칼과 철판인가."

"응. 철판은 무거우니까 나중에 가고 조리칼 먼저 사자."

사전 조사는 어제 미리 해두었다. 《은 항아리》의 가게는 노점 구역의 한가운데 지점으로 미실 할머니네 채소 가게 바로 옆에 있었다.

점포 두 개만큼의 공간에 칠흑의 큼직한 천이 깔려 있는데 거기에 잡다한 상품이 진열되어 있었다. 그 광대한 공간을 전부 커버할 수 있는 가죽 지붕이 덮여 있는데 그 탓에 약간 어두컴컴하다.

가게에는 시무 백성 세 명이 있었다.

"실례합니다. ……어라? 슈미랄은 안 계신가 봐요?"

판매원들은 전원 모자를 등에 늘어뜨리고 있었지만 은발의 긴 머리는 보이지 않았다.

유난히 키가 큰 시무인이 손가락으로 기묘한 모양을 만들면서 나와 아이 파에게 머리를 숙였다.

"슈미랄, 볼일입니다. 곧, 돌아옵니다."

"그렇군요. 상품을 예약해놓았거든요. 혹시 아세요?"

"상품, 슈미랄, 가지고 있습니다. ……기다려주십시오."

기다리라면 기다릴 수밖에 없다.

나는 아이 파와 함께 앉아서 천 위에 진열된 상품을 구경하기로 했다.

"……뭔가 이상한 것만 잔뜩 파는 가게인데?"

아이 파가 슬며시 귓속말을 했다.

하긴, 그런 말을 들어도 이상할 것 없는 상품 구성이다.

이상하다고 해야 할지 아무튼 진열 방식에 질서가 너무 없었다. 귀중한 시무의 철로 만들어진 도검 외에도 다양한 모양의 항아리, 정교하게 세공된 나무 상자, 장식이 과한 활과 화살통, 은색으로 빛나는 장신구, 쓸데없이 호화로운 옷감 뭉치── 하나하나는 참으로 공들여 만든 고급 물품인 듯하지만, 이런 것들이 아무런 규칙 없이 죽 나열되어 있었다.

하지만 뭐, 질서정연하게 나열되어 있는 것보다는 색다른 멋이 느껴질지도 모른다. 분위기로는 벼룩시장의 골동품 가게 같은 느낌이었다.

"아, 이거 여자들 연회복이잖아?"

비단색 옷감 뭉치가 어둑한 곳에서 은은하게 빛나고 있었다.

"여기 있는 금속 세공물도 루가 여자들이 장식하던 거랑 비슷하네. 그런 건 전부 시무의 상품이었구나."

"……전부 나한테는 무용지물이군."

무뚝뚝한 말투로 말하고 나서 아이 파는 "와" 하고 눈을 동그 랗게 떴다.

"아스타, 이건 뭐지?"

"호오, 이건── 술잔 같은데?"

모양으로 봐서는 그릇임에 틀림없다.

그런데 그것은 투명한 유리로 되어 있었다.

"이곳 세계에도 유리가 존재하는구나. 깜짝 놀랐는데."

"유리라고 하는군. 예쁘다."

호오, 아이 파의 눈이 즐겁다는 듯 반짝이고 있었다.

"……유리, 술잔, 백 다섯 닢입니다" 하고 아까 그 젊은이가 조심스러운 목소리로 알려주었다.

"역시 유리가 맞네요. ……아이 파, 백이 다섯 닢이라는데?"

"음? 확실히 예쁘지만 과실주를 마시는 데 술잔은 필요 없어."

그래도 아이 파는 계속 즐겁다는 눈빛을 하고 오른손으로 술 잔의 표면을 만지작거렸다.

구매 의욕이 생기는 단계까지는 가지 않았지만, 그럼에도 이 런 것들을 보고 즐기는 감수성이 있었구나 싶어 나는 살짝 기분 이 좋았다.

그때 슈미랄이 돌아왔다.

"아스타, 미안합니다. 기다렸습니까?"

"아니에요. 좀 전에 왔어요."

나는 자리에서 일어나 슈미랄을 맞이했지만 아이 파는 아직 어린아이처럼 술잔을 만지작거리고 있었다.

나는 자연스럽게 아이 파에게서 몇 걸음 떨어졌다.

"장사가 끝나서 약속한 상품을 사러 왔어요."

"네. 기쁩니다."

슈미랄은 고개를 끄덕이면서 망토 안쪽에 손을 집어넣었다.

그 검은 눈이 문득 나를 봤다.

"칼, 백, 18닢입니다."

"네. 고맙습니다."

"돌, 백, 10닢입니다. ……돌, 어떻게 합니까?"

돌이란 칼을 갈 때 쓰는 숫돌을 말하는 모양이다.

"……네. 그것도 같이 살게요."

슈미랄은 기쁘다는 듯 눈을 가늘게 뜨고 그 상품들을 망토 안쪽에서 꺼냈다.

"합해서, 백, 28닢입니다."

그리고 아직 쪼그려 앉아 있는 아이 파의 모습을 흘끗 봤다.

"아름다운 여성입니다. 아스타, 색시입니까?"

"아뇨. ……하지만 저한테 가장 소중한 사람이에요."

"그렇군요" 하고 고개를 끄덕이는 슈미랄에게 상품을 받아 들고, 나는 백동화 28닢을 건넸다.

"모레부터는 이 조리칼로 요리를 해야겠어요."

검은 가죽 칼집에 담긴 채소용 조리칼. 포장마차에서 티노를 채 썰 때 이 칼이 큰 활약을 해줄 것이다.

"영광스럽습니다. ……아스타와 만나서, 시무, 셀바, 감사합니다."

"저야말로 고마운걸요. 파란 달도 벌써 6일이 되었어요. 앞으로도 잘 부탁합니다."

나는 진심이 담긴 미소를 보내고 슈미랄도 기쁜 듯이 눈을 가늘게 떴다.

"그럼 다른 것도 사야 할 게 있어서요, 오늘은 이만 실례할게요."

"네. 모레, 기대됩니다."

슈미랄은 가게 안쪽으로 향하고, 나는 아이 파의 어깨를 쿡 찔렀다.

"오래 기다렸지? 물건 다 샀는데?"

"음? 아. 그렇군."

일어선 아이 파와 함께 《은 항아리》의 가게에서 멀어졌다.

아이 파는 신기한 눈초리로 내 손을 들여다보았다.

"그게 백동화 18닢이나 한다는 조리칼이군. 잘리는 맛이 분명히 훌륭할 테지."

"응. 채소를 썰 때는 아버지의 산토쿠 식도에도 지지 않을 정도라니까?"

그러자 아이 파는 뭐라 표현할 수 없는 부드러운 표정으로 웃어주었다.

"……그럼 그건 정말 훌륭한 칼이군."

나는 "맞아" 하고 고개를 끄덕이면서 포장마차와 포장마차 사이의 빈 공간으로 향했다.

거기서 멈춰 서서 아이 파를 바라봤다.

"그래서 말이야…… 낮에도 말했듯이 요리와 상관없는 걸 샀거든."

"호오? 뭘 샀지?"

아이 파는 아직 온화한 표정을 띠고 있었다.

그 얼굴이 몇 초 후에 어떤 표정으로 변할지── 나름대로 각오를 다지면서 나는 손안에 숨겨둔 그 물건을 아이 파 앞에 내밀어 보였다.

"……뭐야, 이게?"

이상하다는 듯 아이 파가 눈살을 찌푸렸다.

내가 오른손에 쥐고 있던 그것은── 파란 돌로 만들어진 펜던트였다.

엄지손톱만 한 작은 돌이 은빛 판에 박혀 있고, 복잡한 모양으로 엮인 가죽끈을 목에 걸고 늘어뜨리도록 만들어져 있다.

"보시다시피, 뭐, 목걸이인 셈이지."

"목걸이…… 장신구인가."

아이 파의 눈동자에 심상치 않은 빛이 뭉게뭉게 떠오르기 시작했다.

"……아스타, 너, 여자처럼 몸을 꾸미고 싶었어?"

"아니. ……이건 널 위해 산 거야, 아이 파."

"호오." 하고 아이 파는 눈을 가늘게 떴다.

"요컨대 넌…… 내가 한 말은 하나도 듣지 않았다는 거군? 아스타."

"그렇지 않아. 제대로 들었어. 소중한 동전으로 장신구 같은 걸 샀다가는 날 때려눕힌다고 했잖아."

"음. 맞아."

아이 파가 조용히 다가왔다.

몰래 마른침을 삼키면서 나는 덧붙였다.

"그래도 때려눕히기 전에 하나만 들어줘. 이건 액막이 부적이라고."

"……액막이?"

"응. 온갖 재액에서 몸을 지켜주는 시무의 부적이래. 물론 이렇게 서쪽 마을에서도 팔고 있으니 어디 신을 섬기는지는 전혀 상관없어. 시무에서는 남녀를 불문하고 이런 부적을 몸에 지니고 재액에서 몸을 지킨다고 하더라."

아이 파의 눈빛에 변화는 없다.

뭐, 한두 대쯤 맞을 각오는 되어 있는 나였다.

"이런 부적에 효과가 얼마나 있는지는 모르지만, 단순한 장신구는 널 화나게만 하고 생활용품은 부족한 거 없다고 하고, 그래도 너도 뭔가 샀으면 싶더라고. 그래서 내 독단과 편견으로 고른 거야. ……부적이지만 제법 예쁜 돌이지 않아?"

작지만 매우 깊은 파란빛을 띤 돌.

어제 슈미랄이 이 돌을 보여줬을 때 나는 거의 첫눈에 반한 것처럼 마음에 쏙 들었던 것이다. 아이 파의 눈동자 같은 색깔의 돌이네, 하고.

"……그 부적이라는 걸 동전 얼마를 주고 샀지?"

"백동화 열 닢."

"……백동화, 열 닢……."

거의 감긴 눈꺼풀 안쪽에서 아이 파의 눈동자에 다양한 감정이 일렁이고 있었다.

"이런 부적에 의지하는 건 네 주의하고 안 맞을 수도 있겠지만. 실제로 그런 부상까지 당할 정도로 위험한 생활을 하고 있잖아. 숲가의 남자가 가족의 건강한 삶을 기원하며 뿔과 엄니 세 개를 선물하는 것처럼 나도 너한테 뭔가 선물하고 싶었어."

나는 그렇게 설명하면서 목걸이의 가죽끈을 집어서 원을 만들어 보였다.

"마음에 안 들면 나중에 때려눕혀도 상관없어. 하지만 이건 좀 받아주면 안 될까? ……너의 건강한 삶을 바라는 가족의 선물로써."

아이 파는 일단 눈을 뜨고 깊디깊은 한숨을 쉬었다.

그리고 다시 정면에서 나를 노려봤다.

"……숲가의 남자는 제 힘으로 기바를 사냥하고 그 엄니와 뿔로 가족의 삶을 축복하지."

"그래."

"그렇다면 역참 마을에서 일을 한 네가 그 동전으로 가족의 삶을 축복하는 건 꼭 잘못된 행위만은 아니야…… 내가 이렇게 생각해야 하는 건가?"

"그, 그렇게 생각해주면 나야 다행이지만."

"……흥."

아이 파는 입술을 삐죽거렸다.

"왠지 기바를 잡기 위한 덫에 발이 걸려버린 기분이다. 내가 가족의 꾀에 속아 넘어간 것 같은데?"

"그렇지 않아. 적어도 네 몸에서 재액을 멀리 떼어놓고 싶다는 것만은 틀림없는 내 진심이야."

아이 파는 다시 한번 "흥" 하고 말하고 나서 한 걸음만 나에게 다가왔다.

그리고 약간 고개를 숙였다.

"……뭐 해?"

"엉?"

"선물이라면 네 손으로 주는 게 숲가의 풍습이잖아?"

"그 풍습은 아직 안 배웠어."

나는 대답하면서 아이 파의 목에 파란 돌의 펜던트를 걸어주었다.

뿔과 엄니의 목걸이보다 약간 높은 위치에서 그 파란 돌이 반짝 빛났다.

아이 파는 오른 손바닥으로 그것을 집어 들고 잠시 가만히 쳐다보고 나서 문득 뭔가를 떠올렸다는 듯 고개를 들었다.

"아아. 나도 너한테 줄 게 있었어."

"어? 나한테?"

"음."

아이 파가 등 쪽으로 손을 돌렸다.

털가죽 망토의 안주머니에서 오른팔 하나로 약간 힘들게 끄집어낸 그것은 뿔과 엄니 열 개를 엮은 목걸이였다.

"아── 너한테 맡긴 목걸이구나."

"음. 이제 이 엄니와 뿔을 사용해야 하는 사태는 오지 않겠지. 넌 이 목걸이를 몸에 지니는 데 충분한 일을 해내고 있어."

그렇게 말하고 아이 파는 내 다리를 걷어찼다.

"머리 숙여."

"저기…… 말이랑 다리 순서가 반대잖아?"

나는 불평하면서 아이 파의 말에 따랐다.

아이 파는 내 목에 걸려 있던 목걸이를 오른손만으로 능숙하게 벗기더니 새 목걸이를 엄숙한 손놀림으로 걸어주었다.

루가 사람들로부터 얻은 열 개의 축복. 역참 마을의 장사를 실패하면 이것으로 그 손실을 메우자는 약속이었다.

"숲가에 풍요로움을 가져다주기에는 아직 시간이 많이 걸리겠지만, 너라면 분명히 그 일을 완수할 수 있을 거다."

"나 혼자가 아니라 나와 너의 일이지만."

"음. ……그리고 루와 루티무의 일이기도 하지."

아이 파가 문득 눈을 내리떴다.

이제 그 얼굴에서 고뇌의 그림자는 걷혔지만, 다소 아이처럼 불안해하는 마음은 언뜻언뜻 보였다.

"그리고 최종적으로는 모든 숲가의 백성의 일이 되는 거지."

그런 아이 파에게 나는 웃어 보였다.

"오늘부터는 루가의 고기를 사기로 했어. 조만간 루가의 고기도 모자라서 루티무에서 사게 될지도 몰라. ……요리가 아니라 고기 자체를 팔게 되면 어느 씨족이든 관계없이 다 같이 경쟁하면서 기바 고기를 팔겠지. 그렇게 생각하면 우리는 다른 사람들보다 한발 먼저 일을 시작했을 뿐이야, 분명히."

그리고 그런 미래를 열기 위해서라도—— 숲가의 백성은 한마음으로 맞서야 할 것이다.

일족을 이끌어야 할 족장 집안 사람들이 숲가의 자긍심을 더럽히고 있다는, 이 용납할 수 없는 상황에.

"……그렇군" 하고 눈을 내리뜬 채 아이 파는 다시 파란 돌을 집어 들었다.

"왜 그래? 역시 날 때려눕혀야겠다는 생각이 들어?"

"아니. ……한데 부적이라 해도 장신구는 장신구다. 이런 걸 몸에 지니다니, 역시 진정이 되질 않아."

"그렇구나. ……그래도 예쁜 돌이지?"

아이 파는 서서히 고개를 들었다.

그리고 어린아이처럼 빵긋 웃었다.

"음. 반짝반짝하고 굉장히 예쁘다."

나는 그만 숨이 막혀버렸다.

그만큼 그것은 천진난만한 미소였다.

우리의 일은 이제 막 시작된 참이었고 문제도 산더미처럼 쌓여 있었지만―― 그럼에도 나는 더할 나위 없는 충족감과 평안을 아이 파의 웃는 얼굴에서 얻을 수가 있었다.

역참 마을에서의 우리의 싸움은 드디어 제1막을 마치게 되었다.

입가심 // ~ 루 분가의 아궁이 당번 ~

실라 루는 선천적으로 몸이 약했다.

어린 시절에는 병치레가 잦았고 같은 또래 아이들에 비해 몸집도 작았다. 그 때문에 마음까지 약해졌다고 생각한다.

숲가의 백성에게 강인한 신체는 무엇보다 중요하다. 아무리 여자라 해도 기본적인 체력과 완력이 없으면 집안일을 만족스럽게 해낼 수가 없다. 주어진 일을 남들만큼 해내지 못하는 사람은 오로지 비참한 기분을 맛보게 된다.

물론 몸이 약하다고 해서 괴롭힘을 당하지는 않았다. 다른 씨족은 어떨지 몰라도 적어도 루의 촌락에 그런 매정한 사람은 없었다.

하지만 그 때문에 자책이 심해지곤 했다. 다른 사람만큼 도움이 되지 못하는데도 야단맞거나 혼나지도 않는다는 것은 의외로 미안해서 견딜 수가 없는 법이다.

실라 루는 장작을 패는 데도 털가죽을 무두질하는 데도 남들보다 시간이 갑절은 걸린다. 그뿐만 아니라 물 긷기조차 혼자해내지 못한다. 풍요로운 루의 촌락에는 튼튼한 여자가 많았기 때문에 실라 루는 자신의 부족함을 절실히 깨닫게 되었다.

그런 실라 루가 좋아하는 것은 아궁이 당번 일이었다.

부엌일은 그리 힘쓰는 일이 아니다. 쇠 냄비 정도라면 혼자서 옮길 수 있다. 게다가 부엌에서라면 가족밖에 없기 때문에 다른 사람과 비교당할 일도 없다. 그런 요인이 겹쳐서 실라 루는 부엌에 있을 때가 가장 마음이 편안하다는, 그런 사람으로 자랐다고 생각한다.

다행이라고 해야 할지 실라 루는 장녀이며 밑으로는 남동생이 셋이나 있기에 힘쓰는 일은 어느 정도 가족에게 맡길 수 있었다. 또 어머니인 타리 루는 몸집은 매우 작았지만 참으로 튼튼했기 때문에 실라 루는 자신의 부족함을 곱씹으면서도 아궁이 당번 일에 몰두할 수가 있었다.

그런 식으로 가족에게 의존하고 있는 탓에 적어도 아궁이 당번 일만큼은 열심히 하려고 노력했다. 아궁이 당번 일은 고기와 채소를 썰어서 불에 올려놓기만 하면 충분하지만, 보이지 않는 부분에서는 여러모로 생각을 짜낼 여지도 존재했다.

예를 들어 고기는 섬유 방향대로 썰어야 더 먹기가 좋은 것 같다. 아리아는 너무 오래 볶으면 흐물흐물해지고, 불이 너무 약하면 질기고 매운맛이 남는다. 얼마나 강한 불에서 얼마나 오래 끓여야 하는지, 그런 것들을 이것저것 시험하면서 음식을 만드는 일이 즐거웠다.

물론 가족들은 실라 루의 그런 궁리를 알아차리지 못했다. 어떤 음식이든 가족들은 만족스럽게 먹었으며 또 그렇게 하는 것이 숲가의 백성의 의무이기도 했다. 음식 맛에 불평을 하다니 숲가에서는 용납되지 않는 일이다.

따라서 아궁이 당번을 하며 이리저리 궁리하는 것은 자기만족에 불과했지만, 그럼에도 어머니인 타리 루가 음식 솜씨를 칭찬해주었을 때는 매우 기뻤다.

"아궁이 당번만큼은 넌 누구한테도 지지 않고 있단다. 나한테도 언제 한번 불 조절이라는 걸 가르쳐주렴."

분명히 타리 루는 실라 루가 품고 있는 죄책감을 꿰뚫어 보고 그렇게 말해주었을 것이다.

그래도 실라 루는 기뻤다.

그 이후에는 어머니와 둘이서 이것저것 음식 만드는 법을 연구하게 되었다.

그런 실라 루에게는 남몰래 동경하는 존재가 있었다.

루 본가의 네 자매다.

그녀들은 백여 명이나 되는 친족을 거느리는 루 본가의 사람답게 힘과 반짝임을 겸비한 듯 느껴졌다.

장녀 비나 루는 매우 아름다운 여자다. 외모뿐만 아니라 내면에서도 여자로서의 아리따움이 풍겨서 아내로 맞고 싶다거나 데릴사위로 들어가겠다는 남자들이 끊이지 않을 정도였다.

차녀 레이나 루도 아름답기로는 뒤지지 않는다. 키가 작고 약간 어려 보이는 용모 때문에 언니의 그늘에 가려 있지만, 그 매력에 우열은 없다고 생각한다. 게다가 속내를 잘 알 수 없는 비나 루와 달리 매우 명랑하고 마음씨도 고와서 숲가의 백성으로

서 이상적인 여자로 보이기까지 했다.

삼녀 라라 루는 아직 열두 살로, 적잖이 솔직한 성격이지만 실은 언니들보다 더 총명하고 다정한 면을 갖고 있다. 라라 루가 실라 루의 남동생인 신 루와 친하게 지낸 까닭에 실라 루도 그녀와 깊이 교류하게 되었다. 그래서 라라 루의 의외의 면을 일찌감치 알아차릴 수 있었다.

막내딸 리미 루는 한없이 천진난만하고 귀여운 여덟 살 소녀다. 보고 있기만 해도 덩달아 미소를 짓게 되는, 견딜 수 없이 사랑스러운 소녀다. 이런 소녀가 자신의 여동생이나 딸이었다면 얼마나 행복할까 하고 종종 생각하곤 했다.

그런 그녀들에게 실라 루는 동경을 품었다.

자신과는 너무 차이가 났기 때문에 시샘할 마음조차 들지 않았다. 그녀들과 같은 혈족임을 자랑스럽게 여겼을 정도다.

하지만—— 가끔 의문을 품곤 한다.

어째서 자신은 이런 존재로 태어났을까, 하고.

그녀들과는 가까운 혈족이었다. 실라 루의 아버지 랴다 루는 그녀들의 아버지인 돈다 루의 동생이었던 것이다.

랴다 루는 훌륭한 사냥꾼이며 어머니인 타리 루도 흠잡을 데 없는 반려자였다. 남동생들도 곧 훌륭한 사냥꾼으로 자랄 것이다. 장남인 신 루는 이미 아버지와 함께 사냥꾼의 역할을 제대로 해내고 있다.

자신은 그렇게 의연하게 살지 못한다.

실라 루는 벌써 열여덟이 되었지만, 지금껏 한 번도 혼담이 들어온 적이 없는 변변치 못한 여자였던 것이다.

당연한 이야기이리라. 어렸을 때처럼 병으로 앓아눕는 일은 없어졌지만, 여전히 실라 루는 혼자서 물독도 옮기지 못한다. 외모가 고운 것도 아니다. 이런 여자를 원하는 사람이 숲가에 존재할 리가 없었다.

가능성이 있다면 루의 친족으로 시집가는 정도다. 릴린이나 마무나 무파와 같은 작은 씨족이라면 루의 여자라는 이유만으로 환영해줄 것이다. 루가는 그들의 부모 집안이니.

그리고 틀림없이 낙심할 것이다. 루가의 여자라 해도 누구나 대단한 힘을 지닌 것은 아니구나, 하고.

비나 루와 레이나 루도 아직도 혼인을 하지 않았지만, 그녀들은 상대를 고르고 있을 터이다. 본가 사람이니 당연하다. 시집이든 데릴사위든 그녀들처럼 훌륭한 여자와의 혼담을 거절하는 사람은 거의 없을 것이다.

그러나 실라 루는 벌써 열여덟이다. 혼인이 허락되고부터 벌써 3년의 세월을 소비하고 말았다. 집에는 자신과 어머니 말고는 여자가 없었지만, 촌락에는 여자들이 많기 때문에 실라 루가 없더라도 곤란할 리가 없다. 적당히 마음의 준비를 하고 어딘가의 친족에 시집을 가야 할 시기가 찾아왔다.

'그래도 나는――.'

조금만 더 루의 촌락에 머물고 싶었다.

한 명, 무슨 일이 있어도 그 장래를 지켜보고 싶은 상대가 존재하기 때문이다.

그 인물이 무사히 색시를 맞이하는 모습을 지켜볼 수만 있다면…… 분명히 자신도 각오가 설 것이다. 가족과 떨어져 루의 촌락에서 벗어나서 살아갈 각오가 설 것이다.

그런 생각으로 실라 루가 조용히 하루하루를 보내고 있을 때 그들이 루의 촌락에 모습을 드러냈다.

파가의 아스타와 아이 파였다.

"그래서 말이지, 요즘엔 지바 할머니도 기운을 많이 찾으셨어."

그 소식을 전해준 사람은 라라 루였다.

리미 루의 초대로 루의 촌락을 찾아온 파가 사람들이 단 한 번의 저녁 식사로 최고 장로 지바 루에게 살아갈 힘을 되찾아주었다고 한다.

어쩐지 영문도 모른 채 가슴이 떨리는 이야기였다.

"라라 루도 똑같은 음식을 먹은 거죠? 대체 어떤 음식이었나요?"

"으음, 그게 말이야…… 뭐라고 해야 좋을까나. 아무튼 믿기지 않는 맛이었어."

"믿기지 않는 맛……."

"기바 고기인데도 기바 고기 같지가 않아! 구운 고기도 삶은 고기도 뭔가 좋은 냄새가 확하고 풍기는데…… 아니, 잘 설명

못하겠네."

"아무튼 훌륭한 요리였다는 거죠?"

"아, 그런데 난 다른 사람들처럼 덮어놓고 칭찬하고 싶지는 않았거든! 돈다 아버지도 이런 건 영혼을 썩게 하는 요리라며 화냈고."

"그랬군요……."

하지만 그로부터 보름이 지나자 라라 루는 다시 뭐라 말할 수 없는 얼굴로 실라 루의 집을 찾아왔다.

"어제도 아스타 일행이 집에 왔는데. 어제 저녁밥은 불만 없이 맛있었어…… 아아, 분하다, 정말!"

맛있는 요리.

그것은 대체 어떤 맛이 날까.

실라 루의 가슴은 다시 기묘하게 설렜다.

그리고 그 이튿날에는 파가의 아스타에게 루티무가와 민가의 혼례식 아궁이 당번이 맡겨진다는 소식이 본가의 가장 돈다 루의 이름으로 고지되었다.

아스타는 연회가 열리기 닷새 전부터 루의 촌락에 머물게 되고, 그 둘째 날에는 실라 루도 일손을 도우러 불려가게 되었다.

"아, 분가에서 일손 도와주러 오신 분이죠? 여러모로 신세를 지게 되었습니다만, 모쪼록 잘 부탁드립니다."

아스타라는 사람은 신기한 남자였다.

여자처럼 선이 가늘고 표정과 태도가 부드럽다. 역참 마을에서 본 서쪽 백성처럼 누르스름한 피부에, 머리와 눈동자는 동쪽 백성처럼 까맣다.

다만 역참 마을 사람과도 약간 다른 분위기가 느껴졌다. 어디가 어떻다고 말하기는 어렵지만, 누구와도 아무것도 닮지 않아서 '이국인'이라는 말이 딱 어울리는, 아스타는 그런 신기한 사람이었다.

그리고 아스타가 가져다준 요리에 의해 실라 루는 몹시 큰 충격을 받았다.

피 빼기라는 독자적인 기술이 사용된 기바 고기는 라라 루가 말한 대로 설명할 수 없을 만큼 맛있었던 것이다.

게다가 아스타는 과실주와 피코잎, 돌소금을 이용해서 마법처럼 다양한 맛을 창출해냈다. 포이탄은 졸일 뿐만 아니라 말려서 다시 구워야 했다. 국에 포이탄을 넣지 않았더니 국물이 맑아서 술술 넘어갔다. 그리고 아리아와 타라파, 찻치와 같은 채소들도 지금껏 해왔던 것과는 완전히 달리 사용해서 새로운 요리가 완성되었다.

아궁이 당번이란 이런 연구까지 가능한 일이었구나.

아스타에 비하면 자신이 한 연구는 어린아이 장난이나 다름없었다.

그런 마음으로 실라 루는 묵묵히 아스타의 일을 돕고 있는데──.

"실라 루는 칼놀림도 자연스럽고 불 조절도 아주 능숙하게 하는군요."

연회 전전날 무렵 그런 말을 들었다.

"연회 당일 실라 루와 모친인 타리 루는 본가 아궁이에서 햄버그 조리를 중심으로 도와줬으면 해요."

햄버그란 아스타가 고안한 요리 중에서 가장 다루기 어려운 음식이다.

할 말을 잃은 실라 루 옆에서 어머니인 타리 루가 기뻐하며 웃고 있었다.

"영광입니다. 우리 딸은 누구보다 아궁이 일을 잘하거든요. 나도 그 덕분에 솜씨가 늘었고요."

"네, 맞아요. 실라 루의 솜씨는 훌륭하다고 생각해요."

아스타도 싱글벙글 웃고 있다.

"고기를 썰 때도 고심하면서 일하고 있다는 게 느껴져요. 부디 그 힘을 내게 빌려주세요."

어쩐지 하늘에라도 오르는 듯한 기분이었다.

아스타처럼 탁월한 실력을 지닌 사람에게 아궁이 일솜씨를 인정받다니, 실라 루는 상상조차 못한 일이었다.

그리고 아스타에게 배운 기술로 자신의 집에서 저녁밥을 만들어보았더니 가족들에게도 놀라움과 기쁨을 안겨줄 수가 있었다. 어린 남동생들이 맛있다며 난리를 피워서 애를 먹었다. 과묵한 랴다 루와 신 루도 흡족한 눈빛으로 실라 루의 요리를 먹어주었다.

이런 형태로 가족에게 기쁨을 안겨줄 수도 있구나.

이 기쁨이 숲가의 백성에게 더 강한 힘을 가져다준다면 자신과 같은 존재도 독이 아니라 약이 될지도 모른다── 한때 아스타는 그렇게 말했다고 한다.

아스타는 이국인의 몸으로 그 엄청난 힘을 가지고 숲가에서 자신이 있을 곳을 찾으려 하고 있다.

참으로 대단한 자신감이며 훌륭한 각오라고 실라 루는 생각한다.

영락없이 숲가의 백성인 자신은 우물쭈물 고민하는 것밖에 하지 못했건만, 아스타는 마치 칼을 휘두르듯 요리를 만들어 자신의 힘을 모두에게 인정받았다.

아스타의 겉모습은 유연하지만 내면에는 사냥꾼에 못지않은 용맹함과 자긍심을 겸비한 듯했다.

'어쩌면──.'

어쩌면 자신도 아스타처럼 자랑스럽게 살아갈 수 있지 않을까.

다른 여자보다 힘이 약해도 자신은 그만큼 맛있는 요리를 만들 수가 있다. 그것을 긍지로 삼아 가슴을 펴고 살아갈 수 있을까.

루티무의 축하연이 끝나고 아스타가 루의 촌락을 떠난 후에도 실라 루는 그 마음을 품은 채 살아가게 되었다.

그로부터 다시 열흘쯤 지났을 무렵── 라라 루가 실라 루에게 그 소식을 전했다.

"역참 마을에서 장사를 하는데 일손이 부족하대! 미아 레이 엄마는 나랑 실라 루에게 그 일을 맡기고 싶어 하는데, 어떻게 생각해?"

실라 루는 그만 말문이 막혔다.

어째서 자신처럼 부족한 사람에게 그런 중요한 역할을── 이런 생각과, 다시 아스타와 함께 일할 수 있다는── 기쁨으로 가슴이 벅찼던 것이다.

"아스타가 아궁이 당번을 잘하는 여자를 최소한 한 명은 보내 달라고 했대. 그래서 실라 루가 선택받은 거야!"

"하지만…… 그러면 본가에도 레이나 루가 있잖아요?"

"으음, 그런데 본가에서는 이미 비나 언니를 보내고 있거든. 잘하는 두 사람을 내보내면 집안일이 잘 안 돌아가겠지? 그래서 실라 루가 거절하면, 레이나 언니랑 분가의 여자로 짝을 지어서 보내고 본가의 일은 다른 집에서 일손을 부탁한다고 하던데."

기대와 불안이 섞인 눈으로 라라 루가 실라 루를 바라보고 있다. 라라 루도 아스타에게는 마음을 활짝 열었기 때문에 분명히 역참 마을의 일을 돕고 싶다고 바랄 것이다.

"그래도 역참 마을까지 쇠 냄비와 다른 짐들을 옮겨야 하는 힘든 일이거든. 어떻게 할지는 실라 루가 정해!"

실라 루는 고민했다.

실라 루에게는 아직 그럴 만한 힘은 없다. 마음의 밑바닥에 작은 긍지의 싹 같은 것이 존재하는 정도였다.

하지만 싹에 빛과 물을 주지 않으면 순식간에 말라버릴 것이다.

따라서 실라 루는 가급적 똑바로 라라 루의 얼굴을 바라보면서 대답하기로 했다.

"받아들일게요. 모쪼록 그 일을 도울 수 있게 해주세요."

아스타처럼 자랑스럽게 살아갈 수 있도록.

자신의 감정을 속이지 않고 살아갈 수 있도록.

실라 루는 그 마음으로 새로운 한 걸음을 내디딜 각오를 다질 수 있었다.

후기

《이세계 요리의 길》 5권을 읽어주셔서 정말 감사합니다.

우왕좌왕하는 사이 벌써 5권입니다.

전권이 발행된 지 약 석 달이 지났으니 정말 순식간이었다는 생각뿐입니다.

이번 5권은 전권에 이어 역참 마을에서의 장사가 이야기의 골자입니다.

후기를 먼저 읽으시는 분도 계실지 모르니 자세한 내용은 언급하지 않겠습니다만, 아스타 일행이 더 열심히 싸우는 모습을 재미있게 봐주셨으면 좋겠습니다.

언젠가 후기에 쓴 적이 있는 내용이지만, 이 작품은 원래 소설 투고 사이트에 게재되었던 작품이기 때문에 서적화할 때는 어디까지 나눠서 실을지 상당히 고민이 됩니다.

스토리적으로 원만하게 마무리되는 부분에서 나누면 글자 수가 극단적으로 부족하거나 남아돌기 때문에 어떻게 원고를 고쳐 써야 할지를 크게 고민하게 됩니다.

5권을 기준으로 말씀드리면 글자를 몇만 자 단위로 지워야 했습니다.

쪽수로 환산하면 약 46쪽에 달하는 글자를 지웠다고 할 수 있습니다.

물론 웹 사이트에 게재할 때는 마음대로 썼기 때문에 묘사가 장황해지기 쉽습니다. 특히 저는 그런 경향이 강해서 쓸데없는 묘사만 생략해도 좋은 효과를 낼 때가 많습니다.

하지만 과연 몇만 자를 삭제하면 그것만으로는 부족해서 어떤 대화 장면을 싹둑 자르기도 했습니다. 5권에서 반드시 필요한 대화가 아니라는 생각에 기회가 된다면 다음 권 이후에 끼워 넣어야겠다고 생각한 참입니다.

그 외에는 여러 군데를 다듬어서 문장에 리듬을 주려고 했습니다.

그런데 문장을 삭제한 것 때문에 재미까지 줄어들면 본말이 전도되기 때문에 제법 어려운 작업이었습니다.

서적판으로 처음 읽으시는 분도, 웹 사이트에서 이미 읽으신 분도 똑같이 재미있게 읽으실 수 있도록 최선의 노력을 기울였습니다만, 어떠셨는지요?

조금이라도 그 성과가 나왔으면 좋겠습니다.

그리고 새로 쓴 단편은 제목을 보면 알 수 있는 캐릭터를 주역으로 등장시켰습니다.

이미 전권에 등장한 적이 있는 캐릭터이지만, 5권 컬러 페이지에 처음으로 모습을 드러내게 되었습니다. 작가로서 참으로 기쁠 따름입니다.

이 캐릭터가 이렇게까지 스토리에 엮일 줄은 처음 구상 단계에서는 전혀 예상하지 못했습니다. 루가의 네 자매만큼 화려한 아가씨는 아니지만, 많이 사랑해주시면 정말 감사하겠습니다.

그리고 5권부터 표지 콘셉트가 변경된 것을 이 자리를 빌려 알려드리겠습니다.

스냅풍의 한 장면이라는 의미에서는 지금까지와 똑같지만, 5권부터는 이미지성을 강화했습니다.

전권까지는 '작중에서 일어날 수 있는 장면'이었지만, 5권부터는 그런 장면으로 한정하지 않았다는 뜻입니다.

구체적으로 설명하자면, 5권 표지에 있는 장면은 작중에는 등장하지 않습니다.

앞으로는 등장할지도 모르지만, 5권에서는 등장하지 않습니다. 일부러 그런 장면을 표지로 정했습니다.

실은 지금까지도 표지에서는 작중 묘사와의 일치성보다 이미지성을 중시했습니다.

예를 들어 1권의 아스타와 아이 파를 보시면 아스타가 조리

중인데 머리에 머릿수건을 두르지 않은 것은 '어떤 표정을 짓고 있는지 분명히 보여주기 위해서'였으며, 두 사람이 실내에 있는데도 신발을 신고 있는 것도 '어떤 복장인지 분명히 드러내기 위해서'였습니다.

작품의 '얼굴'인 표지는 특히 이렇게 이미지성을 중시하는 것이 보통입니다.

그런 연유로 이번에는 '숲가의 백성인 리미 루와 라라 루가 마을 사람인 탈라와 숲가의 촌락에서 사이좋게 음식을 먹는 장면'이 채택되었습니다.

이렇게 평화로운 미래가 과연 찾아올지 부디 오래도록 지켜봐 주십시오.

그럼, 매번 똑같은 마무리를 하자면, 하비재팬 편집부 담당자님, 일러스트레이터 코치모 님, 이 작품의 출판에 힘써주신 모든 분들과 그리고 이 책을 읽어주신 분들께 다시 한 번 감사의 말씀을 드립니다.

그럼 다음 권에서 또 만나요!

2015년 11월 EDA

ISEKAI RYOURIDOU 5
©2015 EDA
Originally published in Japan in 2015 by HOBBY JAPAN CO., Ltd.

이세계 요리의 길 5

2017년 3월 8일 1판 1쇄 인쇄
2017년 3월 15일 1판 1쇄 발행

저　　　자 EDA
일 러 스 트 코치모
옮 긴 이 이정민
발 행 인 유재옥
본 부 장 조병권
담당편집자 김민지
편　　　집 김민지, 김진아, 정영길, 권오범, 박찬솔
라이츠담당 오유진
디 지 털 홍승범
발 행 처 ㈜소미미디어
등　　　록 제2015-000008호
주　　　소 서울 마포구 토정로 222, 403호(신수동, 한국출판콘텐츠센터)
판　　　매 ㈜소미미디어
마 케 팅 박지혜
전　　　화 편집부 (070)4164-3962, 3963 기획실 (02)567-3388
　　　　　　 판매 및 마케팅 (070)4165-6688, Fax (02)322-7665

ISBN 979-11-5710-759-9 04830
ISBN 979-11-5710-233-4 (세트)

《용을 죽인 자의 나날》 아카유키 토나의 최신작 제2탄!!

치트 약사의 이세계 여행
2

아카유키 토나 **지음**
Kona **일러스트**
이신 **옮김**

미소녀와 러브러브한 단둘만의 여행?!

"세리에를 버리는 일은 없어."

동쪽을 돌아 남부에 도착한 유지로와 세리에. 이번에는 서쪽으로 돌아 북쪽을 향해 가기로 한다. 꿈꾸는 약의 재료와 마차를 찾아 여행을 재개한 두 사람은 새로운 동료, 래그 스머그 바인을 맞아들인다. 사람을 잘 따르는 바인은 반려동물로서도 전력으로서도 감사한 존재였고, 둘의 소중한 동료가 된다. 약의 정보를 손에 넣은 유지로와 세리에는 재료를 채취할 수 있는 장소를 찾아 이동을 계속하던 중 한 마을에 다다르고, 그곳에서 어떤 인물을 만나 새로운 힘을 익히게 되는데ㅡ.

거짓된 운명에 저항하는 이세계 미궁 판타지 제 5권!

이세계 미궁의 최심부로 향하자
5

와리나이 타리사 지음
우카이 사키 일러스트
박용국 올김

"오늘은 제가 이기겠습니다. 라스티아라 님——."

◆초판한정◆
브로마이드
스페셜 책갈피
쇼트스토리 & 캐릭터 설정 소책자
증정

"아아, 나는 정말 멍청이야……. 하지만 이제 겨우 다다랐어……."

"30층의 가디언을 격파하면, 진실을 가르쳐주지." 팰린크론의 제안에 무투대회에 출장하기로 한 카나미.

그 후, 스노우의 제안에 의해 용을 퇴치하러 나선 카나미는 리퍼와의 이야기를 통해, 스스로가 처한 상황에 대한 의문을 품게 된다. 기억상실의 원흉이 팔찌라 생각한 카나미는 로웬에게 팔찌 파괴를 부탁하지만, 어째선지 로웬은 그 의뢰를 거절하고……. 방법을 찾던 카나미에게 손을 내민 것은 예전의 그를 알고 있는 라스티아라였는데——?!

갖가지 인연이 소용돌이치는 무투대회가 막을 열고, 자신의 맹세를 똑바로 알았을 때—— 소년은 〈모든 것〉을 기억해 낸다.

나이츠&매직
4

아마자케노 히사고　지음
쿠로긴　일러스트
강동욱　옮김

에르의 전용기 등장!
나이츠&매직은 이제부터가 '진짜'!!!

◆초판한정◆
스페셜 책갈피 증정

Illustration Kurogin
© Hisago Amazake-no / SHUFUNOTOMO Co., LTD

"자, 갈까요, 이카루가······.
전쟁(축제)의··· 시작입니다!"

옥시덴츠에 철과 화염의 광풍이 휘몰아친다. 서방 제일의 대국인 잘로우데크 왕국이 또 하나의 대국 쿠세페르카 왕국에 선전포고. 밀어닥치는 흑철의 기사, 심지어 미증유의 항공 병기까지 투입되어 쿠세페르카 왕국은 멸망의 날을 맞이한다. 그 와중에 프레메빌라 왕국의 제2왕자 엠리스는 쿠세페르카에 있는 고모를 구하기 위해 뛰어들고 에르네스티가 이끄는 은빛 봉황 기사단 앞에는 어찌 된 영문인지 그들이 만들어내고 그들밖에 갖고 있지 않은 최신 기술을 응용한 실루엣 나이트가 적이 되어 가로막고 있었다. 그 정체를 알아차린 은빛 봉황 기사단은 잘로우데크 왕국에 대한 적의를 분명히 한다. 적을 쓰러뜨리고 우방을 되찾기 위해 에르네스티는 갑옷 무사를 몰아 은빛 봉황 기사단에 명령을 내리는데──.